달콤한
사이코

2

달콤한 사이코 2

초판 1쇄 발행 2021년 6월 10일

지은이 | 상림(메리J)

발행인 | 김성룡
기획, 편집 | (주)스마트빅(쉼표)
교정 | 김은희
표지디자인 | 우물
출판등록 | 제2014- 000017호 (2011년 6월 30일)

펴낸곳 | 도서출판 가연
주 소 | 서울시마포구 월드컵북로 4길 77, 3층 (동교동 ANT빌딩)
전 화 | 02- 858- 2217
팩 스 | 02- 858- 2219
ISBN | 978-89-6897-092-4 03810

달콤한
x
사이코²

상림(메리J) 장편소설

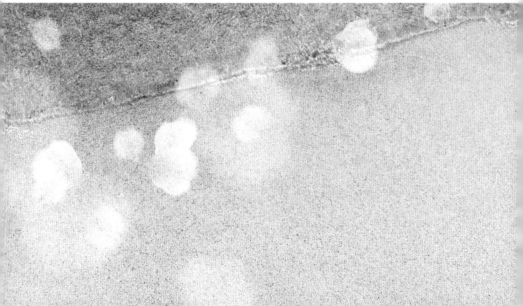

차 례

- 작가만의 글맛과 표현을 살리는 쪽으로 문장을 편집했습니다.

7. 네 뜻대로

아무리 봐도 어색했다. 오영은 살랑거리는 원피스 자락을 붙들고 이리저리 몸을 흔들어 보았다. 역시, 거울 속에 있는 여자가 제 모습 같지 않았다. 한 바퀴 돌아보기도 하고 무릎 위로 올라간 치맛자락을 부질없이 끌어내려 보기도 했다. 반바지는 괜찮았는데 치마를 입으니 다리를 너무 훤히 드러내 놓은 기분이었다. 한참을 거울 앞에서 쭈뼛거리던 오영은 체념의 한숨을 내쉬었다.

"호박에 줄 그은 것밖에 더 되니."

로건이 선물한 진주 핀을 꽂은 후 새로 산 립글로스를 입술에 대충 덧발랐다.

Rrrr.

발신자를 확인한 오영은 아랫입술을 잘근 깨물었다. 대양이 자신에게 전화할 이유를 생각해 봤지만 떠오르는 게 없었다.

"오 선생님도 알고 있나?"

로건과 자신의 사이가 이렇게 된 것을 대양이 안다고 생각하니 부끄러웠다. 마른침을 한번 삼키고 나서 조심스럽게 전화를 받았다.

"여보세요."

— 오영 씨? 저 오대양이에요.

"네. 안녕하세요."

— 잘 지내요? 얼굴 본 지 한참 된 것 같아요.

그의 풍채만큼이나 우렁차고 지나치게 유쾌한 웃음소리가 수화기 너머에서 쩌렁쩌렁 울렸다.

"그런데 어쩐 일로 전화하셨어요?"

— 로건, 집에 있어요?

대양의 목소리가 낮게 가라앉은 만큼 오영의 가슴도 철렁 내려앉았다. 꼭 무슨 죄라도 지은 것 같은 기분이 마음에 들지 않았지만 작아지는 것은 어쩔 수 없었다.

"네. 있어요. 바, 바꿔 드려요?"

— 아니요! 아니요! 그 녀석이 알면 안 되는 일이에요. 오영 씨한테 긴히 부탁할 것이 있어서요.

"뭔……데요?"

— 얼굴 보고 얘기하고 싶은데요. 오늘 혹시 시간 됩니까?

"아니요. 오늘은 약속이 있어서."

다시 재빨리 덧붙였다.

"그런데 이로건 씨 휴가 끝날 때까지 안 될 것 같아요."

스물네 시간도 모자를 만큼 옆에 붙어있는 남자를 떼어 내고 대양을 만나러 갈 시간이 날 리 없었다.

― 그래요……?

대양이 침묵하는 사이에도 오영은 어색함에 질식할 것 같았다. 그가 꼭 둘 사이를 추궁할 것만 같아 조마조마했다.

― 로건 그 자식이 자꾸 병원을 그만두겠다고 해요.

"네?"

― 첫사랑에 빠져서 물불 못 가리는 건 저도 이해해요. 오영 씨하고 있는 일분일초가 소중하고 행복한 걸 제가 왜 모르겠습니까.

듣자 듣자 하니 온몸이 쪼그라드는 것 같았다. 오영의 얼굴은 이미 한여름의 복숭앗빛으로 발그레 달아올라 있었다.

― 환자들에게는 로건처럼 실력 좋은 써전(surgeon)이 꼭 필요해요. 그 녀석도 일을 좋아하고요.

"그렇죠."

― 좋아하는 여자 말은 들을 겁니다. 오영 씨가 살살 구슬려 봐요. 의사 이로건이 훨씬 멋지다고 좀 꼬셔 봐요.

"제, 제가 뭐라고……."

― 오영 씨만 믿어요. 참, 제가 전화 드린 건 비밀입니다.

둘 사이를 축복하고 난 대양은 호탕한 웃음을 끝으로 전화를 끊었다. 처음으로 응원을 받은 오영은 기분이 얼떨떨했다.

"오영아!"

한동안 더운 숨을 몰아쉬던 오영은 밖에서 부르는 소리에 정신을 차렸다. 바리바리 싼 짐을 들고 나오던 오영은 옷을 갖춰 입고 서 있는 로건을 보고 놀라 물었다.

"로건도 어디 가?"

"너하고 같이 가야지."

"정말? 어제까지 그런 소리 없었잖아."

"어제는 말할 틈이 없었지."

담백한 로건과 달리 오영은 얼굴이 화끈거렸다. 말한 틈도 없었는데 목은 쉰 듯 아팠고, 그 이유가 머릿속에서 자동 재생되었기 때문이었다. 의도치 않게 야한 생각이 시도 때도 없이 몸을 달궜다. 멀쩡한 얼굴로 노골적인 말을 스스럼없이 하는 남자는 겪을 때마다 적응이 안 됐다. 속사정을 모르는 로건은 오영의 손에 든 짐들을 빼앗다시피 가져갔다.

"예쁘다."

말투가 너무 건조해서 칭찬인 줄도 몰랐던 오영이 뒤늦게 화색을 띠고 물었다.

"나한테 한 말이지? 어떻게 예쁜데?"

"여자처럼 예뻐."

"그게 뭐야! 재미없어."

"이 짐을 혼자 다 들고 가려고 했어?"

"나는 남자처럼 힘도 세."

로건은 삐죽 입을 내민 오영의 허리를 끌어안고 입을 맞췄다. 립글로스를 바른 끈적한 입술이 로건의 아랫입술에 눌어붙었다가 느릿하게 떨어져 나갔다.

"같이 가야 한다는 생각을 못 했어. 그런데 로건도 오늘 하루쯤 혼자 편히 쉬는 게 좋지 않을까?"

그의 입술에 묻은 반짝이 펄을 닦으며 키득대는 오영을 물끄러미 보던 로건이 다시 달려들었다. 갑작스러운 키스에 바르작대는 오영의 손을 붙들어 제 허리를 감게 하고 입속으로 혀를 미끄러트렸다. 감질나도록 천천히, 오영의 입속을 탐식하는 움직임이 조용히 이어졌다.

사려 깊은 입맞춤과 달리 허리를 감은 팔에는 주체 못 할 힘이 들어갔고 사이사이 내뿜는 숨결이 거칠게 떨려 나왔다. 이런 식으로 넋 놓고 있으면 안 되는데. 오영은 몸의 즐거움에 치중하는 요즘이 좋으면서도 두려웠다. 미친 듯이 몰입하는 로건에게 마음 놓고 빠져들지 못했다.

로맨스 드라마를 즐겨 보지만 영원한 사랑이나 꾸준한 관계를 믿을 만큼 세상을 모르지 않았다. 로건의 감정이 언제까지 이럴 수 있을지. 넘치는 애정이 금방 닳을까 봐 아깝고 조마조마했다. 오영은 허리를 옥죈 로건의 팔을 밀어내며 고개를 뒤로 뺐다.

"그만 좀 해. 출발해야 해."

입술을 놓친 로건의 눈썹이 불만스럽게 구겨졌다. 그의 가슴을 밀어내는 오영의 손짓이 명백한 외면으로 느껴진 탓이었다. 품을 벗어나는 오영의 팔을 붙들고 묻는 로건의 목소리가 음산하게 깔렸다.

"갑자기 왜 그래? 키스가 싫어?"

"솔직히 좀."

시선을 떨어트린 오영은 가슴에 맺힌 불안의 한 조각을 내보였다.

"로건이 이러는 것 무서워."

오영의 팔뚝을 그러쥔 로건의 손아귀가 느슨해졌다. 머리를 세게 얻어맞은 기분이었다. 다른 이들에게 어떻게 보이든 상관없었지만, 오영에게만은 무서운 존재로 비치기 싫었다. 장난으로라도 더는 저 입에서 '저승사자' 소리 나오는 것을 듣고 싶지 않았다. 무언가를 눈치 챈 것이 아닐까. 자신이 없어진 로건은 차마 더 캐묻지 못하고 오영을 따라 현관으로 나갔다.

"같이 가. 왜 너 혼자 생각하고 결정해."

"알았어. 알았다고."

설렁설렁 대답하는 오영의 정수리를 응시하는 로건의 표정은 실연당한 동네 강아지 같았다. 구두를 꿰어 신고 나서 고개를 든 오영은 어울리지 않게 시무룩한 로건을 보자마자 실소를 터트렸다.

"무슨 일 있었어?"

"없어."

"뽀뽀 더 못하게 해서 그래?"

"아니."

아니긴 뭐가 아니야. 산처럼 큰 남자의 삐친 모습이 이렇게 귀여울 수가 있다니. 오영은 캐리어를 비롯한 짐을 번쩍 들고 나가는 로건의 뒷모습을 보며 고개를 흔들었다.

"에휴, 팔뚝의 힘줄이 아깝다."

* * *

아직도 잎이 무성한 감태나무 아래에 선 오영은 긴장감을 견디지 못하고 맞잡은 손을 연신 주물러 댔다. 엔젤의 낙원에서 헤어진 동생들이 얼마나 자랐을지. 먹고 사느라 바빠 몇 달 만에 찾아온 것이 미안하기만 했다. 한참 만에 익숙한 모습들이 보육원 건물 밖으로 나왔다.

"얘들아, 여기야!"

멀찍이 떨어진 거리라서 들릴 리가 없는데도 오영은 손을 크게 휘저으며 아이들의 이름을 불렀다.

"그렇게 반가워?"

크게 고개를 끄덕이는 오영은 지금껏 로건이 본 중에 가장 환하게 웃고 있었다.

"응. 다들 아기였을 때부터 내가 기저귀도 갈아주고 이유식도 먹여가면서 키운 애들이거든."

"네가 왜 그런 일을 했는데."

불친절한 로건의 말투가 거슬린 오영이 하얗게 눈을 흘겼다.

"우린 서로가 부모고 형제였으니까."

어느새 오영만큼 키가 자란 중학생 미랑을 비롯한 올망졸망한 아이들이 오영을 향해 달려오고 있었다. '내 것 지오영'에 대한 독점권을 강탈당할 위기에 처한 로건의 눈동자가 황망하게 흔들렸다. 지금 오영에게 자신은 안중에 없는 것이 확실했다. 출발할 때부터 이상하게 굴었던 것도 전부 저 아이들 때문인가. 한낱 짐꾼이 되어 오영의 뒤에 서 있던 로건이 전면으로 나섰다.

그가 오영의 앞을 가로막자 까르르 웃으며 뛰어오던 아이들이 더 이상 다가오지 못하고 달음질을 멈췄다. 턱 끝까지 찬 숨을 몰아쉬는 아이들의 발개진 얼굴이 단번에 하얗게 질렸다. 그저 묵묵히 자신들을 바라볼 뿐인데도 시선에 압도되어 혼쭐이 나는 기분이었다.

"언니!"

그래도 제법 머리가 굵었다고 미랑은 동생들을 제 뒤에 숨기면서 오영을 불렀다.

"우리 미랑이 너무 많이 컸다."

로건의 몸에 가려진 오영은 겨우 목소리만 들렸다.

"언니! 이 아저씨 누구야?"

낯설지 않은 남자를 어디서 봤는지, 기억을 들추는 미랑의 눈매가 가늘어졌다.

"로건. 좀 비켜 줘. 왜 이래?"

커다란 덩치 뒤에서 오영이 낑낑거리는 소리가 들렸다. 무표정한 남자가 마지못해 밀려나 주는 모습을 보는 미랑의 얼굴에 불만이 가득했다. 오영이 남자와 함께 나타났다는 것 자체가 싫었다.

"미랑아!"

모습이 드러난 오영은 미랑을 비롯한 아이들의 이름을 하나하나 부르고 안아주었다. 머리를 쓰다듬고 볼을 비비며 여러 번 꼭꼭 안아 주는 오영의 눈시울이 붉었다.

"로건, 선물 좀 갖다 줘."

멀거니 서 있던 로건이 감태나무 아래 쌓아 놓은 선물 꾸러미를 가지러 가자 아이들이 수군거렸다.

"누나, 저 아저씨 뭐야? 터미네이터야?"

"그냥 사람이야."

"언니, 저 사람 저번에 경찰서에서 봤던 그…… . 맞지?"

걱정스럽게 묻는 미랑의 눈이 로건의 전신을 예리하게 훑었다. 엔젤의 낙원에서 사건이 있었을 때 오영 다음으로 나이가 많은 미랑도 참고인으로 진술을 한 적이 있었다. 하지만 오영이 미리 아이들을 외부로 대피시킨 바람에 미랑은 아무것도 보지도, 알지도 못했다. 그래서 로건을 스치듯 한 번 본 것이 전부였다.

잘생기고 멋있긴 하지만 이상하게 무서운 기운이 느껴지는 사람이었다. 혹시 조직폭력배라도 사귀는 건 아닌지, 미랑은 정에 약한 오영이 걱정스러웠다. 게다가 오영은 대답 없이 미적지근한 미소만 짓고 있으니 더 수상했다.

"둘이 무슨 사이야?"

미랑의 앙칼진 소리가 남긴 여운이 가시기 전에 도착한 로건이 무심하게 대답했다.

"애인."

"진짜…… 예요?"

눈매를 찡그린 미랑이 믿을 수 없다는 듯 소리 높여 물었다. 바로 오영에게 시선을 돌리니 그녀 역시 놀란 눈으로 로건을 보고 있었다.

"같이 살아."

"로건!"

발끈하는 오영과 달리 로건은 평온했다.

"왜?"

"그렇게 다짜고짜 말하면 애들이 오해하잖아."

"뭘 오해해?"

"아무튼, 고마워. 잠깐 차에 가 있어."

"……."

로건의 꾹 다문 입술과 흔들림 없는 눈동자가 고집스러웠다. 남몰래 옅은 한숨을 내쉰 오영은 좀 더 상냥한 목소리로 부탁했다.

"이따가 애들하고 인사하면 되잖아. 응?"

"알았어."

그제야 돌아서는 로건의 목덜미를 날 선 미랑의 목소리가 붙들었다.

"잠깐만요. 아저씨!"

"왜?"

"아저씨는 뭐 하는 분이세요?"

"Surgeon."

"뭐, 뭐래? 써…… 뭐?"

짧게 지나간 발음을 미처 알아듣지 못한 미랑이 오영에게 눈짓으로 물었다.

"의사야. 외과."

"뭐라고?"

로건이 뭐 하는 사람이라는 소리를 들은 미랑의 얼굴이 더 불만스럽게 일그러졌다. 콧바람을 씩씩대며 오영이 시킨 대로 순순히 차로 돌아가는 로건을 지켜봤다. 충분히 멀어지고 나자 미랑이 긴박한 목소리로 다그쳤다.

"언니……. 도대체 저 아저씨랑 어떻게 된 거야?"

"그냥, 우연히. 여러 번 마주치다가 친해졌어."

깊은 한숨을 내쉬는 미랑의 얼굴이 어두웠다.

"난, 반대야. 헤어질 거면 빨리 헤어졌으면 좋겠어."

"왜……?"

"몰라서 묻는 거야? 의사면……!"

"어이구, 우리 미랑이 다 컸네 다 컸어. 언니 걱정을 다 하고."

미랑이 머리를 쓱쓱 쓰다듬는 손을 매섭게 뿌리치는 데도 오영
은 웃기만 했다. 어린 미랑이 무슨 걱정을 하는지 충분히 이해할
수 있었다.

* * *

로건은 자신의 차에 매달려 이것저것 만져보는 어린아이들을
무감하게 바라보다 시선을 돌렸다. 보육원 운동장에는 가장 어린
다섯 살배기 영민이를 업고 축구공을 차는 오영이 있었다. 아이
와 오영이 웃는 소리가 표정에 고스란히 묻어 있었다. 무심코 쳐
다보던 로건의 입가에도 미소가 지어졌다. 저녁까지 먹고 갈 모양
인가. 언제쯤 집에 돌아갈 수 있을까 시간을 확인하는 로건의 발
끝에 홀쭉한 그림자가 닿았다.

"아저씨."

비쩍 마르고 키가 큰 미랑은 그 나이 때 소녀답지 않게 눈빛이
형형했다. 마냥 즐겁게 재잘거리는 오영과 달라도 너무 달랐다.

"할 말 있나?"

"우리 언니한테서 떨어져요."

"뭐?"

눈썹을 비스듬히 치뜬 로건의 시선과 마주친 미랑의 걸음이 주

춤 뒤로 물러났다. 안 그래도 험상궂은 분위기라 마음에 안 들었던 남자는 지금 눈빛으로 사람을 죽일 기세였다.

"우리 어, 언니요. 착하고 순진한 사람이에요. 함부로 하지 말아요."

"그런 적 없어."

"말이 안 되잖아요! 의사가 왜 우리 언니를 만나요."

"이봐. 청소년."

"왜요!"

미랑의 얼굴이 하늘을 물들인 노을처럼 새빨개졌다. 의도치 않게 내지른 목소리에서 겁먹은 티가 드러나는 것 같아 창피했다. 멀리서 아이들과 공놀이를 하는 오영이라도 얼른 여기를 봐 줬으면 좋겠다.

"내가 오영이를 만나는 게 말이 안 되는 게 아니야. 오영이가 나 같은 놈을 만나 주는 게 신기한 거지."

"뭐래……. 사기꾼."

"좋을 대로 생각해. 나는 청소년한테 잘 보일 생각 없어."

"우리 언니는 좋은 사람이야!"

"알아."

"가지고 놀지 말아요."

"오영이를 어떻게 가지고 놀아. 보고 있는 것도 아까워. 저렇게 애 업고 있는 것도 짜증 나. 그러니까 이제 저쪽으로 좀 가 줘."

툭 내뱉고 난 로건은 더는 못 봐주겠다는 듯 고개를 흔들며 오영이 있는 곳으로 걸음을 옮겼다.

"오영아! 그만 내려놔! 키 작아져."

오영에게 다가간 로건은 그녀의 등에 업힌 영민을 받아서 무등을 태웠다. 표정 없는 로건의 어깨에 올라탄 영민은 마냥 신나 보였다.

"뭐야. 무등 태운 사람 표정이 뭐 저래."

　살짝 그로테스크해 보이는 광경에 미랑의 불안만 더했다.

* * *

　저녁만 먹고, 산책만 하고, 차 한 잔만 더 마시고……. 이 핑계 저 핑계 대면서 조금만 더 조금만 더하더니 결국, 보육원 취침 시간까지 있게 되었다.

　아이들을 씻기고 재우고 나서야 보육원을 나선 오영은 꽤 기분 좋아 보였다. 안전벨트를 매며 콧노래를 흥얼거리더니 쾌활한 목소리를 냈다.

"로건, 고마워. 덕분에 늦게까지 마음 편하게 있었어."

"너야말로 피곤할 텐데 좀 자둬."

"아니야. 내가 옆에서 떠들어 줘야 로건이 지루하지 않지."

　오영의 립 서비스가 마음에 든 로건은 긍정적 의미로 눈썹을 까딱거렸다. 큰소리치더니, 재미있게 해 주겠다던 오영은 출발과 동시에 고요해졌다. 어두운 국도를 달리던 로건은 조용해진 오영이 금세 잠이 든 것으로 생각했다. 즐겨듣는 베토벤의 볼륨을 높이려던 찰나 귓가에 이상한 소리가 들렸다.

　쿨쩍, 코를 들이마시는 소리가 심상치 않았다. 옆을 돌아보니 고개를 푹 숙인 오영이 두 손으로 얼굴을 감싸고 있었다. 잘게 떨리는 어깨는 분명 소리 죽여 우는 꼴이었다. 침착하게 갓길에 차를 세운 로건은 어찌할 바를 몰라 가만히 앉아 있었다. 급기야 오영의 울음소리가 야금야금 새어 나와 음악 소리를 압도해 버렸다.

"오영아."

나직하게 부르는 로건의 목소리엔 난감한 감정이 서려 있었다. 도대체 왜 우는지 알 수 없었다. 보고 싶은 사람들을 만났고 밥도 잘 먹었고 조금 전까지 노래도 흥얼거려 놓고. 여러 생각 끝에 로건은 오영이 어딘가 불편하거나 아프다는 결론에 이르렀다.

"오영아, 나 좀 봐. 어디가 안 좋아? 병원으로 갈까?"

얼굴을 감싼 손을 떼어 내자 눈물로 흥건해진 얼굴이 드러났다. 이유 불문하고 지오영이 운다는 것 자체에 당황한 로건은 그녀의 이마와 목덜미를 더듬으며 열을 체크했다.

"왜 그래? 어디가 안 좋은 거야?"

"로건!"

오영은 자꾸만 얼굴을 들여다보는 로건에게 와락 달려들었다. 그의 허리를 끌어안고 눈물범벅이 된 얼굴을 품에 묻은 채 큰 소리로 울었다. 무슨 질문을 해도 오영은 아니라며 고개를 저을 뿐이었다. 로건은 머리가 터질 것 같았다. 곧이곧대로 드러내는 오영의 감정을 파악할 수 없어 미칠 지경이었다.

"그냥 안아 줘. 아픈 것 아니야."

"알았어. 울게 해 주면 되는 거야?"

그제야 고개를 끄덕인 오영은 울고, 울고 또 울었다. 로건은 베토벤을 꺼 버렸다. 오영을 더 격정으로 몰아넣는 적절치 못한 선곡이라고 판단했다.

한 시간을 훌쩍 넘기고 나서야 차차 울음이 잦아들기 시작했다. 로건은 등받이를 뒤로 젖히고 너무 울어서 기진해진 오영을 눕히다시피 해 놓았다.

"이제 괜찮아? 물 좀 마시자."

"응."

로건은 물기로 퉁퉁 부은 눈과 반질반질 윤이 나는 빨간 코를 보자 오히려 안도의 한숨이 나왔다. 어쨌든 울음을 그쳤으니까 됐다.

"왜 울었는지 물어도 될까?"

"애들한테…… 미안해서."

"뭐가?"

"나만 너무 행복해."

"행복한 게 왜 미안한 거지? 그건 좋은 건데."

"빨리 돈 벌어서 같이 살겠다고 약속했는데……. 내가 로건한테 빠져있느라 느슨해졌어. 나만 편하게 잘 살았잖아."

"내가 방해됐다는 소리인가?"

오영은 긴장한 로건의 한쪽 뺨을 매만지며 고개를 저었다.

"그런 것 아니야. 헤어질 때 영민이가 많이 울었어. 가슴이 너무 아파."

로건은 구질구질해 보일 만큼 돈을 아끼고 모으던 오영에게 핀잔주던 때가 떠올랐다. 말끝마다 돈 많이 벌어야 한다며 짜게 굴었던 이유가 아이들이었나.

"땅 사서 집 짓겠다던 게 저 애들 때문이었어?"

오영은 기운 빠진 고개를 끄덕였다.

"지오영, 너무 마음 아파하지 마. 나도 너 때문에 놀랐어."

"미안해."

"미안하라고 하는 말이 아니야. 네 걱정을 공유하고 싶어. 울지 말고. 네가 우는 걸 보는 게…… 너무, 힘들어."

"미안해."

"자."

로건은 커다란 손으로 오영의 눈꺼풀을 덮었다. 밑도 끝도 없이 미안하다고만 하는 오영의 말을 듣고 싶지 않았다. 어째서인지 갈수록 맹랑하고 거침없었던 지오영이 사라지는 기분이었다. 몸은 가까워지는데 마음은 아쉬웠다.

침묵 속에서 기계적으로 차를 몰다 보니 어느새 집 앞이었다. 로건은 차고지에 들어와서도 한참을 앉아 있었다. 깊이 곯아떨어진 오영을 깨울 수 없어 기다리면서 잠든 모습을 바라보았다. 손가락 하나 들어갈 만큼 벌어진 입과 곧 떨어질 듯 흘러내린 머리핀이 우스우면서 보기 좋았다.

"이래야 지오영이지."

짧은 머리카락 끝에서 대롱거리는 진주 핀을 빼주던 로건은 참지 못하고 벌어진 입가에 가볍게 키스했다. 오영의 눈이 거슴츠레하게 떠졌다. 잠으로 무거워진 눈꺼풀 아래로 검은자가 까무룩 넘어갔다. 입가에 희미한 미소를 지은 채 도로 잠이 든 오영의 모습에 로건은 아득해졌다. 가늘게 뜬 시야 사이로 보이는 로건의 모습에 안심하고는 웃는 여자.

내가…… 너의 온 세상인 건가? 나 같은 놈한테 무방비로 의지하는 너를 어떻게 해야 할까. 뭉클한 애정이 로건의 심장을 아프게 움켜쥐었다.

"사랑해. 오영아."

너무 조심스러운 속삭임은 오영에게 닿지 못한 듯했다. 오영은 미동도 없이 쌔근쌔근한 숨소리만 들려주었다. 검은 동공 가득히 오영의 자는 모습을 새겨 넣은 로건은 차에서 내렸다. 보닛을 빙 둘러 조수석 문을 열자 오영이 반짝 눈을 떴다.

"다 왔어?"

"그래."

"염치없이 잠만 잤네. 미안."

"내가 자라고 했잖아."

오영의 안전벨트를 해제한 로건은 그녀의 무릎과 어깨 아래로 팔을 끼워 넣었다.

"내가 걸어갈 수 있는데."

사양하는 것처럼 말해 놓고 오영은 덥석 로건의 목에 팔을 걸고 매달렸다. 힘이 장사인 남자가 안아준다는데 거절할 이유는 없었다.

"많이 피곤해?"

"아니. 조금 잤더니 괜찮아."

"기분은?"

"기분도 괜찮아."

시원스러운 보폭 덕분에 금세 오영의 방에 도착했다. 로건의 차도 안락한 편이지만 역시 자기 잠자리만큼 편한 곳은 없었다. 오영은 베개에 얼굴을 비비적거리며 게으른 한숨을 내쉬었다.

"못 씻을 것 같아?"

"귀찮아. 조금 있다가 씻을래."

"그럼, 내가 해 줄게."

"아니! 됐어."

자리에서 벌떡 일어난 오영이 손사래를 쳤다.

"로건. 그래서 말인데 오늘은…… 각자 방에서 자는 게 어떨까?"

"왜?"

"뭐든 넘치는 건 모자람만 못하다잖아. 우리 너무 넘치게 밀접해. 잠시 쉬는 시간을 갖자고."

"알겠어."

오, 웬일이래. 한바탕 우는 꼴을 보여서 좀 불쌍해 보였나? 오영은 씨알도 안 먹힐 거로 생각한 제안을 순순히 받아들인 로건이 신통했다. 모처럼 만에 침대에 푹 퍼져서 잘 생각에 들떴던 오영은 이상한 낌새를 느꼈다. 더는 할 일도 없는데 로건은 방에 돌아갈 생각은커녕 오영이 누운 침대에 걸터앉아서 꼼짝하지 않았다.

"내 옆에서 쉬어."

그러면 그렇지.

"좀 떨어져 있자니까?"

"내가 옆에 있는 게 싫은 건가."

그렇게 물으면 내가 뭐가 되나. 오영은 주특기인 타이르기를 시도했다.

"로건, 물론 나야 로건하고 있는 게 좋아. 하지만 솔직히 이 방 침대는 좁잖아."

침대가 작게 느껴지는 건 순전히 로건 때문이었다. 그의 키, 덩치, 넘치는 힘과 마르지 않는 욕정 등등.

"난 좁다고 생각 안 했는데. 어차피 엉켜서 자느라 공간도 별로 차지하지 않잖아."

벌렁 드러누운 로건은 제 몸통 위에 오영을 눕혔다.

"봐. 1인분이야."

억지 부리는 모양새를 보니 오늘도 따로 자는 것은 물 건너간 듯했다. 따듯한 몸 위에 엎드린 오영은 두근두근 뛰는 심장을 느끼며 타협안을 내놓았다.

"좋아. 그럼 로건 방에서 자자. 로건 침대는 망망대해처럼 넓잖아."

"그 방은 안 돼."

"로건 방인데 왜? 왜 싫어?"

"어둡고 음침해."

오영은 설득할 의지를 잃었다. 외롭고 지친 목소리를 들으니 그가 하고 싶은 대로 해주고 싶었다.

"그래. 대신 오늘은 우리 코~ 하고 잠만 자기."

"……."

심드렁한 침묵을 보아하니 오늘 밤도 그의 열렬함을 피할 수 없을 듯했다. 벌써 오영의 허벅지 근처에서 기지개를 켜는 로건이 선연하게 느껴졌다.

"네 옆에서 얌전히 있을 거야. 편히 자."

"정말이야?"

"그래. 난 거짓말하지 않아."

"진짜…… 자신 있어? 가능해?"

하긴 이렇게나 부푼 남자치고 말투가 참으로 단정한 걸 보니 괜한 소리가 아닐 수도 있겠다.

"오영아, 나는 참고 견디는 것에 익숙해."

"뭘?"

"내 욕구."

"욕구를 참는다고? 로건은 평소에도 그냥 막, 막 솟구치고 그랬어?"

"아니. 그런 걸 말하는 게 아니야."

로건은 경악의 눈으로 저를 바라보는 오영을 끌어와 팔베개를 해 주었다.

"나는……."

오영은 그의 입에서 나올 말을 기다렸다. 올려다보는 시선에 툭 튀어나온 목울대가 크게 오르내리는 것이 보였다.

"나는……. 오영아."

"됐어. 말하지 않아도 돼."

무겁게 가라앉은 목소리는 겁에 질린 아이가 울부짖는 것처럼 들렸다. 오영은 제 몸집의 두 배는 족히 되는 남자를 가만히 안아 주었다. 로건이 뭘 어쨌든, 어떻든 아무 상관없었다. 그가 아무 조건 없이 자신을 보듬는 마음 이상으로 사랑하므로.

로건이 내준 팔을 베고 누운 오영은 문득 아침에 걸려온 대양의 전화가 기억났다.

"로건."

"응."

눈을 감고 있지만 잠들지 않은 남자의 목소리는 안정을 되찾은 듯했다.

"로건은 왜 의사가 됐어? 어릴 때부터 꿈이었어?"

"꿈이라기보다는 양부가 유명한 의학박사였어. 그에게 많은 것을 배웠지."

"나름 대를 이은 거네?"

"글쎄…… 반쯤은 맞아."

"나는 로건이 의사라서 좋아."

"왜."

"돈도 많이 벌고."

그의 잇새에서 바람 빠지는 웃음소리가 들렸다.

"가운 입은 모습도 멋있고, 사람들이 로건을 두고 엄청나게 실력 있다고 하는 소리를 들으면 내 기분이 으쓱해."

"난 때려치울 생각인데."

"아픈 사람들이 로건을 기다려."

"오영아."

감은 눈을 뜬 로건은 그녀의 정수리에 턱을 괸 채 조용히 읊조리듯 말했다.

"그렇게 대단하게 생각하지 마. 나는 의사로서의 사명감 따위 없어."

"……?"

"죽이고 싶지 않아서 택한 길이야."

"로건. 나는 가끔 로건이 하는 말을 못 알아듣겠어."

로건은 희미한 웃음소리를 내면서 오영을 더 꼭 안아주었다.

"하지만 네가 원한다면 계속 병원에 있을 수 있어."

"병원에 있는 게 괴롭고 미칠 것 같고 그런 거 아니지? 나 때문에 억지로 참는 건 아니지?"

"그래. 너 때문에 내가 살아. 네가 원하는 건 뭐든지 할게."

* * *

로건이 의사라서 좋아. 멋있기도 하고 돈도 많이 벌잖아. 오영을 떠올리는 로건의 입꼬리가 슬그머니 호선을 그렸다. 출근길에 차고지까지 따라 나와 종알거리던 생기 넘치는 목소리가 아직도 귓가에 생생했다. 왜 이제야 알게 됐나, 아쉬울 정도로 나날이 사랑스러운 여자는 열린 운전석 창을 넘어와 진한 키스를 남기며 부탁했다.

'사람들한테 좀 친절하게 대해 줘. 이로건 씨는 웃을 때 제일 근사하다니까.'

이래라저래라 주문도 많은데 귀찮기는커녕 더 해줄 것은 없는지, 다음 말을 기다리기까지 했다. 친절한 이로건 선생은 휴게실에서 마주치는 모든 이들을 미소로 맞이하고 있었다.

"굿모닝."

낮게 깔리는 목소리로 인사를 건네고 자비로 동전을 넣고 물어본다.

"밀크? 블랙? 율무?"

"아, 아무거나요."

그러나 큰마음 먹은 친절을 당한 사람들이 식겁하고 휴게실을 등지는 부작용은 어쩔 수 없었다. 오늘따라 휴게실이 왜 이리 한적한지. 로건이 의문을 품는 중에 대양의 우렁찬 목소리가 들렸다.

"여! 이로건 선생, 여기서 뭐 하는 짓이야?"

"밀크? 블랙? 율무?"

자판기 버튼에 손가락을 대고 묻는 로건의 물음에 대양은 질색했다.

"때려치워. 간지러워서 못 견디겠어."

자리에 풀썩 앉은 대양은 로건이 마시던 캔 음료를 흔들어 보더니 단숨에 비워 버렸다.

"이 선생 때문에 사람들이 휴게실에서 편히 쉬질 못하잖아."

"나 때문이라고?"

"도대체 왜 안 하던 짓을 하고 그래?"

로건은 인위적으로 웃느라 피곤해진 얼굴 근육을 문지르면서 대양의 곁에 앉았다.

"웃으면 근사하다고, 사람들한테 좀 친절하게 하라고 해서."

"누가? 오영 씨가?"

"……."

대양은 누군가의 충고를 고분고분하게 따르는 로건이 생소했다. 하지만 우중충한 죽상을 하고 매사 신경질적이던 로건을 다시 보고 싶지는 않았다.

"그건 오영 씨 눈에 콩깍지가 껴서 그런 거고. 그냥 너는…… 뭐랄까. 굳이 웃지 않아도 돼."

"무슨 소리야."

"잘생겼으면 됐어. 존재로서의 본분을 다한 거야. 괜히 웃는 얼굴로 본의 아니게 꼬리 치고 다녀서 오영 씨 마음고생 시키지 말고.”

“그런가……. 그래도 웃으라고 했는데.”

“공처가 다 됐네. 그래서 언제 결혼할 건데?”

“결혼이라니.”

내내 심드렁했던 로건이 몸을 돌려 대양을 바라봤다. 크게 뜬 시원한 눈매에 색다른 빛이 번뜩였다.

“이 자식 봐라. 순진하고 착한 사람을 꾀어서 꿰찼으면 책임을 져야지. 설마 너……. 즐기기만 할 생각은 아니지?”

유도선수를 방불케 하는 덩치의 대양이 인상을 구기자 험악한 기운이 몇 배로 강하게 느껴졌다.

“내가 꼬신 거 아니야.”

“응?”

“아무래도 내가 넘어간 것 같아.”

장난 걸고, 약 오르게 하고, 걱정시키고, 언제나 조용했던 집이 어색해지게 만들었으니.

분명 꼬신 것은 자신이 아니고 잔망스러운 그녀였다. 좋아한다는 말을 술술 털어놓고 경계하는 자신의 입술까지 욕심낸 것도 오영이 먼저였다. 로건은 제 입술을 맛있게 핥으며 그날의 입맞춤을 곱씹었다.

대양은 깊은 생각에 잠긴 듯하더니 혼자 실실 웃기 시작하는 로건이 어이없어 눈을 뗄 수 없었다. 늦게 배운 도둑질은 재미가 남다르다더니 로건은 시도 때도 없이 떠오르는 누구 생각에 제정신이 아닌 것 같았다.

“이 선생?”

“응.”

“무슨 생각하는 거야?”

“집에 가고 싶어.”

이런 미친. 함부로 튀어나올 뻔한 욕설을 겨우 멈췄다. 생각해보니 부쩍 집 타령 하는 로건은 오늘 수술 때문에 일찍 들어가긴 그른 일정이었다.

“맞다! 너, 병원 그만두느니 마느니 하더니 어째 조용하다?”

“그만두지 말라잖아.”

오영에게 넌지시 도움을 청했던 장본인은 터지는 웃음을 간신히 삼켰다. 이 세상에 이로건을 쥐락펴락할 사람이 있다는 것이 아무리 생각해도 신기했다.

“그래. 여자 말 잘 들어야지. 집사람 말 들으면 자다가도 떡이 생겨.”

로건의 결심을 칭찬하던 대양은 주머니에서 울리는 핸드폰을 꺼내서 확인하더니 너털웃음을 터트렸다.

“왜 웃어?”

“응. 우리 집사람. 벌써 겨울옷 장만에 들어가신다고. 오늘 카드 사용 알람 자주 울려도 놀라지 말라고 하시네.”

메시지 확인 후 핸드폰을 다시 주머니에 넣으며 대양은 고개를 주억거렸다. 환자 때문에 바빠서 가족과 함께 하는 시간이 턱없이 부족했다. 이런 식으로라도 혼자 힘들게 가정과 아이들을 돌보는 아내에게 보상해줄 수 있어 다행이었다.

“겨울옷? 오영이도 겨울옷 사야 하겠지?”

"그럼. 여자들은 계절마다 옷을 사야 해. 드레스룸이 폭파할 지경이어도 계절 바뀌면 입을 옷이 없어지거든."

"흠……."

로건은 여름 내내 후줄근하게 입고 다니던 오영이 보육원에 가던 날 차려입은 원피스를 떠올렸다. 새 옷이 어색하다고 쭈뼛거리던 귀여운 모습. 분명 동생들에게 잘 보이려고 새로 사 입었을 텐데. 로건은 오영이 항상 그렇게 좋은 옷을 입고 곱게 살았으면 했다.

* * *

정원의 꽃나무도 겨울을 준비해야 했다. 오영은 로건이 일러준 단골 화원에 들러 월동 준비 스케줄을 잡아놓고 돌아오는 길이었다.

화원에 들른 김에 꽃도 몇 가지 샀다. 오묘한 핑크빛이 도는 겨울 장미와 노란 튤립을 한 아름 가슴에 품으니 기분이 설레었다. 꽃다발이 꽤 무거웠지만, 마냥 걷고 싶을 만큼 미세먼지도 없이 청명한 날씨였다.

길가에서 생활정보지를 발견한 오영은 날 듯이 뛰어가 한 부를 뽑아 들었다. 대충 제목만 읽으며 어슬렁어슬렁 걷던 오영은 요란한 경적에 인상을 찡그렸다.

"요새 누가 이렇게 무식하게 빵빵거려?"

연달아 울리는 소음에 두리번대던 오영의 눈이 휘둥그레졌다.

"오영 씨! 왜 이렇게 못 알아들어요?"

도롯가에 차를 세운 동훈이 운전석에서 내리더니 곧장 오영에게 다가왔다.

"안……녕하세요. 저한테 경적 울리신 거예요?"

"그럼요. 꽃시장이라도 다녀오는 길이에요?"

오영은 볼 때마다 친근하게 다가오는 동훈이 갈수록 서먹했다. 선을 그어도 아랑곳하지 않으니 어떻게 해야 하나. 싱글싱글 웃는 남자를 보며 난감한 생각에 빠져 있는데 꽃을 들어 무거웠던 팔이 가뿐해졌다.

"어! 어! 왜 그러세요?"

"아이고, 이렇게 무거운 걸 어디서부터 들고 온 거야?"

"네? 아니, 어디 가세요?"

오영은 제 귀를 의심하며 꽃을 빼앗아 들고 가는 남자를 쫓았다. 방금 반말을 들은 것 같은데 잘못 들은 것도 같아 따지지 못했다.

"타요. 어서."

"아니요. 제 꽃 돌려주세요. 산책하는 중이었어요."

"무거워서 안 돼. 도로 복잡한 거 안 보여요? 어서 타요."

동훈은 어안이 벙벙하게 서 있는 오영의 팔을 꽉 붙들었다.

"아!"

약간 뒤틀린 방향 탓에 오영은 날카로운 비명을 지르며 끌려갔다.

"놔요. 뭐 하는 거예요!"

억지로 오영을 차에 태운 동훈은 가타부타 없이 출발했다. 신경질적으로 핸들을 꺾는 동훈의 태도에 오영은 겁을 먹었다. 분위기가 섬뜩했던 로건도 무섭지 않았는데 친절하고 서글서글한 동훈은 이상하게 두려웠다.

"날씨가 좋아서 오영 씨가 착각한 거예요. 들어보니까 무겁던데 저걸 들고 집까지 갈 수 있다고 생각했어요?"

"조금 걷다가 힘들면 버스 탈 생각이었어요."

"아니."

"네?"

코웃음을 친 동훈이 단호하게 말했다.

"오영 씨 같은 사람은 돈 아끼느라 버스 안 타죠. 내 말이 틀려요?"

"많이 힘들면 타요. 저 그렇게 꽉 막히지 않았어요."

"그건 뭐예요? 일자리 구하는구나. 그동안 힘들었는데 좀 더 쉬지 그래요?"

동훈은 오영이 꼭 쥐고 있는 생활정보지를 턱짓했다. 정말 오늘따라 동훈은 이상했다. 무례한 것 같으면서 친근했고 오영에 대해서 잘 알고 있는 것처럼 굴었다. 마치 오영이 더는 병원에 출근하지 않는 것을 아는 말투였다.

"그런 것 아니에요."

"아니긴."

왜 자꾸 말을 놓냐고 따지려던 오영은 볼 안쪽을 꾹 깨물었다. 묘하게 위압적인 동훈을 자극하면 안 될 것 같았다. 로건이 보고 싶었다. 밤에 로건이 오면 모두 다 일러 주겠다고 결심하며 이 상황이 끝나기만을 바랐다.

마침내 차가 동네 어귀로 진입했다. 들리지 않게 나지막이 한숨

짓던 오영은 점포 앞에 나와 있는 부동산 사장님을 발견했다. 아는 얼굴을 만나자 긴장이 약간 풀렸다. 속도가 느려진 틈을 타 차에서 뛰어 내리고 싶었지만 잠금이 걸려 있었다.

"사장님, 안녕하세요."

의외로 동훈이 먼저 차를 세우고 인사를 건넸다. 안경을 고쳐 쓰며 다가오던 만수는 두 사람을 알아보고 반가운 체를 했다.

"이게 누구야? 어떻게 둘이 같이 있어?"

"하하하. 그렇게 됐어요. 그럼 저희, 가 보겠습니다."

차 안을 들여다보던 만수가 오영에게 뭐라 말하려 하자 동훈은 재빨리 차창을 올려 버렸다.

"아니. 저는 사장님께 인사도 못 드렸어요. 그리고 여기서 내려 줘요."

"거의 다 왔는데 왜 이렇게 보채요. 내가 뭐 오영 씨를 납치라도 할까 봐 그래요?"

"아니. 왜 그런 말을 해요."

"무서워요?"

"……."

본격적으로 무서워진 오영은 어떤 대답도 할 수 없었다. 그가 흘리듯 말한 대로 집에 데려다주지 않고 어디론가 데려갈까 봐 무서웠다. 다행히 동훈은 로건의 집 앞에서 차를 세워 주었다. 평소의 친절한 슈퍼 사장님으로 돌아온 동훈은 뒷좌석에 내동댕이쳐 놨던 꽃다발을 챙겨주었다.

"들어가서 쉬어요."

"감사합니다. 안녕히 가세요."

오영은 바들바들 떨리는 손을 가방 속에 쑤셔 넣고 대문 열쇠
를 찾았다.

"오영 씨."

"으아! 네! 네."

귓가에 바짝 들러붙은 소리에 오영이 소스라치게 놀랐다. 어느
새 바로 뒤까지 따라온 동훈이 피식 웃고 있었다.

"왜 이렇게 놀라요?"

"노, 놀라긴요. 갑자기 너무 가까이서 말을 거시니까."

"나는 다 이해합니다."

"뭘요?"

"여자들은 그렇잖아요. 잘생기고 돈 많으면 괜찮은 놈이라고 착
각하죠."

"……?"

"여자는 말이죠. 자기를 사랑해 주는 남자하고 살아야 해요."

가방 속에서 꼼지락거리는 오영의 손에 식은땀이 흥건했다. 그
가 하는 말이 제대로 들리지도 않았고 깊이 생각할 정신도 아니
었다.

"잠깐 흔들리는 거…… 그래요. 그럴 수 있어요."

뜻 모를 말만 잔뜩 늘어놓은 동훈은 자신의 자동차 키를 오영
의 눈앞에서 흔들어 보였다. 오영이 선물한 키링이 달랑달랑 흔
들리고 있었다.

"집주인은 오늘 밤도 늦겠네요? 며칠 집에만 있는 것 같던데."

오영은 겁먹은 표정을 드러내고 싶지 않았다. 동훈이 무표정을
가장하느라 애쓰는 오영의 머리를 슬쩍 쓰다듬자 바닥으로 뭔가

가 툭 떨어졌다. 차마 확인할 엄두를 내지 못한 오영은 가만히 서 있기만 했다.

"들어가요. 문단속 잘 하고."

타고 왔던 차가 시야에서 사라지고 나서야 오영은 움직일 수 있었다. 천천히 시선을 내려 바닥을 보자 로건이 아침에 꽂아준 진주 머리핀이 떨어져 있었다.

* * *

집에 들어온 오영은 한동안 우두커니 있었다. 동훈의 말과 행동을 어떻게 받아들여야 하는지 갈피를 잡을 수 없었다. 특별히 위협적인 것이 없었는데도 두려웠다. 게다가 따지기 모호해서 가만히 당한 것이 생각할수록 분했다.

가방을 뒤져서 핸드폰을 꺼냈던 오영은 한숨과 함께 내려놓았다. 최소한 병원에 도착하면 한번, 퇴근 전에 한번. 그 외에도 틈틈이 연락하는 로건이 오늘은 감감무소식이었다. 눈코 뜰 사이 없이 바쁘다는 의미인데 별것도 아닌 일로 그를 심란하게 하고 싶지 않았다. 동훈에게 유난히 날을 세우고 해가 지면 대문 밖 출입도 꺼리는 로건이 어떻게 나올지 짐작이 안 됐다.

온몸에 힘이 들어가지 않았다. 동훈과 있는 동안 바짝 긴장했던 근육이 이완되면서 살이 부들부들 떨렸다.

"됐어. 그까짓 것 뭐라고 이 난리야."

일부러 혼잣말도 해보고 큰기침도 하면서 꺼림칙한 기분을 털어보려 노력했다. 원래 계획한 대로 대대적인 집안 가꾸기나 할 생각이 들었다. 로건이 말끝마다 음침하다며 요즘 부쩍 이용하지 않는 침실 문을 열었다.

"말이 씨가 된다더니 진짜 갈수록 우중충해 보이긴 하네."

쓸고 닦고, 열심히 노력했으나 소득은 미미했다. 그나마 있는 것 중 가장 환한 색상의 커튼과 침구로 갈았는데도 크게 달라진 점이 없었다. 그도 그럴 것이 짙은 회색을 밝은 회색으로 바꿔봤자, 당연한 결과였다. 아무래도 돈을 들여 화사한 패브릭으로 변화를 줘야 하나. 한참 고민하던 오영은 노란 튤립이 가득한 꽃병과 액자를 들고 방을 나섰다.

* * *

푸른색 가운과 장갑 등을 벗어 폐기함에 던져놓은 로건은 바람을 일으키며 복도를 걸었다. 지나가는 이들의 인사에도 반응하지 않았다. 한껏 날카로운 로건을 본 사람들은 그러려니 했다. 중요한 수술을 마친 후의 그는 마치 터지기 직전의 폭발물 같다는 사실을 사람들은 익히 알고 있었다. 저러고 경의실에 처박혀 한동안 나오지 않을 것이라고 예상했다. 그러나 잠시 후 모습을 드러낸 로건은 폭주의 기세로 차를 몰고 병원을 빠져나갔다.

* * *

오영은 시계를 확인하면서 늘어지게 하품을 했다. 종일 부지런히 일했는데도 기분은 로건만 기다린 것 같았다. 누군가를 목 빠지게 기다리며 시간을 보내는 것은 무료하고 괴로웠다. 오늘은 재미있는 드라마도 없는 날이라 그런지 시간이 더욱 더디게 흘렀다.

침대에 엎드린 오영은 생활정보지를 펼쳤다. 할 만한 일이 뭐가 있을까 꼼꼼히 살피며 괜찮은 일자리에 크게 동그라미를 쳐 두었다. 적요함 속에서 예민해진 귀에 희미한 인기척이 느껴졌다. 볼펜 끝을 입에 물고 소리를 향해 귀를 쫑긋 세웠다. 쿵 쿵 쿵. 로건의 발소리를 확인한 오영이 벌떡 일어남과 동시에 방문이 열렸다.

"로건!"

활짝 핀 미소로 반기던 오영은 성큼 다가온 로건의 품에 강하게 사로잡혔다. 한마디 인사도 없이 오영의 입술을 파고든 남자는 사나운 신음을 흘리며 몸을 밀어붙였다. 숨 막히는 입맞춤에 압도된 오영은 순간적으로 산소를 잃은 갑갑함에 공포를 느꼈다. 코로 숨을 헐떡이며 벗어나던 오영은 금세 로건에게 붙들렸다.

"어딜 가."

오영이 입은 티셔츠 속에서 커다란 손이 약한 살결을 무람없이 휘저었다.

"로, 로건. 잠깐만. 아파!"

감긴 팔 때문에 허리가 부러질 것 같은 통증을 느낀 오영이 주먹질을 했지만 소용없었다. 강렬한 흥분감에 도취한 로건은 본능만 남은 야수처럼 광포했다.

타액이 흐르는 입술 속으로 침입한 로건은 작은 혀를 집요하게 감고 빨았다. 벅차게 쏟아지는 숨결과 신음까지 낱낱이 삼키고 들이마셨다. 오영은 젖은 입술이 물어뜯기는 것처럼 아파 목구멍으로 비명을 질렀다. 고개를 젓고 몸부림을 치고 싶었지만 여의치 않았다. 로건의 광적인 집착이 그녀의 몸과 의지를 억압했다. 짧은 머리칼을 감은 손길이 무자비했다. 로건의 옷깃을 꼭 쥐고 매달린 오영의 가느다란 목이 부러질 듯 뒤로 꺾였다.

"아, 로건!"

꺾어진 목덜미에 로건의 입술이 진득하게 붙었다.

"그, 만."

빗장뼈까지 흘러간 입술이 더운 숨을 몰아쉬며 아프도록 잇자국을 남겼다.

"로건! 그만!"

미친 사람을 겪는 것 같았다. 어떤 말로도 몸짓으로도 그의 몰아치는 욕정을 다스릴 방법이 없었다. 뒤엉킨 두 사람의 몸이 침대 위로 떨어졌다. 허벅지 사이를 집요하게 파고드는 로건의 무릎을 밀어내며 오영이 흐느꼈다.

"로건. 나 지금 너무 무서워. 무섭다고!"

오영의 바지 허리춤에 걸렸던 로건의 손이 드디어 멈칫했다. 그 상태 그대로 정지한 커다란 몸은 숨을 고르느라 가쁘게 들썩거렸다. 오영은 타액으로 젖은 어깨에 흩어지는 뜨거운 숨소리를 들으며 눈을 감았다. 떨리는 손을 들어 로건의 머리를 가만히 쓰다듬었다.

"무슨 일 있었어?"

다른 남자를 겪어본 적이 없는 오영도 로건이 거친 편이란 것은 알았다. 다소 버거웠지만, 그와 마음과 몸을 나누는 행위가 즐거웠고 그녀 역시 강렬한 쾌락에 익숙해지는 중이었다. 하지만 지금은 폭력이었다. 오영을 배려하지도 않았고 어떤 교감도 느낄 수 없는 강압적 교미일 뿐이었다.

"미안."

정신이 들었는지 로건의 목소리는 침착했다. 작은 몸 위에 엎드려 몇 번 마른침을 삼키던 로건이 허리를 세웠다. 눈앞이 엉망이었다. 오영이 입은 티셔츠는 목이 늘어져 어깨가 드러났고 살결 위에는 흉포한 자국들이 난잡하게 새겨져 있었다. 로건은 터져 버린 오영의 입술을 조심스럽게 건드렸다.

"아파."

눈매를 찡그린 오영이 고개를 돌렸다. 침대에 걸터앉은 로건은 가만히 눈을 감으며 긴 한숨을 터트렸다. 머리를 헝클이다 두 팔 사이에 고개를 처박은 모양새가 혼란스러워 보였다. 천천히 몸을 일으킨 오영이 그의 어깨에 이마를 기대었다.

"왜 그랬어?"

"미안. 놀랐지. 내가 많이 흥분했어."

"왜?"

"……."

"응? 말 안 해 줄 거야?"

"수술 끝나자마자 너한테 왔어."

"그래서?"

"내가 말했잖아. 난, 망가진 놈이라고."

뒤섞인 말을 도무지 알아들을 수 없었지만 오영은 채근하지 않고 차분히 다음 말을 기다렸다.

"수술……. 피를 보면 좀 충동적이게 돼."

"모르겠어."

"당연히 모르겠지. 넌 정상이니까."

자조적인 로건의 말은 스스로를 비꼬는 것처럼 들렸다.

"로건, 나한테 말해 주기 힘들어?"

로건은 입을 꾹 다물었다. 모든 것을 털어놓으면 오영이 떠날 것이 분명했다. 평소대로 연구실에 처박혀서 남은 여운을 즐기다 왔어야 했다. 오영을 안고 싶은 욕구와 피의 흥분이 얽혀서 말도 안 되는 꼴을 들키고 말았다. 부드러운 피부를 짓이기고, 씹어 삼키고 싶은 충동에 미친놈처럼 몰두했다. 아프도록 괴롭히고 싶은 욕망을 드러낼 뻔했다.

그녀의 '무섭다'라는 외침이 아니었으면 브레이크를 잃고 폭주했을지도 모른다. 거친 스킨십에도 떨며 울먹이는 여자는 진실을 받아들이지 못할 터였다. 연약한 지오영을 소중하게 다루는 것이 아직은 서툴렀다.

"일시적인 거야. 신경 쓰지 마."

"피를 보면 흥분한다고 했어. 로건은 외과의잖아. 자주 있는 일, 아니야?"

도움이 되고 싶은 오영의 관심 앞에서 로건은 더욱 위축되었다.

"오늘 같은 일은 다시 없을 거야. 걱정하지 마."

"내가 아니고 로건을 걱정하는 거야."

"그러지 않아도 돼. 내 일은 내가 알아서 하니까."

"나하고 같이 해."

"그럴 필요 없어."

너는 좋은 것만 보고 행복해야 해. 내가 만든 안락한 영역 안에서.

오영은 가로막힌 벽 너머의 로건을 느꼈다. 걱정스럽고 서운한 마음에 스멀스멀 화가 나기 시작했다.

"이건 뭐야."

로건의 목소리에 돌아보니 오영이 보던 생활정보지가 그의 손에 들려 있었다. 오영이 동그라미 쳐 둔 내용을 훑어보던 로건이 종이를 우악스럽게 구겼다.

"뭐 하는 거야?"

기분이 상했던 오영의 목소리가 앙칼지게 높아졌다.

"너는 일하지 않아도 돼."

"세상에 일하지 않아도 되는 사람은 없어!"

"그게 너야. 부족하지 않게 해 준다고 했잖아. 필요한 게 뭐야. 땅 사서 큰집 짓는 거? 내가 해 줄게."

"그걸 왜 로건이 해?"

"무슨 뜻이지?"

되묻는 로건의 눈매가 엄격하게 일그러졌다.

"그건 내 일이고 내 계획이야. 왜 로건이 하냐고."

"넌…… 나하고 따로라고 생각하는 건가?"

"그런 뜻 아니야. 하여튼 내가 왜 집에만 있어야 하는지 이해 못 하겠어."

"불안해."

오영은 답답하다는 듯이 가슴을 두드렸다.

"도대체 로건이 뭘 걱정하는지 모르겠다고. 나를 가축처럼 가둬두려는 거야?"

"널 보호하는 거야."

"그러니까 나를 왜 보호하냐고. 아무 일도 없는데."

"일은…… 생각지도 못하게 생겨. 나는 너를 잃을 수 없어."

"그렇게 따지면 정원에 서 있다가 벼락을 맞을 수도 있어. 뉴스만 봐도 별의별 일이 다 있잖아."

안 그래도 흰 피부인 로건의 얼굴이 백지장이 되었다. 확장된 검은 동공이 불안으로 흔들리는 것이 여실히 보였다. 처음 오영을 만났을 때, 정말 뉴스에 나오는 별의별 사건을 겪지 않았던가.

"그런 소리 하지 마. 정말 집에 가둬 놓고 내가 종일 지킬 수도 있어."

더 따지려던 오영은 벌어진 입을 다물었다. 평소와 달라도 너무 다른 눈빛의 남자를 더 자극해선 안 될 것 같았다. 자기 입으로 흥분했다고 말하는 남자는 확실히 침착하다 못해 냉혹하리만큼 건조한 이로건이 아니었다.

"이거 왜 여기에 있어?"

이번엔 또 뭔데. 오영도 낮부터 있었던 일 때문에 예민해져 있는 상태였다. 연달아 시비 거는 로건을 견디는 것이 힘겨웠다. 테이블 위에 세워 놓았던 액자를 들고 오영을 바라보는 로건은 분명화를 참는 얼굴이었다.

"로건이 이 방에서 지내는 걸 좋아하니까 로건 침실에 있던 물건 몇 가지 옮겨 놨어."

"내 물건에 함부로 손대지 말랬잖아."

서늘한 목소리의 톤이 높았다. 이토록 감정적인 로건은 처음이었다.

"그럼."

오영 역시 치미는 화를 억누르며 침착하게 말을 이었다.

"나는 뭐야. 그런 식으로 말하면 나는 어떡하라는 거야?"

"……."

"너는 시키는 대로 해. 집에만 있어. 내 물건에 손대지 마……."

차분했던 오영의 목소리가 갈수록 떨려 나왔다.

"난 인형도 아니고 당신 소유물도 아니야. 나를 단속하지 마. 이런 식이면 우린 오래 갈 수 없어."

마지막 말에 로건의 눈이 사납게 빛났다. 양부의 사진이 담긴 액자를 움켜쥔 로건의 손이 가늘게 떨리고 있었다. 한동안 오영을 죽을 듯 노려보던 로건은 창문을 열고 액자를 집어 던졌다. 바위에 부딪힌 액자가 부서지는 소리가 둔탁하게 들렸다.

오영은 액자가 날아간 검은 허공을 바라보며 실소를 터트렸다. 로건을 용서할 수 없었다. 이유는 말해 주지도 않고 다짜고짜 화낸 것도, 물건을 집어 던진 것도 모두.

고아일망정 돌아가신 원장님은 언제나 아이들을 성숙한 인격체로 대했었다. 논리적인 설명을 통한 설득과 양보를 교육받은 오영으로서는 받아들일 수 없는 무지막지한 언행이었다. 로건이 자신을 어떻게 생각하는지, 의심이 들었다. 낮은 자존감이 빼꼼히 고개를 들이밀고 오영을 유혹했다. 서러운 기분이 울컥하고 치밀었다. 이성을 찾기 위해서 로건과 떨어져 있을 필요를 느꼈다.

"이 방에서 나가 줘."

로건의 한쪽 눈썹이 사납게 기울어졌다.

"지금 우리는 함께 있는 것보다 각자 조용히 시간을 갖는 게 더 나아서 그래."

로건은 오영의 차분한 설명을 이해했으면서도 따르고 싶지 않았다. 아무리 화가 났을지라도 그녀와 떨어질 수 없었다. 특히 이렇게 기분이 엉망이고 불안할 때는…… 두려움이 엄습했다.

"그래. 로건이 집 주인이니까 내가 나가는 게 맞겠다."

로건의 대답을 기다리지 않고 오영은 찬바람을 일으키며 방을 나갔다. 침착한 척했지만 로건 못지않게 화가 났고 괜히 말이 길어지면 싸움만 커질 것이 뻔했다.

바로 뒤를 쫓으려던 로건은 문고리를 잡은 채 정지했다. 오영을 놀라게 해서는 안 된다는 생각으로 버티며 감정을 추슬렀다. 머리를 차갑게 하려고 노력하는 중에도 들끓는 가슴 때문에 호흡이 헝클어졌다. 하얗게 굳은 주먹의 떨림이 멈추지 않았다.

냉수를 찾아 주방으로 들어간 오영은 식탁 위에 놓인 지갑을 보자 불현듯 충동이 일었다. 내친김에 지갑을 챙겨 현관 밖으로 뛰쳐나갔다. 밖은 비를 머금은 구름이 낮게 깔려 있었다. 어찌나 감정이 달아올랐는지 차가운 밤바람에 식는 뺨이 시원하기만 했다.

낡은 운동화를 신은 발은 뭐에 쫓기기라도 하듯이 거침없이 속도를 더했다. 묵직한 바람을 안고 한참을 걷던 오영은 골목 어귀에 환하게 불을 밝힌 카페로 들어갔다. 작은 카페는 달콤하고 진한 커피 냄새로 가득했다. 메뉴판을 보는 동안 따뜻한 실내 공기에 오히려 몸이 오슬오슬 한기를 느꼈다.

"핫초코 한잔이요."

"휘핑크림 얹어 드릴까요?"

"네. 많이 주세요."

오영은 뜨거운 머그잔을 들고 창가에 자리를 잡았다. 달고 고소한 생크림을 떠먹으며 로건에 대해 그리고 관계에 대해 생각하기 시작했다. 왜 그렇게까지……. 까다롭긴 해도 함부로 화를 내는 사람이 아닌데 왜 그랬을까. 깨진 유리 조각처럼 위태롭고 예민했던 모습을 떠올릴수록 혼란스러웠다.

"하, 짜증 나."

오영은 알아채기도 전에 떨어진 눈물을 손바닥으로 닦으며 한숨을 몰아쉬었다. 로건이 밉고 이해할 수 없는데, 그 모든 것을 감내할 만큼 너무 좋았다. 이 와중에도 안쓰럽고 보고 싶다니, 억울했다.

"전화도 안 하는 것 봐."

괜스레 잠잠한 핸드폰을 노려보았다. 자신에게 화를 내고 거친 모습을 보인 로건은 점점 희미해졌다. 멍청하게도 열렬하게 안아주고 옆에 꼭 붙어서 아껴주던 온기만 생각났다. 한번 물꼬를 튼 눈물이 쉼 없이 흘러내렸다. 금세 축축해진 소매로는 감당할 수 없이 눈물은 하염없었다. 그때 테이블에 놓인 오영의 핸드폰에서 불빛이 깜빡였다. 전광석화보다 빠른 손이 핸드폰을 열었다.

[언니가 사준 잠바 엄청 따뜻해. 학교에 입고 갔더니 다들 예쁘다고 난리야. 비싼 브랜드인데…… 고마워. 그리고 그 아저씨, 아주 나빠 보이진 않았어. 괜히 심술부려서 미안해.]

미랑의 메시지를 읽자 더 속상했다. 아이들을 위해서라도 정신을 바짝 차려야 하는데 남자한테 홀려서 뭐 하는 짓인지, 자신이 한심하게 느껴졌다. 미랑에게 답장을 보내는데 테이블 위로 검은 그림자가 드리워졌다.

"그 새끼가 울렸어요?"

메시지를 입력하던 오영은 허락도 없이 제 앞에 앉은 남자를 생경하게 쳐다봤다. 설마 알고 찾아온 건 아니겠지. 우연일 거야. 오영은 언제 들어왔는지 이미 자신이 마실 커피까지 가져온 동훈이 더없이 소름 끼쳤다. 가는 곳마다 갑자기 나타나는 동훈이 꺼림칙했다.

"왜 울어요? 무슨 일이에요?"

동훈은 손수건을 꺼내서 오영의 앞에 내밀었다.

"필요 없어요."

"닦아요. 도대체 얼마나 운 거예요? 얼굴이 엉망이에요. 그깟 냅킨으로 수습될 수준이 아닌데."

"개인적인 일이에요. 생각할 게 있으니까 좀 비켜 주세요."

오영의 냉담한 대꾸만큼 동훈의 표정도 싸늘하게 식었다. 마냥 서글서글 웃기만 하던 동훈이 처음 보여 주는 날카로운 얼굴이었다. 그는 오영이 내던지다시피 돌려준 손수건을 억지로 그녀의 손에 쥐여 주었다.

"됐다니까요."

"닦으라고."

강압적인 말투에 오영은 덜컥 겁이 났다. 카페를 둘러보니 마감 시간이 다 된 실내에 손님은 자신들뿐이었다. 다행인 것은 카페 주인으로 보이는 남자가 이곳을 주시하고 있다는 거였다.

오영은 손에 들린 손수건을 크게 펼쳤다. 자신을 응시하는 동훈의 눈길을 피하지 않고 그대로 얼굴로 가져가 시원하게 코를 풀었다. 오영은 두 번, 세 번 시원하게 코를 푼 수건을 다시 동훈의 앞에 밀어 놓았다.

"잘 썼어요."

어이없는 눈으로 구겨진 수건을 보던 동훈이 소리 내 웃기 시작
했다. 맹렬하게 노려보는 오영을 보며 코가 잔뜩 묻은 수건을 자신
의 재킷 주머니에 쑤셔 넣었다. 아무렇지도 않다는 듯, 보란 듯이.

"하고 싶은 대로 다 해요. 나는 전부 받아 줄 수 있으니까. 그 새
끼하고 다르게."

"무슨 소리예요?"

"맞았어요?"

손을 뻗은 동훈이 오영의 턱을 건드렸다.

"뭐 하는 거예요!"

예의 없는 손을 쳐내는 오영의 손길이 매서웠다.

* * *

혼자 침실에 남아있던 로건은 정신 사납게 울리는 핸드폰을 한
동안 쳐다보았다. 무거운 한숨을 내쉬고 나서야 전화를 받았다.

"왜."

─ 벌써 집에 갔다면서?

"응."

─ 역시 사랑의 힘인가? 수술도 끝났으니 오늘은 연구실에서 베
토벤이나 처 듣고 있을 줄 알았는데.

"시끄러워. 용건이 뭐야?"

─ 용건 없어. 그냥 안부 차. 그런데 목소리가 왜 그래?

"피곤해."

– 흠……. 싸웠어?

"……."

수화기 너머로 문을 여닫는 소리가 들리더니 자잘한 소음이 모두 차단되었다. 사람이 없는 곳으로 장소를 옮긴 대양은 진중한 목소리로 훈계했다.

– 로건, 형 말 잘 들어. 와이프는 다 옳아. 진리야. 그냥 종교라고 생각하고 그녀의 뜻대로 살아. 믿음, 소망, 오영. 그중에 제일은 오영이라.

"……."

– 여보세요? 듣고 있어?

"알았어."

– 싹싹 빌어라.

"그래."

대양의 유쾌한 웃음소리가 아스라이 멀어지면서 통화가 종료되었다.

누가 모르나. 오늘 일은 전부 자신의 잘못이었다. 그래서 각자 시간을 갖자는 오영의 말이라도 들어주는 중이지 않은가. 시간을 확인한 로건은 이쯤이면 오영도 기분이 풀어졌으리라 기대하며 침대에서 일어났다.

"OK. 네가 옳아. 하지만……."

제시할 협상 카드를 만지작거리며 거실로 나간 로건은 적막이 드리워진 공간이 낯설게 느껴졌다.

"오영아!"

다급한 외침이 쓸쓸한 공기를 예리하게 갈랐다. 어딘가에 오영이 있다면 이렇게 시리고 공허한 냄새가 날 리 없었다. 침실, 욕실, 드레스룸, 서재의 문을 차례차례 열며 오영의 이름을 불렀다. 애타게 부르는 소리가 들리지 않을 리 없다는 걸 알면서도 로건은 오영을 놓칠세라 계속 이름을 불러댔다. 슬리퍼를 신고 정원으로 나가던 로건은 오영에게 전화를 걸었다. 신호가 가는 동안 뒤뜰과 차고지를 뒤진 로건은 대문을 박차고 뛰어나갔다.

핸드폰을 귀에 댄 채 오영이 자주 가던 편의점을 뒤졌다. 국밥집에 거의 다다랐을 때 통화가 연결되었다.

— 로건.

가슴이 바닥으로 곤두박질치면서 끝없는 안도가 밀려왔다.

"오영아, 지금 어디 있니?"

— 여기, 동네 입……

길 한복판에 선 로건은 먹통이 된 핸드폰을 귀에 바짝 붙였다. 아무 소리도 들리지 않았다.

"여보세요? 오영아."

액정을 확인하자 이미 끊어져 있었다. 다시 통화를 시도했지만, 또 받지 않았다. 로건은 오영이 마지막에 남긴 말을 곰곰이 되새겼다. 동네 입……구? 동네 입구! 로건은 버스 정류장이 있는 큰 길에서 동네로 진입하는 골목을 향해 달렸다.

* * *

오영은 앞에 앉은 미친놈을 황당한 눈으로 노려봤다. 낮부터 제 멋대로 굴던 동훈이 이제는 남의 핸드폰까지 당당하게 가로챘다.

거칠게 숨을 헐떡이던 로건의 목소리가 아직도 귓가에 남아 있었다. 나를 찾으러 다녔던 걸까. 조금 전까지 미워했던 마음은 이제 찌꺼기조차 남지 않았다. 어서 로건에게 돌아가고 싶었다. 이렇게 불쾌하고 무서운 순간에 잠시도 머무르고 싶지 않았다.

"진짜 오늘 왜 이래요? 내 전화기 돌려줘요."

발신자를 확인한 동훈이 한쪽 입꼬리를 얄밉게 끌어올렸다.

"집주인이라……."

오영은 돌려줄 생각이 없어 보이는 동훈을 보며 핸드폰을 되찾을 궁리를 했다.

"고향이 서울이 아니죠? 친구도 별로 없네."

저장된 번호가 몇 개 되지 않았다. 동훈은 '집주인'이라는 발신명으로만 이루어진 최신 통화 목록을 보며 나직이 욕설을 뇌까렸다.

"너무 늦었어요. 집에 돌아가야 해요."

서둘러 자리에서 일어난 오영이 손을 내밀어 핸드폰을 달라고 다그쳤다. 검지로 입술 끝을 긁으며 피식거리는 동훈은 야비해 보였다.

"가요. 데려다줄 테니."

"혼자 갈 수 있어요."

동훈은 살살 고개를 저으며 오영의 핸드폰을 제 주머니에 넣었다. 놀라 커다래진 오영의 눈은 놀람과 공포로 범벅되었다. 이제 어떡해야 하나. 로건에게 연락할 길은 없고 어두운 밤길을 거슬러 집으로 돌아가는 것도 무서웠다. 데려다주겠다는 동훈의 말은 전혀 신뢰 가지 않았으니까.

"갑시다."

마치 제 아랫사람을 부리듯이 턱짓한 동훈이 앞장서 카페를 나서고 있었다. 오영은 아까부터 자신들을 흘깃거리는 카페 사장에게 급히 다가갔다.

"사장님. 전화 한 통만 쓸게요."

"아……. 그게."

"한 통이면 돼요."

사장은 난처한 눈으로 동훈을 쳐다봤다.

"형. 무슨 일이에요?"

오영은 절망했다. 카페 사장이 동훈을 보며 알은 척을 했다. 동훈과 카페 사장은 잘 아는 사이 같았다. 그는 동네 토박이라고 했으니 이상할 것도 없었다.

"넌 알 것 없어. 인마."

동훈은 대수롭지 않은 일처럼 웃으며 카페 사장의 어깨를 다정하게 두드렸다. 마지막 희망의 불씨까지 꺼져 버렸다.

오영은 집으로 가는 길 대신 시내로 뻗은 길을 바라봤다. 아직 환하고 인적이 북적이는 곳으로 가서 로건에게 연락할 방법을 생각해 보자. 그깟 고물 핸드폰은 버려도 그만이었다. 먼저 밖에 나가서 기다리고 있는 동훈을 살피며 오영도 카페 밖으로 나갔다.

"산책이나 좀 하죠."

"알겠어요."

풀죽은 오영을 한동안 쳐다보던 동훈이 먼저 걸음을 뗐다. 그를 따르는 척 두어 걸음 뒤따르던 오영은 즉시 방향을 틀어 큰길을 향해 뛰기 시작했다. 불빛들이 반짝거리는 환한 길만 보고 전력을 다할 생각이었다. 그러나 몇 발짝 달려보지도 못하고 덥석 몸이 들렸다.

"아아악!"

오영은 몸부림을 치며 비명을 질렀다.

"오영아!"

고막에 감기는 익숙한 목소리.

"오영아, 나야."

땅에 발이 닿지 않아 불안한 오영은 몸부림을 멈추지 못했다. 버둥거리는 오영을 꼭 붙든 로건은 나직한 음성으로 확인시켜 주었다.

"나야. 오영아. 이제 괜찮아."

턱 끝까지 차오른 숨을 토해 내던 오영은 목소리의 주인을 알아 채자마자 딸꾹질을 했다. 로건은 흐느끼며 딸꾹질까지 하는 오영을 천천히 품에서 놓아주었다. 정말 그가 맞는지 확인하기 위해 몸을 돌린 오영은 로건의 얼굴을 보자마자 울음을 터트렸다. 안도와 별개로 그가 또 미워졌다.

"너 때문이잖아."

오영은 원망을 담아 그의 가슴을 주먹으로 쿵쿵 두드려 팼다. 로건은 작은 주먹에 가슴을 내주었다. 전혀 아프지 않아서 오히려 가슴이 아팠다. 놀라서 꺽꺽거리는 오영의 등을 찬찬히 쓰다듬으며 그녀가 안정을 찾도록 도왔다.

그건 그렇고.

오영을 달래는 로건의 시선이 카페 앞에 선 남자에게 향했다. 멀리서부터 오영의 실루엣을 알아본 로건은 속력을 더해 달렸다. 오직 목표물만 보고 달리던 중에 갑자기 오영이 도망치듯 뛰는 모습이 보였다. 왜 저러나, 하는 의문이 든 순간 오영을 붙잡을 수 있었다. 그리고 쏜살같이 달리던 중에도 거슬리던 그림자. 지금 저쪽에 멀거니 서 있는 저 새끼.

"여기 잠깐 있을 수 있지?"

"응."

다정하게 다독이는 로건에게 고개를 끄덕이던 오영은 급히 그의 옷자락을 붙들었다. 빠르게 고개를 젓는 오영의 목소리가 절박했다.

"아니. 혼자 못 있어. 안 돼. 가지 마."

"잠깐이면 돼."

로건은 겁에 질린 오영을 차분한 목소리로 안심시켰다. 하지만 오영은 그의 티셔츠가 늘어날 정도로 붙들고 늘어졌다. 로건의 목소리는 평소처럼 고저 없이 덤덤했지만, 눈빛은 그게 아니었다. 당장 무슨 일을 저지를 것 같은 흉흉한 시선이 찌를 듯이 동훈에게 달려들고 있었다.

차라리 집에서 다툴 때처럼 감정을 훤히 드러내는 로건이 훨씬 안정적인 상태였음을 깨달았다. 오영의 간곡한 만류에도 로건은 뜻을 꺾지 않았다. 성큼성큼 걷던 걸음이 빨라지더니 금세 동훈의 앞이었다. 로건은 유난히 부드러우면서도 큰 손을 갖고 있었다.

"컥!"

그 커다란 손이 순간의 망설임도 없이 동훈의 목덜미를 감아쥐었다. 말 한마디 해 보지도 못하고 숨통이 막힌 동훈은 단말마의 신음을 마지막으로 어떤 소리도 흘리지 못했다. 그저 할 수 있는 것은 제 목을 틀어잡은 손과 팔을 마구 쥐어뜯는 것뿐이었다. 눈알과 혀가 뽑히는 고통과 함께 머리통이 터질 것만 같았다.

"로건! 그만해. 이러다 큰일 나!"

시뻘겋게 충혈된 동훈의 시야에 하얗게 질린 오영이 보였다. 그녀만이 눈앞의 미친 작자를 말릴 수 있다는 생각이 뇌리를 스쳤다. 팔을 뻗어 오영을 향해 휘저으며 도움을 구했다.

"아직 머리 굴릴 정신이 남았어?"

이를 악다문 로건의 턱 근육이 불룩해졌다. 그러나 손의 힘을 푸는 아량을 베풀었다.

"흐으……."

곧 혈색이 돌아오는 동훈을 본 로건은 입꼬리를 끌어올리며 매혹적인 냉소를 보여주었다.

"어쩌지? 아직 안 끝났는데."

로건은 방심한 동훈을 그대로 밀어붙였다. 그대로 건물 벽에 처박힌 동훈의 목을 다시 움켜쥔 로건이 환자에게 병증을 설명하듯이 건조하게 뇌까렸다.

"이봐, 슈퍼. 여기를 꾸욱 누르면 말이지, 바로 숨통이 끊어져. 알아?"

경동맥을 누르고 있는 손가락에 슬며시 힘을 더하자 동훈이 허우적거렸다. 로건의 말 대로 당장 숨이 멎을 것 같았다. 지금까지와는 격이 다른 통증과 공포가 동훈을 압도했다.

"로건! 미쳤어!"

오영은 힘줄이 우악스럽게 솟은 로건의 팔뚝을 동훈에게서 떼어 내려고 안간힘을 썼다.

"무슨 일입니까!"

밖에서 일어난 소란을 뒤늦게 알아챈 카페 사장이 튀어나왔다.

"좀 도와주세요."

"동훈이 형!"

오영을 알아본 카페 사장은 곧 로건에게 제압당해 바닥에 구겨진 동훈을 발견했다. 그 역시 로건과 동훈을 떨어뜨리려고 애를 썼지만 역부족이었다.

"안 되겠어요. 119! 경찰, 119!"

사람 하나쯤 거뜬히 죽일 것 같은 로건의 덩치와 기세에 놀란 카페 사장은 싸움을 말리기는커녕 더 허둥거렸다. 경찰이란 말에 오영은 눈앞이 캄캄해졌다. 일이 커지면 불리한 것은 먼저 폭력을 사용한 로건이었다. 자신 때문에 로건이 불명예를 뒤집어쓰는 것을 두고 볼 수 없었다. 오영은 떨리는 손으로 핸드폰을 조작하는 카페 사장의 손을 후려쳤다. 바닥으로 떨어진 핸드폰을 챙긴 후 다시 로건에게 달려들어 그의 팔뚝을 꽉 깨물었다. 그런데도 로건은 끄떡하지 않았다.

"로건. 정신 차려. 이 사람보다 내가 먼저 죽는 꼴을 볼 거야!"

"네가 왜 죽어."

무감했던 로건의 눈동자에 감정이 실렸다.

"빨리 풀어 줘. 이러는 로건을 보는 게 너무 힘들어. 제발 정신 차려!"

그제야 목덜미를 틀어쥔 로건의 손에서 힘이 빠져나갔다. 한꺼번에 공기가 밀려들어 간 탓에 동훈은 땅바닥에 엎드려 한동안 캑캑거렸다. 기침하는 동훈을 들여다보며 카페 사장이 소리쳤다.

"씨발, 당신 뭐야!"

"그 사람이 먼저 잘못한 거예요."

"당신……. 동훈이 형 여자친구 아니었어요?"

"아니에요! 아무 사이 아니라고요. 그냥 슈퍼에서 물건 몇 번 산 게 다예요."

카페 사장은 쇳소리를 내며 구역질하는 동훈에게 시선을 돌렸다. 혼란스러운 눈으로 괴로워하는 동훈을 보던 카페 사장은 냅다 큰소리를 쳤다.

"됐고! 경찰서 가서 얘기합시다. 내 전화기 내놔요!"

"놔둬."

간신히 목소리를 낸 동훈이 고개를 흔들었다.

"형. 괜찮아요? 저 여자 말이 맞아요?"

흘깃 오영을 쳐다보는 동훈의 눈빛에 조소가 떠올랐다.

"그냥 보내 줘."

"뭐야. 도대체 뭐가 어떻게 된 거야."

찜찜한 기분에 고개를 갸웃거리는 카페 사장은 판단을 내리지 못하는 듯했다. 동훈이 경찰을 부르지 않는 것에 안심한 오영은 그가 빼앗아간 핸드폰이 생각났다.

"사장님, 그 사람 주머니에 내 핸드폰 들어있어요. 그것 좀 꺼내 주세요."

"핸드폰이요? 그걸 왜……."

카페 사장이 머뭇거리는 사이 동훈이 재킷 주머니에서 낡은 핸드폰을 꺼내 들었다.

"가져가요."

오영은 그에게 가까이 가는 것조차 소름이 끼쳤다. 다행히 카페 사장이 받아서 넘겨주었고 오영도 그의 핸드폰을 돌려주었다.

"고맙습니다. 가요. 로건."

"정말…… 죽일까."

분이 덜 풀린 로건은 매서운 눈길을 쉽사리 거두지 못했다. 놈의 주머니에서 오영의 핸드폰이 나오는 순간, 사람을 죽이는 구체적인 방법들을 떠올렸다. 간단하게 약물을 이용하는 편이 제일 깨끗하지만, 그러기엔 너무 안락해서 마음에 들지 않았다.

한창 생각 중일 때 오영이 그를 잔인한 망상에서 끌어냈다. 오영은 발길을 떼지 않는 로건의 몸을 온 힘을 다해 밀어내고 있었다. 로건은 마지못해 움직여 주었다.

'와이프 말은 진리야.'

정신이 들자 대양의 충고부터 떠오른 덕분이었다. 카페 사장은 힘이라고 없어 보이는 여자에게 순순히 끌려가는 남자를 멀거니 바라보았다.

"형. 그냥 보내도 진짜 괜찮은 거죠? 그런데 저 여자는 뭔데요? 삼각관계, 양다리 그런 거예요?"

"남녀관계가 다 그런 것 아니겠냐."

"와, 전혀 그렇게 생기지 않았던데……. 사람 속은 진짜 모르겠다."

동훈은 얼얼하고 뻐근한 목을 문지르며 멀어지는 두 남녀를 노려보았다.

* * *

유독 길게 느껴지는 밤이었다. 터덜터덜 걷던 로건이 걸음을 멈추고 오영의 어깨를 붙잡았다.

"너, 괜찮은 거야? 어디 다친 데 없어? 그 새끼가 어떻게 했어?"

오영의 얼굴, 어깨, 팔등을 세세하게 더듬으며 상한 곳이 없나 살피는 로건은 겁먹은 아이 같았다. 조금 전 살벌하게 죽음을 경고하던 사람이라고 믿을 수 없는 여린 모습이었다.

"괜찮아. 조금 놀랐을 뿐이야."

"놀랐다면서. 그럼 괜찮지 않은 거야."

"진짜 아무렇지 않아."

로건은 언짢은 한숨을 내쉬었다. 자신 때문에 놀란 데다 연달아 사건을 겪었으니 괜찮을 리 없는데. 일부러 멀쩡한 척 거짓으로 웃는 모습이 탐탁지 않았다.

"어?"

오영은 볼 위에 떨어진 물방울을 손으로 훑으며 하늘을 올려다봤다.

"비 오나 봐."

한 방울, 두 방울. 점을 찍듯 드문드문 떨어지는가 싶던 빗줄기가 금세 굵어졌다.

"빨리 가자. 곧 쏟아지겠어."

"너 춥겠다. 왜 외투도 안 입고 나왔어?"

"그러는 로건은 웬 반팔에 슬리퍼야. 로건 보니까 더 춥다."

"이리 와."

로건은 오영의 앙상한 어깨를 묵직한 팔로 감싸 안았다. 스치듯 팔에 닿은 오영의 볼이 싸늘했다. 오랜 시간 얇은 티셔츠 하나만 입고 돌아다녔으니 감기에 걸리기에 십상이었다. 서늘한 비바람이 오영에게 닿는 것이 싫었다.

"지오영, 내가 들고 갈까?"

"뭐를? 나? 됐어. 내가 물건도 아니고."

　사실 오영은 잠시 귀가 솔깃하긴 했다. 안 그래도 추워죽겠는데 바람도 거세지고 비까지. 그걸 막아보겠다는 남자가 제 몸을 품에 안고 걸으니 걸음이 더디긴 했다.

"아니. 들고 가야겠다. 이렇게 걷다간 둘 다 쫄딱 비 맞아."

"어! 어!"

　오영을 손쉽게 안아 올린 로건은 숨소리 하나 흐트러지지 않고 빠르게 걸었다.

"힘들잖아."

"그러니까 가만히 있어. 움직이면 진짜 힘들어."

"그래도."

"꽉 잡아. 그러면 힘이 솟아."

　오영은 피식 웃는 남자의 목을 꼭 끌어안았다. 그의 말대로 길에서 이러쿵저러쿵 따지느니 빨리 가는 것이 이익이었다.

* * *

　더운 김을 모락모락 올리는 물을 보자 어서 몸을 담그고 싶었다. 욕조 옆에 선 오영은 손 하나 까딱하지 말라는 로건의 말을 충실히 따르는 중이었다. 속옷만 남은 오영을 세워 놓은 로건은 정수리부터 발가락까지 오영의 몸을 낱낱이 살폈다. 슈퍼 녀석이 정말 오영의 털끝 하나 건드리지 않았는지 눈으로 확인해야 안심이었다.

"추워. 빨리 목욕하고 싶어."

"그래. 이제 들어가자."

부르르 떠는 몸을 가볍게 끌어안은 로건은 오영의 귓불을 혀로 굴리다 살짝 깨물었다. 오영이 간지럽다며 키득거리는 사이 능숙한 손놀림으로 속옷 후크를 끌렀다. 욕조에 자리 잡은 오영은 자신도 모르게 나른한 신음을 토해 냈다.

"으음."

"물 온도 괜찮아?"

"조금 뜨겁긴 한데, 이게 좋은 것 같아."

눈을 감은 오영의 어깨가 공기 중에 드러난 것이 신경 쓰인 로건은 계속 따뜻한 물을 끼얹어 주었다.

"로건."

"응."

"말해 줘."

"뭘."

"당신에 대해서. 내가 알면 안 돼?"

"……"

"로건은 조각을 잃은 퍼즐 같아. 그런 것 싫어."

오영은 고집스럽게 입 다물고 있는 남자를 오랜 시간 빤히 바라보았다. 절대로 단순한 호기심 때문이 아니었다. 로건이 감추고 싶은 것이 뭔지 몰라도 이렇게 흐지부지 묻어 두고 지낼 수는 없었다. 그래야 오래오래 그와 잘 지낼 수 있다는 확신, 어렴풋이 그런 생각이 들었다.

"로건은 스스로가 싫어? 부끄러워?"

"응."

맙소사. 말도 안 돼.

답답한 마음에 비꼬며 물었더니 순순히도 대답한다.

"로건은 멋져."

로건은 쓸쓸하게 웃으며 정색한 오영의 얼굴에 물을 튕겼다.

"껍데기만 보면 안 된다니까."

"그러니까. 이제 껍데기 말고 속을 알고 싶어. 가끔 로건이 하는 말을 들으면 혼란스러워."

"미안해."

"탓하는 게 아니야."

오영은 로건의 손등과 팔뚝에 난 상처를 하나하나 짚으며 이마를 찡그렸다. 동훈이 저항하면서 긁어놓은 상처가 무수히 많았다. 얼굴만큼 잘생긴 데다 빼어난 재주까지 지닌 손을 엉망으로 만들어 놓았다. 병원 사람들이 보면 수군거리기 좋은 꼴이었다.

"난 로건과 아주 오랫동안 함께 하고 싶어. 그런데 지금은 이유 없이 불안하다고."

"아주…… 오래. 나하고 정말 그렇게 할 수 있어?"

로건은 희망과 의심을 반반 섞어서 되물었다.

"내가 말했잖아. 로건이 날 떠나지만 않으면 난 그대로 있을 거라고."

"그럼, 결혼도 할 수 있어?"

"결혼?"

생각조차 해 본 적 없는 구체적인 단어를 듣자 오영의 말문이 막혔다. 로건을 많이 좋아하는 건 확실했다. 아니 이제는 사랑한다고 말할 수 있을 정도였다. 그렇다 해도 언제까지나 그와 함께 있고 싶다는 생각과 달리 결혼은 전혀, 엄두는커녕 아예 머릿속에 없었다.

"항상 나하고 있을 거라면서. 그런 게 결혼 아니야?"

마침내 덫에 걸린 먹잇감을 두고 군침 흘리는 야비한 맹수, 그런 눈을 한 로건이 추궁했다. 다짐을 받겠다는 강력한 의지가 느껴졌다. 생각지도 못한 전개에 당황했던 오영은 설레는 감정을 추스르고 단정하게 대꾸했다.

"그러니까 로건을 전부 보여 달라는 거잖아. 지금 이대로는 안 된다고."

"이 이상 얼마나 더 보이라는 거지?"

"응?"

발뺌하는 로건을 의아하게 바라보던 오영은 어이가 없어 혀를 차고 말았다. 로건의 능글맞은 시선이 뭉근하게 달아오른 자신의 하체를 가리키고 있었다.

"얼렁뚱땅 넘어가려고 하지 마. 화낼 거야."

당장 냉정해진 오영의 눈빛에 로건은 금세 작아졌다.

"오영아, 나한테 시간을 좀 줘. 나는……."

로건은 피하고 두려워할 오영을 떠올릴 때마다 견딜 수 없는 자기혐오에 잠식되었다.

"로건은 좋은 사람이야."

그래. 그 말이 가장 듣기 좋으면서도 무서워. 그런 놈이 아닌 것을 알면 오영이 어떻게 돌변할까.

"누가 뭐래도 나한테는 좋은 사람이야."

"내가 어떤 놈이라도?"

"응. 무슨 일이 있어도 변함없이."

올곧은 오영의 시선과 확신에 찬 말에서 강인함이 느껴졌다. 어쩌면 이 작고 마른 여자가 자신을 지켜줄지도. 시궁창에 빠진 더럽고 구역질나는 인생을 구원해 줄 단 하나의 존재가 바로 오영일 것이다.

"사랑해."

생각할 틈도 없이 로건의 입에서 사랑이 튀어나왔다. 말해 놓고 보니 그런 흔한 말로 채울 수 없는 감정임을 깨달았다. 실재하는 그 어떤 말도 오영에 대한 제 감정을 온전히 표현할 수 없었다.

"진짜?"

"그래. 내 가슴이 어떻게 돼버릴 것 같은데 표현을 못 하겠어."

"하지 마. 안 해도 다 알아."

로건은 철없이 웃는 오영의 젖은 얼굴을 큰 손에 담았다. 사랑스럽고 귀한 지오영. 웃음기 가득한 눈망울을 볼수록 가슴에 켜켜이 쌓이는 안도를 무엇으로 보답할 수 있을까. 로건은 감당할 수 없이 넘실거리는 애정을 담아 그녀의 입술을 베어 물었다. 입욕제 향이 밴 물기가 짭짤하고 향긋하게 로건의 입술을 적셨다. 이내 달콤한 타액으로 매끈하게 젖은 작은 혀가 로건의 입속으로 건너왔다. 장난스러운 웃음소리와 입술이 떨어질 때마다 흘러나

오는 신음 소리가 교차했다. 오영의 아랫입술을 머금은 채로 로건이 한숨처럼 속삭였다.

"사랑해. 오영아."

"알았어."

"너도 그렇다고 말해야지."

"알았다니까."

"심술인가?"

오영은 킥킥대며 로건의 목을 끌어왔다.

"나중에. 정말 중요할 때, 감격스럽게 써먹으려고."

"그래. 대신에 내가 질리도록 할게."

"난 안 질릴 자신 있어."

"사랑해."

"응."

"진짜 사랑해. 너무 많이."

오영이 쾌활하게 웃는 소리가 욕실에 기분 좋은 울림을 만들었다. 애정이 절절 끓는 눈으로 저만 바라보는 로건을 끌어안은 오영이 가라앉은 어조로 말했다.

"로건. 미안해."

"뭐가?"

순간 로건의 표정이 심각하게 굳어졌다. 한창 좋은 분위기인데 오영이 갑작스럽게 사과할 일이 뭐가 있나. 혹시 나는 너와 같은 마음이 아니라고 할 참인가. 더럭 겁이 났다.

"처음부터 로건이 부탁했잖아. 물건에 함부로 손대지 말아 달라고. 쓰레기도 물어보고 버리라고 했었는데……."

"그건."

"로건하고 가까워졌다는 생각에 내가 너무 쉽게 생각했어. 앞으로 더 조심할게."

"아니. 그게 아니야."

풀죽은 목소리를 듣던 로건은 둘 사이의 거리를 넓혔다. 마음을 다해 사과하는 말을 들으니 자신이 그은 선 밖에서 움츠리고 있는 오영이 보였다. 고아로서 세상의 편견을 겪으며 살았을 여자. 로건은 당당해도 되는 순간조차 그러지 못하는 오영의 자격지심을 알 것 같았다.

"오늘 일은 내가 잘못한 거야. 네가 옳아. 나야말로 너한테 해서는 안 될 짓을 했어. 너는 이제 도우미가 아니잖아."

"그럼. 나는 이 집에서도 해고로구나."

짧게 헛웃음을 터트린 로건은 천천히 고개를 저었다.

"그런 뜻 아니란 거 알지? 네가 많이 놀라고 화내는 게 맞아. 미안해."

"나도 화냈잖아. 우리 서로 미안하자. 이제 끝."

오영이 오른손을 번쩍 들고 전쟁 종료를 선언했다. 유쾌한 화해법이 마음에 든 로건은 더운물 때문에 볼이 빨갛게 익은 오영의 볼에 입을 맞췄다. 그리고 용기를 내서 가슴 속의 응어리를 조금 꺼내 보였다.

"오영. 사실 나는 양부를 증오해."

"그랬어?"

"그에게 많은 영향을 받았지. 양질의 교육도 받고 많은 재산도 물려받았어. 지금은 네가 말하는 대로 돈 잘 버는 의사가 될 수 있었던 것도 그 덕분이야."

양부에게 받은 혜택을 늘어놓는 로건의 표정은 공허했다. 애써 괴로움을 지우고 아무렇지 않은 척 포장하는 그런 얼굴이었다.

"그런데 왜 액자를 버젓이 침실에 뒀어? 각별한 사이인 줄 알았잖아."

"나는 그가 바라는 대로 살고 싶지 않아. 그래서 잊지 않으려고 아침마다 그의 사진을 봤어."

"양부가 많이 괴롭혔어?"

"……."

"이해해. 난 그런 경우를 종종 들었어. 입양됐던 내 친구도 그래서 다시 돌아왔거든."

오영은 더는 캐묻지 않기로 했다. 지독하게 괴로워하는 로건의 묵은 상처를 한 번에 드러내려고 하는 것은 너무 잔인한 일이니까.

"나 대신 입양됐던 친구였어. 입양된 후 얼마 못 가 양부의 사업이 어려워졌대. 친구 탓이라고 허구한 날 매 맞고 구박받다가 결국 파양됐어. 그때 친구한테 무척 미안했던 기억이 있어."

"네 잘못이 아니었잖아."

"알아. 그래도 나 대신 고통 받은 것 같았거든. 하지만 결국 해피엔딩이었어. 중학교 입학한 해에 그 친구의 엄마가 찾아왔거든. 지금은 엄마하고 행복하게 잘 지내."

"진짜 좋은 결말이군."

"응. 로건도 해피엔딩일 거야. 내가 있잖아."

지금도 충분히 행복한데 더 바라도 되는 걸까. 로건은 머뭇거리면서도 자라나는 욕심을 막을 길이 없었다.

"졸려."

욕조에 기댄 오영의 눈에 잠이 그득했다. 얼었던 몸과 무거웠던 마음이 모두 해결되자 일시에 긴장이 풀린 모양이었다.

"어서 마저 씻고 자야겠네."

"그러게."

로건은 욕조에 손을 넣어 물의 온도를 가늠했다.

"아직 물이 따뜻해. 벌써 목욕을 마치긴 아까운데."

짓궂게 웃으며 일어서는 로건을 미심쩍은 눈으로 보던 오영이 코웃음을 쳤다. 금세 훌훌 옷을 벗어 던진 로건이 욕조로 들어왔다. 가득 찼던 물이 밖으로 넘치는 소리가 요란했다.

"이리 와."

로건이 팔을 벌리자 기다렸다는 듯이 오영이 품속으로 끼어들었다. 물이 식어서인지 빨갛게 익었던 오영의 몸도 제 온도로 돌아와 있었다.

"더 뜨겁게 해줄까?"

"응."

오영은 욕망을 고스란히 드러낸 남자를 다리 사이에 품으며 고개를 끄덕였다.

* * *

귓가에 옷감이 스치는 소리와 익숙한 화장품 향을 느낀 지 오래인데도 오영은 눈을 뜨지 못했다. 오영은 미간을 꼬깃꼬깃 구기며 목소리를 짜냈다.

"아침이야?"

"아직 새벽이야. 더 자."

그래. 새벽이겠지. 로건은 대체로 깜깜한 시간에 일어나서 세상이 파란색일 때 출근했다. 몇 시간이나 잤을까? 겨우 세 시간 남짓일 텐데, 어쩌면 저렇게 목소리가 쌩쌩할까. 남부럽지 않게 부지런하다고 자부했던 오영은 요즘 체력의 한계라는 것을 느꼈다. 여간 당황스러운 것이 아니었다. 앞으로 평생 아침에 일어나는 것이 불가능할 것 같았다.

"미안해. 맨날 자고 있어서. 내가 이래서 로건한테 해고당했구나."

"그런 것 아니야. 내가 원인이잖아. 나 없을 때 자둬."

"그 미리 자두라거나 쉬고 있으라는 말이 좀 무섭게 들리는 거 알아?"

"오영아, 다 좋은데. 무섭다는 소리는 하지 말아줘."

"금지어야?"

"응."

로건은 찡그리고 있는 감은 눈두덩에 가볍게 입을 맞췄다. 오영의 두 팔이 그의 목을 감고 끌어당기자 몸이 으스러질 정도로 안아 주었다.

"오늘은 좀 일찍 올 거야. 네가 병원에 남으라고 해서 대신 일을 좀 줄였어."

"그럴 수도 있어?"

"응. 어차피 나는 페이 닥터니까."

"그게 뭔지 모르지만, 좋게 들린다. 하여튼 로건이 집에 일찍 와서 좋다."

"그리고 일자리 구하는 것 보다 차라리 공부하면 어떨까?"

"공부?"

내내 감겨있던 오영의 눈이 번쩍 떠졌다. 벌떡 일어난 오영은 사
방으로 뻗친 머리를 흔들며 다급하게 목소리를 냈다.

"로건한테 고백할 게 있어."

"뭔데."

"나 있잖아. 사실은 돌대가리야."

"뭐?"

놀란 눈으로 자신을 쳐다보는 로건 앞에서 오영은 뭉그적대며
입술을 뗐다.

"로건 같은 사람은 세상에서 공부가 제일 쉬웠겠지만 나는 공
부가 제일 싫어."

"흠……."

"너무 싫어. 상상도 못 할 거야. 학교 다닐 때 성적표를 보면 내
가 싫어질지도 몰라."

"오영아, 너는 영리해. 세상에 공부 못하는 사람은 없어. 열심히
하면 누구나 목표에 다다르지."

"공부라니……. 생각만 해도 토할 것 같아."

오영은 더는 듣기 싫다는 듯 이불을 머리끝까지 뒤집어쓰고 도
로 누워 버렸다. 공부가 왜 싫다는 건지. 로건은 도무지 이해할 수
없는 눈으로 동그란 이불 덩어리를 쳐다보았다.

8. 좋은 사람

　굳게 닫혀 있던 수술실 문이 열렸다. 다소 지친 기색의 로건이 모습을 드러내자 몇 시간은 문 앞에서 서성였을 보호자가 다가왔다. 하얗게 마른 입술을 한 여자가 로건의 앞에서 구부정히 허리를 굽혔다. 핏기 없는 얼굴이 초조하기 이를 데 없었다.

　"선생님, 저희 아이는요?"

　12층에서 떨어진 아이는 추락 도중 구조물에 한 번 부딪혔다. 그 바람에 당장 생명은 구했으나 내장 기관이 형편없이 망가진 상태로 실려 왔다. 응급 수술에 투입된 로건은 아침에 오영에게 약속한 대로 이른 퇴근을 할 수 없었다. 다행히 장시간에 걸친 수술은 성공적이었다. 언제나처럼 보호자를 무심히 지나치려던 로건의 발걸음이 바닥에 붙들렸다.

'로건은 좋은 사람이야.'

그녀의 확신에 어긋날 수 없었다. 오늘 일을 들으면 오영이 엄지를 치켜들고 싱긋 웃어줄 것 같았다.

"걱정하지 않으셔도 됩니다. 수술은 잘 마무리되었고 아이들은 기적 같은 회복력을 보여 주니까요."

웃음기 하나 없는 건조한 위로였지만 아이의 엄마, 아빠에게는 전지전능한 신의 음성이나 마찬가지였다. 로건은 연신 허리를 숙이는 보호자들의 감사가 어색했다. 다른 의사들이 어떻게 반응했었는지 떠올리며 대충 함께 허리를 숙이고 돌아섰다. 성큼성큼 걷는 로건에게 수군거리는 소리가 뒤따랐다.

"시상에, 해가 서쪽에서 뜨겄어."

"저 이가 그 선생이지? 오영이 신랑?"

"맞아. 그나저나 오영이는 잘 지내는가 모르겠네."

로건이 뒤를 돌아보았다. 그와 눈이 마주친 미화 담당 직원들이 얼른 눈길을 거뒀다.

"신랑? 오영이 신랑."

그들이 떠들던 말을 주워 담은 로건이 턱을 쓰다듬으며 웃음을 숨겼다.

* * *

깊은 생각에 빠져 손가락 끝으로 책상을 두드리던 로건이 무거운 입술을 뗐다.

"허윤수."

"네."

"지난번에 네 동생이 공부 못 한다는 소리 했잖아."

뜬금없는 말에 윤수는 기억을 더듬느라 눈동자를 굴렸다. 로건을 앞에 두고 했던 말은 아니지만, 동료들과 그런 얘기를 한 기억이 있었다.

"그랬습니다."

"공부를 못 한다는 건 주관적 판단이잖아. 한국에서 객관적으로 공부를 못 하는 수준은 어느 정도지?"

"글쎄요."

"보통 돌, 대가리. 그런 소리를 듣는 정도 말이야."

"음……. 자타공인 돌대가리 소리를 듣는다면 클래스에서 바닥을 담당하는 정도? 예를 들어 수학시험을 봤는데 100점 만점에 20점 정도겠죠. 제 동생이 그렇습니다."

나직이 한숨을 내쉬는 로건의 얼굴에 시름이 깊어 보였다. 그야말로 낙제일 때 돌대가리 소리를 듣는다는 건데, 똘망똘망한 오영이 그렇다는 사실이 믿어지지 않았다.

"하지만 선생님, 사람이 꼭 공부만 잘할 필요는 없죠. 다른 재주가 있으면 상관없다고 봅니다."

"그렇지?"

오영의 재주는 무엇일까. 많이 먹는 것? 쉼 없이 움직이는 것? 지나친 솔직함? 귀엽고 사랑스럽기도. 마지막 생각 즈음에서 로건이 크게 고개를 끄덕였다. 문제해결을 한 것처럼 후련한 표정이었다.

"저녁 먹었나?"

"아직 못 먹었습니다."

로건이 지갑에서 카드를 꺼내서 윤수의 앞에 놓아두었다.

"이게 뭡니까? 선생님?"

"오늘 저녁에 의국 애들 데리고 나가서 실컷 먹고 와. 메뉴, 금액 제한 없이. 좋은 것 먹도록 해."

"어…… 그, 그래도 되, 되는지……."

윤수는 차마 카드에 손도 대지 못하고 머뭇거렸다. 오늘따라 이로건 선생이 너무 달라서, 혹시 뭐에 씐 것이 아닌가 헛된 의심이 들던 참이었다.

오후에 실려 온 어린 생명을 살리기 위해 엄청나게 까다로운 수술을 했다. 수술에 미친 이로건 선생은 수술 후에는 한껏 예민하고 광기 어린 모습을 보여야 정상이었다. 그런데 오늘은 경의실에서 한동안 나오지 않았던 것 외에는 전혀 다른 양상을 보였다. 말끔하게 샤워하고 옷을 갈아입은 로건은 평온해 보였다. 원래 윤수가 해야 할 환자 면담까지 도맡았다. 그것도 온화한 얼굴로 불안에 떠는 환자를 다독이면서까지.

"내 마음 변하기 전에 어서 카드 챙겨. 나는 집에 간다."

"예! 선생님. 내일 뵙겠습니다."

냅다 카드를 챙긴 윤수는 연구실을 빠져나가는 로건의 뒤통수에 존경을 듬뿍 담아 허리를 굽혔다.

* * *

[네가 좋아하는 로스트 치킨 사 간다.]

[생맥주도 샀어?]

[깜빡했어. 그냥 캔맥주 마시면 안 돼?]

"이럴 줄 알았어."

오영은 못마땅한 얼굴로 메시지를 써 내려갔다. 술을 즐기지 않는 로건에게 치킨에는 맥주라는 만고의 진리가 입력되어 있지 않았다.

[응. 캔맥도 좋아. 조심해서 와. 어마어마하게 보고 싶어.]

[그렇게 말하면 조심해서 못 가.]

핸드폰을 내려놓은 오영은 무릎 담요를 어깨에 두르고 창가에 섰다. 활짝 열린 창으로 저물어 가는 계절의 향기가 넘어 들어왔다. 차가운 공기 속에는 아직 흐릿한 풀 내음이 남아 있었다.

"이 집이 너무 좋아."

예산에 맞는 월세방을 찾아 흘러들어온 것이 엊그제 같은데 벌써 겨울 문턱이었다. 그동안 로건과 있었던 일들이 하나둘 떠오르면서 입가에 웃음이 번졌다.

'*못생겼어.*'

말끝마다 못생겼다고 구박하던 남자가 지금은 예쁘다는 말을 입에 달고 사는 것이 우스웠다.

"오기만 해봐라."

정말 자신의 첫인상이 그렇게 못생겼었냐고 묻고 싶었다. 이런저런 생각 끝에 아침에 있었던 일이 떠올랐다. 갑자기 공부라니. 치킨을 먹기 전인데 벌써 속이 더부룩했다. 학창시절 내내 뒷문 닫는 수준의 성적이었던 오영은 이제 와서 무언가를 더 공부한다는 것이 부담스럽기만 했다. 그러나 싫다 싫다 생각하면서도 로건의 제안이 종일 머리에서 떠나지 않았다. 골몰했던 의식 속에서 희미한 인기척이 느껴졌다.

"로건이야?"

가끔 오영을 놀려 주려고 뒤뜰 창가로 나타나는 로건이었다. 오영은 창밖으로 몸을 길게 빼고 어둠 속을 꼼꼼히 살펴보았다.

"로건!"

인기척은커녕 개미가 지나가는 소리조차 없었다. 잘못 들었을 수도 있는데, 이상하게 으스스한 기분이었다. 갑자기 든 무서운 느낌에 오영은 입도 뻥긋 못하고 붙박여 있었다.

"오영아."

다시 어렴풋이 들리는 소리에 안도감이 물밀 듯이 몰려왔다. 본채에서 별채로 건너오는 로건의 발소리가 선명했다.

"로건!"

방문을 열자 양손에 치킨과 맥주를 든 로건이 씨익 웃으며 가까워지고 있었다.

"로건이 맞구나!"

"무슨 소리야?"

"밖에서 무슨 소리가 들려서 로건 이름을 불렀는데 조용해서 잠깐 무서웠었어."

"무섭기는. 애들처럼."

로건의 손에 들린 봉투를 받아 든 오영도 피식 웃었다.

"아까 '그것을 알려주마'를 봐서 그런가 봐."

"밤에 그런 것 보면 꿈에 나온다. 차라리 책을 읽지 그랬어."

아침의 공부 이슈가 떠오른 오영의 입술이 불만스럽게 삐죽거렸다.

"로건 서재에 있는 책은 한글도 없잖아. 그림만 보려고 해도 전부 사람 몸, 뼈, 세포 그런 거라서 재미없어."

"아, 그렇지. 미안해. 내일은 서점에 가서 네가 볼 책을 좀 고르자."

"만화책만 살 거야."

"그러든지."

봉투를 열자 치킨 상자에서 뜨거운 김이 훅 끼쳤다.

"오, 맛있겠다."

손을 마주 비비며 군침을 삼키는 오영을 붙든 로건이 눈매를 구기고 있었다.

"왜?"

"치킨만 반기는 거야?"

"아."

오영이 발끝을 세워 저를 끌어안은 남자의 입술을 살짝 베어 물었다. 미안하지만 지금은 치킨과 시원한 맥주 생각이 간절했다. 그 속내가 훤히 드러난 성의 없는 입맞춤에 로건의 오기가 뻗쳤다. 오영이 끓어 넘치는 욕구를 애써 억누르고 있는 사람을 건드린 탓이었다. 평범하게 치킨을 먹으며 일과를 떠들어 볼 계획은 이미 어그러졌다.

"지금?"

잠옷 단추를 끄르는 손을 붙든 오영의 목소리가 다급했다.

"그래. 지금. 내내 참았어."

"잠깐!"

풀어 헤쳐진 옷섶을 붙든 오영이 로건을 피해 빙빙 돌다가 침대 위로 폴짝 뛰어올랐다. 차라리 창밖으로 뛰어나갈 것을. 도망치고 보니 가장 부적절한 장소였다.

"왜?"

입꼬리가 올라간 로건이 포위망을 좁히는 사냥꾼처럼 느린 걸음으로 다가갔다.

"치킨 먹고 하자. 나는 로건 기다리느라 저녁도 안 먹었어."

"나도 굶었어. 게다가 여섯 시간을 꼬박 수술방에 붙잡혀 있었어."

"음. 그래. 로건은 역시 대단해. 그러니까 일단 먹고 하자고."

"싫어."

침대 위로 기어 올라온 로건은 피해 보겠다고 발가락마저 오므린 오영을 보고 실소를 터트렸다. 이토록 잔망스러우니 가만둘 수 없지 않은가. 빠르게 발목을 낚아채 끌어당기자 뒤로 벌렁 눕혀진 오영이 속절없이 끌려왔다.

"그럼! 맥주라도 냉장고에 넣어놓……."

거침없는 로건의 입술이 오영의 말을 삼켜 버렸다. 로건은 바둥

거리는 두 다리를 제 허리에 감게 하고 깊숙이 몸을 밀며 키스를
이어나갔다. 오영은 로건이 혀를 빨아들일 때마다 혼이 딸려 나
가는 듯 어지러웠다. 집요했던 입술이 잠시 떨어져 목덜미를 파고
들 때 오영이 더듬거리며 말했다.

"창문이라도 닫자."

"그럴 시간 없어."

손가락으로 은근하게 젖은 오영을 확인한 로건은 더욱 마음이
급해졌다. 오영의 손을 당겨와 벨트에 걸며 간절하게 헐떡였다.

"벗겨."

마법의 주문을 들은 것처럼 오영의 손은 망설임 없이 로건을 홀
가분하게 만들어 주었다. 단단한 허벅지 사이로 무람없이 화가
치솟은 욕망을 손으로 더듬자 로건의 입술에서 낮은 탄성이 터
졌다. 손이 주는 감각에서 또 다른 희열을 깨달은 로건이 한숨을
담아 속삭였다.

"더 해봐."

열기 어린 음성에 흥분한 것은 오영도 마찬가지였다. 그가 원하
는 대로 어루만질 때마다 변하는 표정과 신음에 덩달아 체온이
상승했다. 로건의 손아귀에 갇혔을 때 자신의 표정이 이랬을까 생
각하니 부끄러움과 함께 묘한 쾌감이 일었다.

"젠장! 더는 못 참어."

"로건, 창문을 닫는 게 좋을 것 같아."

"놔둬. 어차피 나중에 더워서 창문 열잖아."

로건의 목소리에서 조급한 떨림이 느껴졌다. 처음부터 성급하
게 파고들었다. 통증을 동반한 오영의 아릿한 신음이 로건을 더

욱 자극했다. 통제력을 상실한 남자는 욕구에 충실한 움직임에 사정을 두지 않았다. 열기에 치인 적나라한 소음이 방안을 가득 메웠다.

* * *

오영은 늦은 밤이나 새벽에 포근한 이불을 덮고 듣는 빗소리를 좋아했다. 지금도 추적추적 땅을 적시는 빗소리와 체온 높은 로건의 품에서 아늑함을 즐기는 중이었다.

"빗소리가 너무 듣기 좋다."

"아직 안 잤어?"

로건은 한참 전부터 눈 감고 있던 오영이 진작에 잠든 줄 알고 있었다.

"응. 듣기 좋아서 집중하고 있었어. 요 며칠은 밤마다 비가 오네."

"그러면서 계절이 바뀌는 것 같더라."

"그렇네. 세상을 말갛게 헹구고 새로운 것을 가져오느라 그런가 봐."

입속에 반쯤 담긴 오영의 말투에 졸음이 가득했다. 로건은 창문을 닫는 대신 드러난 어깨에 이불을 끌어 올려주었다. 좋아하는 빗소리를 실컷 들을 수 있도록.

"오영아, 다른 곳으로 이사하는 건 어때?"

"왜?"

몽롱하게 늘어지던 오영의 목소리가 긴장으로 뭉쳤다.

"여기서는 그놈을 마주칠 수밖에 없잖아. 그놈이 알아서 먼저 이사할 것 같지는 않고."

"그렇긴 한데 조금 아쉽다. 난 이 집이 너무 좋은데."

나만 아니면 아무 일도 없었을 로건인데. 오영은 동훈 같은 사람과 얽힌 것이 왠지 자신의 잘못 같아서 미안했다.

"찾아보면 좋은 집 많아. 그런데 보안을 생각하면 아파트가 더 나을 듯해."

오영만큼 로건도 미안한 마음이었다. 좋아하는 이 집도, 예쁜 마당이 있는 새집도 오영의 바람대로 해 줄 수 없었다. 직업상 집을 비우는 시간이 많은 로건은 주택이 불안했다.

"로건 좋을 대로 해."

예상대로 풀죽은 대답이 돌아왔다.

"오영아, 아파트에 사는 건 잠깐일 거야."

"응. 난 다 좋아. 너무 신경 쓰지 마."

"미안해. 네가 원하는 대로 못 해 줘서."

"아니야! 난 괜찮아. 진짜라니까."

일부러 말투를 가볍게 꾸밀수록 오영의 서운한 마음이 훤히 드러났다. 로건은 대답 대신 오영의 이마에 입술을 눌렀다. 아직은 마음속에 그리고 있는 구체적인 미래를 함부로 입 밖에 꺼내고 싶지 않았다.

* * *

나태한 눈으로 모니터를 보는 이나의 귀에 솔깃한 소리가 들렸다.

"이로건 선생 말이야. 내가 애 낳으러 간 사이에 벼락이라도 맞았어? 완전히 다른 사람이던데?"

육아 휴직을 끝내고 온 책임 간호사의 질문이 나오자 스테이션에 수다의 장이 열렸다.

"장난 아니죠? 그런지 좀 됐는데 영 적응 안 된다니까요."

"좋은 쪽으로 이상해졌어요. 연애한다는 소문도 있고."

"맞아. 심지어 청소하는 여사님들 사이에서도 화제야."

"어머, 거기까지 소문이 났어? 워낙 잘생겨서 관심 집중인가?"

"모르는 거야? 젊은 미화원 하나 있었잖아. 머리 짧고 인사 열심히 하던 사람."

"아! 요즘 안 보이던데. 그만뒀나?"

"로건 쌤하고 소문나서 잘렸잖아요."

"소문이라니?"

"로건 쌤하고 정분났대요. 글쎄."

"대박. 그 청소부 뭐야? 돈 때문인가?"

"그만 좀 하세요."

듣다 못한 이나가 빠르게 흘러가는 분위기에 제동을 걸었다.

"그거……. 헛소문 아니에요."

"오! 이나 쌤은 뭘 좀 알아?"

"하여튼 상상력 그만 키우세요. 그냥 남녀가 만나서 연애하는 거잖아요. 그게 신기해요?"

"응. 신기해. 이로건이잖아. 그런 남자하고 어떻게 연애를 해? 무섭게."

"그러는 선생님도 출산 전에 태교한다고 로건 쌤 얼굴 보러 찾아다니셨잖아요."

"그랬지. 그래서 우리 아들 성질이 그 지경인가?"

책임 간호사의 너스레에 간호 스테이션이 웃음으로 왁자지껄해졌다. 쓴 입맛을 다신 이나는 차트를 챙겨서 소란스러운 스테이션을 빠져나왔다. 유유히 복도를 걷고 있지만 속은 말이 아니었다. 시간이 갈수록 자신이 오영에게 했던 말이 가슴에 걸렸다. 어차피 짝사랑이었으면서 마치 자기 것을 빼앗은 양 오영을 몰아붙였던 순간이 부끄러웠다. 한없이 미안해하던 오영은 조금도 가식적으로 보이지 않았다. 얘기나 자세히 들어볼걸.

실제로 본 로건은 소문보다 훨씬 오영에게 빠진 것 같았다. 그럴 리 없겠지만 우여곡절 끝에 자신과 로건이 이어졌다면. 로건의 그런 눈빛과 말투는 아무래도 자신의 몫이 아닐 터였다.

"맨날 뭘 그리 생각해요? 고민 많은 사춘기 애도 아니고."

윤수의 등장에 놀란 이나가 펄쩍 뛰었다.

"아이, 깜짝이야. 기척 좀 내고 다녀요."

"툭 터진 공간에서 기척은 무슨. 사극처럼 '쉬이, 물러서거라!' 그래야 하나?"

합리적인 핀잔에 대꾸할 말이 없어진 이나는 입만 뾰로통하게 내밀고 있었다.

"이거 먹을래요?"

"영감도 아니고. 혼자 많이 드세요."

윤수가 내미는 누룽지 맛 사탕을 보고 눈살을 구기던 이나가 넌지시 물었다.

"혹시, 오영 언니 연락처 알아요?"

"그럴 리가 없죠. 그냥 오가다 마주치면 인사나 하던 사이인데."

무심한 대답에 이나는 조그맣게 한숨을 내쉬었다.

"차라리 선생님께 물어보세요."

"이로건 선생님한테요?"

"네. 지오영 씨에 관해서라면 항상 예상외로 반응하시잖아요. 의외로 순순히 알려줄 수도 있어요."

"오!"

갑자기 외마디 탄성을 지른 윤수가 이나의 옷소매를 끌고 로비를 가로지르기 시작했다.

"뭐예요! 어디 가는 거예요?"

"저기 우리 선생님 계시잖아요. 가서 묻자고요."

"전 아직 준비가 안 됐어요."

이나와 윤수의 투덕거리는 모습이 로비 카페테리아에 있던 로건의 관심을 끌고 말았다. 윤수와 눈이 마주친 로건이 손짓했다.

"봐요. 오라잖아요."

"허, 쌤이나 가세요."

호리호리하게 마른 윤수는 보기와 다르게 기운이 넘쳤다. 맥없이 끌려간 이나는 어느새 생글생글 웃는 대양과 무표정한 로건 앞에 서 있었다.

"두 사람, 무슨 일이야?"

이나와 윤수가 썸이라도 타는 모양이라고 헛짚은 대양이 은근한 목소리로 물었다.

"김이나 선생이 물어볼 것이 있다고 해서요."

"나?"

윤수의 시선을 받은 로건이 검지로 자신을 가리키며 되물었다.

"……."

로건과 사적인 대화를 해 본 적이 없는 이나는 쉽사리 입을 떼
지 못하고 우물쭈물했다.

"어서 물어보세요."

윤수의 채근에 밀린 이나가 간신히 입을 열었다.

"저……. 그게, 오영 언니는 잘 지내시는지."

"아, 우리 오영이요."

이나는 '우리 오영'이란 자연스러운 호칭이 귀에 생소했다. 심지
어 찰떡처럼 착 붙는 발음이 아직 상처가 덜 아문 가슴에 저릿한
통증을 일으켰다.

"언니가 갑자기 그만두는 바람에 인사도 제대로 못 했거든요."

"그랬겠네요. 오늘 전하겠습니다."

"네……. 감사합니다."

한동안 로건을 좋아했던 이나는 오영의 이름만 들어도 무미했
던 표정에 기분 좋은 균열이 생기는 순간을 놓치지 않았다. 항상
어두워 보여 안쓰러웠던 남자의 달라진 모습에 이나는 착잡해졌
다. 오영이 아니면 그 누구도 할 수 없는 일이라는 걸 인정할 수밖
에 없었다. 자신을 비롯한 누구도 로건을 그토록 환하게 만들 수
없음을 인정해야 했다.

* * *

외출 준비를 마친 오영은 이제나저제나 로건의 연락을 기다리는 중이었다. 활동적인 주제에 종일 집에만 있는 백수가 되니 기분이 별로였다. 바람이라도 쐴 겸 근처 약수터 공원에 가려던 것도 그만두었다. 언제 어디서 동훈을 마주칠지 모르고 그로 인해 로건이 신경 쓰는 것도 피하고 싶었다. 잠시 후 이별을 고할 예정인 핸드폰이 오영의 손안에서 부르르 진동을 울렸다.

[오영아, 엄마한테 연락 좀 줘. 어제부터 태산대 병원에 입원 중이다. 너는 엄마가 죽어야 송장 치우러 올 거니?]

메시지를 확인한 오영은 눈을 질끈 감았다. 다시는 보지 않겠다고 먹었던 마음이 그리 단단하지 않았나 보다.

"종합병원에 입원했으면……."

보통 병은 아닐 것 같았다. 손가락이 통화버튼 위에서 주저하며 맴돌았다. 너무 큰 실망을 준 혈육, 그것도 자신을 낳은 엄마였다. 큰 병이라도 걸렸으면 어쩌나 하는 걱정에 심란했다. 이천만 원이란 돈은 오영에게 엄청나게 큰돈이었지만, 세상의 기준으로 보면 없어도 그만일 돈이었다. 생각이 깊어질수록 자신이 매정하고 강퍅하게 느껴졌다. 넋 놓고 있는 사이 손에 쥔 핸드폰이 또다시 진동을 떨었다.

"앗!"

바닥에 떨어진 핸드폰 화면에 '집주인'이라는 글씨가 떠올랐다. 그에게 전화 왔다는 사실만으로도 마음이 안정되었다.

"응. 로건. 준비 다 했어."

조금 전 병원에서 출발했다는 로건의 말을 듣는 오영의 눈에 눈물이 핑 돌았다.

                            * * *

　만수는 차량에서 내리는 남자를 돋보기 너머로 바라보았다. 유심히 보던 만수의 엉덩이가 의자에서 서서히 멀어졌다.

"저 사람이 여기는 웬일이지?"

　혹시 뒤에 대양이 따르는 건 아닌지 고개를 빼고 살폈지만, 과묵하기로 유명한 남자 혼자였다.

"안녕하세요."

　출입문을 열고 들어오자마자 로건이 꾸벅 고개를 숙였다. 평소 뻣뻣하다 못해 버릇없다고 생각했던 로건의 예의 바른 인사에 놀란 사장님도 덩달아 허리를 굽혔다.

"어서 오세요. 어쩐 일로."

"집을 좀 내놓을까 해서요."

"이사 가시게? 멀리 가시나?"

"병원 근처로 옮길까 해서요."

"직장 옆으로 가시네. 선생 댁 집은 워낙 잘 지은 데다 위치도 좋아서 내놓으면 금세 나갈 거요."

"네. 되도록 빨리 이사했으면 좋겠습니다."

"살기 좋은 집인데 이사하려니 아깝지 않아요?"

"그렇긴 하지만, 집 관리하기도 어렵고."

"흠. 그건 그렇지. 어디 보자. 지난달 그 옆 블록이 얼마에 나갔더라."

　하루가 멀다고 도우미를 갈아 치워서 대양이 골치 아파하던 걸 생각하면 이해 가는 사정이었다. 매물 장부를 꺼내서 뒤적거리던 사장님이 혼잣말인양 중얼거렸다.

"도우미 아가씨는 그만둘 테고. 그럼 곧 결혼하려나."

"네?"

로건이 어느새 책상 앞에 바짝 다가와 있었다. 만수는 흘러내린 돋보기를 고쳐 쓰며 머쓱하게 웃었다.

"집주인 앞에서 실수인가? 그래도 성인이고 프라이버시인데 참견할 일은 아니지 않소?"

"그러니까. 오영이가 결혼한다는, 그런 뜻으로 하신 말씀입니까?"

"그, 그렇소만."

만수은 언뜻 들은 로건의 말투가 의아했다. 아무리 고용주라지만 고용인의 이름을 함부로 부르는 것이 여간 이상한 게 아니었다.

"어디서 뭘 들으셨는지 물어도 될까요?"

"아니. 아무리 선생이 집주인이라지만 남의 사생활을 왈가왈부하는 건 옳지 않아요."

벗어진 이마까지 시뻘게진 만수의 언성이 높아졌다.

"사장님, 오영이는."

책상에 두 주먹을 올린 로건이 만수를 향해 몸을 기울였다. 그리고 정확하게 짚어 주었다.

"제 여잡니다."

이 미친놈이 뭐라는 건가. 로건을 바라보는 만수의 망연한 얼굴이 딱 '그렇게' 말하고 있었다.

"사장님."

"……."

정중하게 부르는 목소리는 달려들 기회를 노리는 도사견이 크르
릉 대듯 낮고 위협적으로 들렸다.

"대로 슈퍼 주인, 그자가 떠들고 다니는 겁니까?"

"……"

만수는 바른 대답을 할 수 없었다. 눈깔 뒤집힌 놈이 동훈에게
찾아가 해코지라도 하면 어떡하나. 그 생각부터 들더니 뒤이어 오
영에게까지 걱정이 미쳤다. 서둘러 이놈을 내보내야겠다는 생각
이 든 만수는 억지로 너스레를 떨며 분위기를 바꿨다.

"집은 좋은 사람과 인연이 닿도록 최선을 다할 테니. 걱정하지
마세요."

시치미를 떼더니 딴소리하는 만수를 한동안 응시하던 로건이
허리를 세웠다.

"그럼. 잘 부탁드립니다."

못마땅한 얼굴을 애써 누그러뜨린 로건은 들어왔을 때처럼 공
손히 인사하고 나갔다. 로건을 태운 차가 출발하는 것을 확인한
만수는 급히 핸드폰을 켜고 대양의 연락처를 찾아냈다. 직업이 직
업인지라 받지 않을까 봐 걱정한 것이 무색하게 곧 대양의 우렁
찬 목소리가 들렸다.

─ 안녕하세요! 어쩐 일이세요?

"바쁜데 미안해요. 뭐 하나만 물어보고 싶어서."

─ 네. 말씀하세요.

"오 선생님 친구 말이야. 종종 도우미 알아봐 달라고 부탁했던."

─ 예.

"방금 집을 내놓겠다고 왔다 갔는데."

- 네. 그랬을 겁니다.

초록은 동색이라는데 괜히 확인하는 게 아닌가 뒤늦은 후회가 들었다. 그래도 오영이 걱정스러워 넘길 수 없었다.

"내가 방금 놀라운 소리를 들어서. 그 집에서 일하는 아가씨하고 주인하고 말일세. 좀, 특별한가?"

- 하하하하!

만수의 초조함도 몰라주고 귀청이 떨어져 나갈 것처럼 유쾌한 웃음소리가 핸드폰을 쟁쟁 울렸다.

- 그 녀석이 거기서도 티를 내고 갔나 봅니다. 하긴 워낙 푹 빠졌어요. 나중에 사장님께도 옷 한 벌 해 드리라고 할게요. 오영 씨가 로건네 집에 들어가게 된 데는 사장님 공이 크지 않습니까.

"그, 그럼. 둘이 정말?"

- 예. 집도 오영 씨가 더 편하게 있으라고 옮기는 것 같던걸요.

"그랬군……. 내가 잘못 알고 있었나 보네."

- 네? 뭘요?

"아니요. 하여튼 젊은이들이 좋은 소식이 있다니 다행입니다. 그려."

너털웃음을 지으며 통화를 종료한 만수의 표정이 사뭇 진지해졌다. 누구 말을 믿어야 하는 건가.

'오영 씨하고 잘 돼 가고 있어요. 조만간 부모님께도 보여드리려고요.'

구체적으로, 오영의 직업 때문에 부모님이 내켜 하지 않는다고 했던 동훈의 말은 뭘까. 미스터리에 깊이 빠진 만수의 귀에 기척이 들렸다.

"아니……. 왜 또?"

다시 돌아온 로건을 본 만수는 어안이 벙벙한 채로 입을 다물지 못했다. 혼란스러웠다. 대양과 동훈, 둘 다 어릴 때부터 보아온 이 동네 토박이인지라 어느 쪽이 더 믿을만하다고 판단하기 어려웠다.

"확인 다 하셨습니까?"

"어흠흠! 확인이라니 뭘."

만수는 괜한 헛기침을 하며 시선을 회피했다. 사람의 편견이란 것이 얼마나 무서운지, 아무리 믿음직한 대양의 친구라고 해도 어두컴컴한 로건에게 마음이 가지 않았다.

"사장님, 제가 불안해서 그럽니다. 얼마 전에 밤길에서 슈퍼 사장하고 오영이하고 불미스러운 일도 있었어요."

"불미스러운 일?"

"제가 못 미더우시면, 오영이 데려와서 확인시켜 드릴까요?"

"아니, 뭘 그렇게까지."

"대로 슈퍼 사장. 어떤 사람입니까?"

"그게……."

* * *

실속 있는 알부자라고 소문난 슈퍼집 아들, 인사성 바르고 성실한 청년. 만수에게 전해 들은 동훈의 평가였다. 객관적으로 참 괜찮은 놈이란 생각이 들었다. 모난 데 없이 평범했으나 공부를 썩 잘하는 편은 아니라서 부모가 고등학교 때 해외로 유학을 보냈다고 했다. 돌아와서는 바로 슈퍼를 물려받아 운영했으며…….

"로건, 무슨 생각해?"

오영의 조심스러운 목소리 덕에 로건은 생각의 가지치기를 멈출 수 있었다.

"새로 들어온 환자. 특이한 케이스라서……."

식사가 나온 후에도 생각하느라 바빴던 로건은 대식가답지 않게 먹는 둥 마는 둥이었다. 차게 굳은 스테이크의 흥건한 핏기에 오영도 식욕이 떨어진 지 오래였다.

"입맛이 없나 봐?"

"별로야?"

동시에 물어보고 함께 웃음이 터졌다. 오영은 샐러드를 깨작거리며 시무룩하게 말했다.

"생각할 게 좀 있어서. 나도 입맛이 없을 때가 있나 봐. 여기 비싼 데지?"

"비싸긴. 그냥 식당이지 뭐."

오영은 한 번 더 실내를 눈여겨보았다. 캐주얼한 식당이었지만, 인테리어부터 식기까지 광채가 남다른 곳이었다. 높은 곳에서 내려다보는 야경은 휘황했고 창을 장식한 커튼도 아름다웠다. 꽃무늬가 사랑스러운 접시와 금빛이 눈부신 커트러리를 보니 식당 주인의 애정이 느껴졌다. 로건이 신경 써서 데려왔을 장소인데 별다른 감흥을 느끼지 못해서 미안한 지경이었다. 그나저나 이쯤이면 무슨 일이냐고 꼬치꼬치 캐물어야 마땅한 로건이 조용했다. 그야말로 무슨 일이 생긴 건 아닌지 걱정스러웠다.

"로건. 무슨 일 있어? 병원에서 사고라도 있었어?"

"아니."

짧게 답하고 난 로건은 직원을 불러 오영의 잔에 와인을 채워 달라 주문했다.

"나, 지금 와인 석 잔째야. 평소처럼 술 마신다고 잔소리도 안 하고. 이상하다?"

"내가 있으니까 마셔도 돼."

말도 안 되는 소리. 집에서 마셔도 짙은 눈썹에 힘이 빡 들어가는 사람이 오늘따라 너그럽다. 어딘가에 정신이 팔린 게 분명했다. 문득 떠오른 것이 있었다. 오영에게 숨기고 싶어 하는 로건의 과거 이야기들. 얼마나 힘들고 어두운 시절이기에 저렇게 고민이 깊을까. 오영은 더는 묻지 않고 기다려 주기로 마음먹었다.

"로건. 나 있잖아. 내일 태산대 병원에 잠깐 들를지도 몰라."

"나 보러?"

오영은 내내 침울하게 꺼져 있던 로건의 얼굴에 언뜻 도는 생기를 본 듯했다.

"아니. 엄마한테 연락이 와서 잠깐 보려고."

"네 엄마?"

딸을 버린 것도 모자라 사회에 적응하는 데 필요한 전 재산을 가져갔다는 그 몰염치한 여자? 로건의 검은 눈이 불쾌한 빛으로 번뜩였다.

"그 사람을 네가 왜 만나?"

"어디가 안 좋은가 봐. 병원에 입원했다는데 어떻게 모른 척해?"

"어려울 것 없어. 그냥 연락 끊고 모른 척해. 혹시, 오늘 바뀐 전화번호 알려줬어?"

오영은 힘없이 고개를 저었다.

"아직."

"넌, 아무래도 모른척하지 못할 것 같은데."

씩씩한 척 빽빽거릴 줄만 알았지, 마음 약한 오영을 잘 아는 로건은 한숨을 푹 내쉬었다. 고개를 숙이고 접시 가장자리의 금테를 만지작거리는 오영은 죄라도 지은 양 주눅 들어 보였다. 혈육에 대해 원망마저 남지 않은 로건으로서는 이해되지 않는 태도였다. 그까짓 것들이 뭐라고. 그래도 오영이 슬픈 것은 보고 싶지 않았다. 또 이용당하고 상처받지 않도록 지켜 주면 되겠지. 로건은 자신의 핸드폰을 들어 보였다.

"내일은 이 전화기 들고 다녀. 네 연락처 노출하지 말고."

"그럼, 로건은?"

"병원에서 쓰는 핸드폰은 따로 있으니까 괜찮아. 어차피 연락 올 데라고는 너하고 대양뿐이니까."

"응……."

"네 엄마라는 사람이 또 말도 안 되는 소리 하면 바로 나한테 알려."

단호하게 일러두는 로건을 보며 오영은 자꾸만 입가에 번지는 웃음을 막지 못했다. 제대로 의지할 수 있다는 생각에 든든했다.

"그러니까 진짜 아빠 같다."

"그것 좀 하지 말라니까."

"앗, 미안."

또 한 번, 거창한 한숨을 쉬며 식어 빠진 고깃덩어리를 씹는 남자를 보며 오영은 속없이 행복하기만 했다.

* * *

　　오영은 환자와 보호자로 번잡한 로비를 눈으로 훑으며 커피만 줄기차게 홀짝였다. 지금 당장 내려오겠다던 엄마는 함흥차사였다. 손에 꼭 쥐고 있던 로건의 핸드폰으로 한 번 더 전화를 걸려던 찰나 생기 넘치는 목소리가 오영을 불렀다.

　　"오영아! 우리 딸."

　　어느 쪽에서 나타났는지 모를 정금이 눈앞에서 생글생글 웃고 있었다. 홍조 띤 얼굴은 오영보다 혈색이 좋아 보였다. 아무리 봐도 대학병원에 입원씩이나 할 환자로 보이지 않았다.

　　"어머, 우리 딸. 예뻐진 것 좀 봐? 남자 생겼니?"

　　"무슨……."

　　오영은 몇 번 만나지 못한 엄마라는 사람이 아직도 어색한데 정금은 처음부터 지금껏 매번 스스럼없었다. 막상 만나면 엄마라는 말이 입 밖으로 나오지 않는 오영과 달리 정금은 꼬박꼬박 '우리 딸'을 붙였다. 그녀의 말에 따르면 뱃속에 열 달을 담고 키운 부모라서 그런 거란다. 나중에 아이를 낳으면 알 수 있으려나. 지금은 아무리 헤아려 봐도 정금을 이해할 수 없었다.

　　"어디가 아팠던 거예요?"

　　"얘는, 나도 뭐 좀 마시자. 가서 생오렌지 주스 좀 주문해."

　　오영이 주문하는 동안 정금은 딸의 전신을 꼼꼼히 살폈다. 이전과 분위기가 꽤 달라졌다. 후줄근하고 어딘지 모르게 빈한해 보이던 태가 말끔히 사라졌다. 희한한 일이었다.

　　"우리 딸, 서울 살더니 많이 세련돼진 것 같네?"

"그래요?"

"전화번호 바꾼 거야?"

"그게……. 지난번 전화기가 고장 나서 임시로 쓰는 거예요."

"번호 바꾸면 바로 연락해. 요즘 어디서 지내?"

"그냥……. 회사 기숙사요."

"기숙사에서 밥이 잘 나오나 봐. 얼굴이 뽀얀 것이 좋아 보인다."

"그런데 어디가 아파서 여기 입원하신 거예요? 오래 있었어요?"

"오래 있고 싶어도 돈이 있어야 말이지. 툭 하면 이거 검사해라 저거 검사해라. 병실은 또 왜 그리 비싼지."

이후로 한참을 정금은 병원비 얘기로 많은 시간을 흘려보냈다. 통장에 모아놓은 돈을 생각하던 오영은 이번에도 지키지 못할 것 같은 불길한 예감이 들었다. 사람이 아프다는데 어떻게 병원비를 나 몰라라 할 수 있어. 구겨진 인상이 펴지지 않았다.

"너무 걱정하지 마. 엄마가 알아서 해 볼게. 오늘 엄마 집에 가서 자자."

"예?"

한 번도 정금은 자신의 사는 모습을 드러낸 적이 없었다. 자식까지 떼어 놓고 열심히 살려고 발버둥 쳤지만 여의치 않았다면서 부끄럽다고 했었다. 나중에 사람답게 지낼 만해지면 초대한다고 하더니 그게 하필 오늘인가 보다.

"어서 가자. 우리 딸, 좋아하는 음식이 뭐야? 엄마가 오늘 실력 발휘한다!"

호기롭게 외친 정금은 어버버 하는 오영을 끌고 넓은 로비를 가로질렀다. 로건에게 외박한다는 사실을 알려야 하는데. 오영은 엄마를 싫어하는 로건이 어떻게 받아들일지 걱정이었다.

"지오영 씨!"

중앙 현관의 회전문으로 발을 들여놓으려던 순간 반가운 음성이 오영을 붙들었다. 신관으로 향하는 통로에서 나오는 윤수를 알아본 오영은 고개를 까딱 기울여 인사했다. 지나치게 반가워하는 그의 인사에 오영까지 덩달아 웃음이 나왔다. 손을 흔들며 뛰듯이 다가오는 윤수와 빙그레 웃는 오영을 정금은 의미심장한 눈길로 관찰했다. 휘날리는 하얀 가운을 보니 의사인 듯한데. 정금은 오영이 의사와 친분이 있다는 사실에 놀랐다.

"저거 누구니?"

"여기 선생님이신데."

그러고 보니 이렇다 할 사이가 아닌지라 마땅히 소개할 말이 없었다.

"네가 여기 의사를 어떻게 알아?"

게다가 멀찍이 떨어진 거리에서 윤수를 뒤따르는 로건을 보니 더욱 자세히 소개하고 싶지 않았다. 오영이 마땅한 핑계를 찾지 못하는 사이 윤수가 코앞에 당도했다. 윤수는 누구인 줄도 모르면서 오영과 함께 있는 정금에게 꾸벅 인사했다.

"우리 딸하고는 어떤 사이신지요?"

"지인입니다!"

간단명료한 윤수의 자기소개에 오영은 한 번 더 웃음이 터졌다.

"오영 씨, 안 그래도 선생님 통해서라도 연락해야 하나 고민 중이었는데 이렇게 만나게 돼서 다행이에요."

"엄마, 잠깐만요."

오영은 윤수를 데리고 조금 떨어진 곳으로 자리를 옮겼다. 가까워지고 있는 로건의 삐딱한 얼굴을 힐끗 보고 있는데 윤수가 다짜고짜 용건을 꺼냈다.

"오영 씨, 연락처 좀 주세요."

"네? 전화번호요?"

"네가 뭔데 오영이 전화번호를 물어?"

다리가 긴 남자는 어느새 지척에 당도해 윤수를 못마땅하게 내려다보고 있었다.

"김이나 선생님이 오영 씨한테 연락하고 싶어 해서요."

"이나 씨가요?"

"네."

"정말 김이나 선생이 물어본 거 맞아?"

의혹에 찬 로건의 눈빛 앞에서 억울해진 윤수가 제 가슴을 통통 두드렸다.

"맞다니까요. 인사도 못 했다고 서운해 하는 거 보셨잖아요. 꼭 하고 싶은 말도 있다고 했습니다."

"제가 좀 갑작스럽게 그만두긴 했죠."

오영도 서울 와서 처음 사귄 이나가 종종 생각났다. 자신 때문에 상처받았을 이나에게 하고 싶은 말은 자신이 더 많았다. 새로 바뀐 연락처를 알려 주려고 하자 로건이 손을 들어서 막았다.

"내가 알려 줄게. 오영이는 볼일 끝났어? 지금 집으로 가는 거지?"

"아니. 엄마가 갑자기 집에 가자고 해서."

"집이 어딘데?"

오영이 윤수의 눈치를 보며 어색하게 대꾸했다.

"나도 아직은 몰라."

로건의 목구멍에서 불만스러운 신음이 흘러나왔다. 계속 이쪽을 기웃거리는 오영의 엄마라는 여자의 첫인상이 마음에 들지 않았다. 오영과 전혀 다른 분위기를 풍기는 얼굴인데 희한하게 오영과 똑 닮아서 더 싫었다.

"네가 가고 싶으면 가도 좋아. 하지만 도착하자마자 주소 찍어서 보내. 알겠지?"

"선생님, 그건 너무……."

윤수는 로건이 너무 오영의 사적인 영역을 침범하고 간섭한다고 생각했다. 너무 하시는 것 아니냐며 넌지시 브레이크를 걸어 보려다 입을 다물었다. 오랜만에 보는 섬뜩한 무표정이었다. 첨예하게 곤두선 로건의 신경을 건드릴 때가 아니라고, 본능이 코드 A급 경보를 울렸다.

"그런데 엄마가 오늘 자고 가래."

"뭐? 그럼 나는 어떻게 자라고."

아니, 선생님. 이런 분이셨어요? 소스라치게 놀란 윤수는 떨리는 눈으로 로건을 응시했다. 그렇게 심각하고 중후한 얼굴로, 입에 올릴 만한 내용이 아니기에 귀를 의심해야 했다.

"나도 자는 건 좀 아닌 것 같아. 편하지 않거든."

"퇴근 후에 데리러 갈게. 너 없으면 못 자. 너도 그렇잖아."

이보세요. 여기도 사람이 있습니다. 따지고 싶은 마음을 접은 윤수는 슬금슬금 뒷걸음질을 쳤다. 이들의 낯 뜨겁고 간지러운 대화를 도저히 맨 정신으로 들을 엄두가 나지 않았다. 이로건이 여

자친구한테 너 없으면 못 잔다고 사정하더라! 어디 가서 떠들어
봤자 거짓말 작작하라는 핀잔이나 들을 게 뻔했다.

"알았어. 나 이제 가볼게."

"도착하면 연락해. 꼭."

"알았다니까."

다짐받는 로건의 시선이 오영 너머에 가 있었다. 호기심 어린 눈
으로 이쪽을 탐색하는 정금을 바라보는 로건의 시선에 사나운 날
이 섰다. 겨우 로건을 보내고 돌아온 오영의 팔짱을 낀 정금이 긴
밀한 어조로 물었다.

"아니, 네가 여기 의사들을 어떻게 아는 거야? 보통 가까워 보
이는 게 아니던데?"

"얼마 전까지 여기서 미화 일했었어요. 그때 내가 담당하던 구
역에 계시던 선생님들."

"에게. 그게 뭐니? 너는 젊은 애가 청소부를 했어?"

"청소 일이 왜? 근무 시간 짧아서 투잡도 할 수 있고 좋아."

"세상에 투잡이라니. 너는 애가 순진하구나. 융통성 있게 돈을
벌어야지."

"안 그래도 공부를 좀 더 하든가 자격증을 따 놓을까 하고 있
어요."

"어휴. 젊은 여자가 쉽게 돈 벌 방법이 얼마나 많은데. 한창때인
몸을 그런 식으로 쓰니."

뭐가 마음에 안 드는지 정금은 고개를 절레절레 저으며 연신 한
숨을 내쉬었다.

　　　　　　　　　　* * *

　정금의 아파트는 꽤 낡았지만 아담하고 정갈했다. 열심히 쓸고
닦은 흔적을 보며 오영은 사람은 역시 겉만 보고 판단하면 안 된
다고 생각했다. 정금이 몇 번이나 남향이라 좋다고 자랑한 집은
오후인데도 거실 깊은 곳까지 들어온 볕이 따사로웠다.

　"너는 먹고 싶은 게 겨우 떡볶이가 뭐니? 갈비찜 정도는 부를
줄 알았더니."

　오는 길에 봐온 장거리를 내려놓으며 정금이 구시렁거렸다.

　"좀 도울까요?"

　"아니. 우리 딸은 거기 앉아서 쉬어. 우리 집은 소파 같은 거 없
어. 집이 좀 작지?"

　"아니요. 좋은데요. 화장실은 어디에요?"

　"거기. 네 뒤에 문."

　화장지 걸이에는 다 쓴 두루마리 심만 남아 있었다.

　"저기…… 화장지가 없어요."

　"욕실장에 여분 있어. 새로 하나 꺼내."

　"네."

　욕실장을 연 오영은 화장지를 꺼내려던 손을 멈칫했다. 사용 흔
적이 있는 남성용 면도기와 면도크림이 무엇을 의미하는지, 잠시
생각이 멈춰 버렸다. 그러고 보니 세면대 위의 칫솔과 같은 디자
인의 칫솔도 하나 놓여 있었다. 마치 일부러 숨겨놓은 것처럼. 봐
선 안 될 것을 본 것 같아 불편했다. 엄마의 사생활이니 참견할 생
각은 없지만, 안 그래도 어색한 사이가 더 멀어지는 기분이었다.

"얘!"

정금의 다급한 모습이 거울에 비쳤다. 욕실장을 열고 멍한 채로 있던 오영이 고개를 돌리자 정금이 머쓱하게 웃었다.

"벌써 봤네. 천천히 말하려고 했는데. 실망했니?"

오영은 고개를 저었다. 우리는 전혀 실망할 사이가 아닌데 왜.

화장실에서 나오자 정금은 해 주겠다던 떡볶이는 미뤄 두고 거실에 앉아 있었다. 새침하게 앙다문 입술이 뭔가 작정이라도 한 사람 같았다.

"오영아, 내가 너한테 부탁할 것이 있어."

이럴 줄 알았는데 역시나. 지금 이대로 나가 버리는 게 낫지 않을까. 일찍 퇴근할 거라던 로건은 언제쯤 연락하려나. 짧은 순간 갈등하던 오영은 마지못해 자리에 앉았다.

"실은 아픈 건 내가 아니야."

"아픈 사람이 있긴 한 거고요?"

"얘 좀 봐? 말하는 투가 왜 그래? 그럼 내가 거짓말이라도 한다는 거니?"

이미 거짓말을 한 사실을 잊었는지 정금은 도리어 역정을 냈다. 처음 만났을 때처럼 맹하고 착한 딸만 생각했는데 의외로 녹록지 않은 오영의 태도에 놀란 탓이었다.

"아까 너도 눈치 챘겠지만, 나…… 결혼할 사람이 있거든."

"네. 아직 젊으니까 당연하죠."

오영이 순순하게 받아들이자 대번에 표정이 풀린 정금이 살갑게 말했다.

"너도 여자라서 이해가 빠르네. 여자 혼자 힘으로 살기가 얼마나 팍팍한 세상이니. 나이 드니까 돈 벌기는 더 빡세지고 말이야."

"그래서요."

"그이 아버지가 신부전증으로 오래 앓았거든. 우리 그이가 엄청 난 효자야. 참, 착한 남자거든."

"빨리 말씀하세요."

당신들의 길고 긴 사정이 나와 무슨 상관이라고. 이 대화의 결과를 알기에 오영은 짜증스러운 감정을 감추지 못했다. 정금은 날 선 오영의 눈치를 살피며 한껏 불쌍한 표정을 지어 보였다.

"일가친척 전부 끌어모아 검사했는데 다들 이식할 조건이 안 된대."

설마. 설마. 오영은 병원 화장실 문짝에 붙어 있던 스티커를 떼던 기억이 살아났다. 신장 팔 사람은 연락하라던 무수한 전화번호들. 실망으로 무너진 가슴이 분노로 벌떡거렸다.

"너도 검사만 한번 해 보자."

오영은 치미는 화를 억누르며 침착하게 대꾸했다.

"피 한 방울 안 섞였는데 무슨 검사예요."

"가족 아니어도 맞을 수 있어. 장기 기증한 사람들도 다 남한테 이식하는 거잖아."

"싫어요."

비굴할 정도로 몸을 낮춰 부탁하던 정금의 입술이 가늘게 떨렸다.

"일단 검사만이라도……. 꼭 이식해 달라는 건 아니야. 나도 곧 며느리가 될 건데 뭐라도 하는 척을 해야 하잖아."

"싫어요. 그런 부탁은 들어 드릴 수 없어요."

쉽게 생각했던 딸의 단호한 거절에 정금은 큰 상처를 받았다. 급한 성미를 다스리지 못하고 차갑게 균열이 간 얼굴로 오영을 노려보았다. 고집스럽게 시선을 내리깐 오영이 미운 나머지 매운 독설을 쏟아냈다.

"너 참 못됐다. 죽어가는 생명 살리자는 일인데 어쩌면 이렇게 매정하니? 너는 네 생각만 하니? 혼자 사는 엄마가 행복할 수 있게 좀 도우면 안 돼? 독하다 독해."

"엄마 닮아 매정하고 독한 거겠죠."

"어머, 어머. 얘 좀 봐. 너 보육원에서 자라서 이렇구나. 버릇이 없어."

오영은 기가 막혀서 말이 나오지 않았다. 갓 태어난 핏덩이를 보육원 문 앞에 버린 사람이 누군데, 저런 말을 서슴없이 하는 건지. 다른 건 몰라도 인생의 가장 큰 버팀목이었던 원장님을 욕하는 건 견딜 수 없었다.

"갈게요."

"가라 가! 너 혼자 잘 먹고 잘살아라! 이 모진 년아, 나쁜 년아!"

문을 나서는 오영의 뒤통수에 울먹이는 정금의 욕설이 무수하게 쏟아졌다. 오영은 희미하게 코웃음을 치며 계단을 내려왔다. 처음에는 너무 어이가 없어 화는커녕 그저 헛웃음만 나왔다. 실성한 사람처럼 피식거리며 걷다 보니 어디가 어딘지 모르는 길 한복판이었다. 갑자기 허기와 피로가 몰려와 서 있는 것도 버거웠다.

"하……. 힘들다."

화가 가라앉자 서러움이 좀 먹듯이 그 자리를 대신했다. 붉어지는 눈시울이 억울하고 자존심 상해서 허공을 바라보며 큰 한숨을 내쉬었다. 지쳐 무거워진 다리를 끌고 눈앞에 보이는 아무 곳으로 들어갔다. 커피와 스콘을 주문하고 하염없이 앉아 있자니 드디어 로건에게 전화가 왔다.

— 네 어머니라는 여자 집 앞인데.

"나 거기에서 나왔어."

— 그럼, 어디야?

"여기가 어딘 지는 모르겠고. 카페 이름이…… 론리(lonely)래."

전화를 끊고 얼마 지나지 않아 카페 출입문으로 들어오는 로건이 보였다. 그를 보자마자 밑도 끝도 없이 미소가 지어졌다.

"오영아."

앞에 와서 물끄러미 오영의 미소를 보던 로건이 손을 내밀었다.

"나하고 가자."

카페 문을 나서면서부터 오영은 별것 아닌 일들을 주제 삼아 종알거렸다. 넋이 나간 사람처럼 텅 빈 눈으로 앉아 있던 사람답지 않게 쾌활한 모습이었다. 차에 올라탄 오영이 갑자기 손뼉을 짝 치더니 안전벨트를 풀었다.

"아! 스콘! 그거 손도 안 댄 건데. 포장해 달라고 할걸!"

뛰쳐나갈 기세인 오영의 팔을 붙든 로건이 부드럽게 타이르는 어조로 말렸다.

"내가 버렸어."

"아아, 정말? 아깝다. 비싸기도 하고 맛있어 보였는데."

"그런데 왜 안 먹고 있었어."

"……"

로건은 이유를 말하지 않는 오영의 안전벨트를 다시 매어 주었다. 우물쭈물하는 오영의 머리를 슬쩍 흐트러트린 로건이 시동을 걸며 물었다.

"밥은?"

"배고파."

"뭐 먹고 싶어? 내가 해 줄게."

"엄청나게 매운 떡볶이! 그리고 나서 후식으로 바닐라 아이스크림을 먹고 싶어."

흠…… 망설임도 없이 곧장 튀어나온 대답에 당황한 로건은 한동안 신음을 흘리며 생각에 잠겼다. 당연히 고기만 구워 주면 될 줄 알았는데 오영의 대답은 예상을 크게 빗나갔다. 오영이 심각한 로건의 옆얼굴을 보며 미간에 팬 주름도 잘생겼다고 감탄하던 찰나 그가 고개를 돌렸다.

"할 수 있을 것 같아. 떡볶이 재료하고 아이스크림 사려면 마트부터 들러야겠네."

"아니야. 그럴 필요 없어. 떡볶이집에 들러서 포장하면 돼."

제일 좋아하는 남자가 자신을 위해 요리한다는 건 매우 기분 좋은 일이지만, 한식에 젬병인 로건을 믿을 수 없었다. 언뜻 쉬워 보이지만 막상 맛을 내기 어려운 음식 중 하나가 떡볶이 아닌가. 그런 오영의 걱정도 몰라주고 로건은 당당하게 선언했다.

"결정했어. 엄청나게 매운 떡볶이를 하려면 뭘 어떻게 해야 하는지 알려 주기나 해봐."

미심쩍은 눈으로 쳐다보는 오영에게 피식 웃어 보인 로건은 오디오를 연결했다.

"믿어 봐. 가는 길에 음악이나 들으면서 쉬어."

"그런데 이건 클래식이 아니네?"

"가끔 듣는 재즈야. 듣고 있으면 편안해질 거야."

오영은 피아노와 기타 그리고 타악기가 만들어 낸 나른한 멜로디에 잠자코 귀를 기울였다. 곡이 끝나자 그의 말대로 와글거렸던 마음이 한가로워졌다.

"바다를 보는 것 같았어."

"감각 있네. 그런 컨셉으로 만든 곡이야."

"그런데 로건, 나는 바다를 본 적이 없어."

"나하고 같이 가면 돼."

오영은 짧은 로건의 대답에 코가 시큰할 만큼 감동했다. 내가 이 남자한테 푹 빠져서 뭐든 좋아 보이는 건가? 로건이 심드렁하게 대답했을지라도 보이지 않는 애정의 깊이는 무한일 것 같았다. 왠지 그런 믿음이 시간이 갈수록 깊어지는데 착각이 아니길 바랄 뿐이었다.

"왜 아직 밥 안 먹었는지 안 물어봐?"

"말해 주고 싶어?"

"아니……. 나중에."

"그럴 것 같아서."

이것 봐. 로건은 나한테 잘 해 주고 싶은 거야. 확신이 든 오영은 그가 걷잡을 수 없이 좋아졌다.

"키스하고 싶어."

"지금?"

"응. 지금!"

오영은 답지 않게 떼를 쓰고 싶어졌다. 일생 누구에게도 해 본 적이 없는 어리광을 부리는 중이었다. 로건이니까. 무뚝뚝한 로건은 그래도 받아 줄 테니까.

　로건은 즉시 길가에 차를 세웠다. 오영을 돌아보는 로건은 비스듬히 기울어진 입꼬리에 미소를 머금고 있었다. 일렁이며 저물어 가는 새빨간 태양 빛이 로건의 이목구비에 짙은 명암을 드리워 그 생김새를 더욱 화려하게 만들었다. 그림인가 싶도록 비현실적인 외모에 홀린 오영의 입술이 톡 하고 벌어졌다. 딸깍. 안전벨트가 해제되는 소리와 함께 로건이 커다란 그림자를 몰고 다가왔다.

　"네가 하고 싶은 건, 뭐든지."

　서슴없이 오영의 입술을 파고든 로건의 몸이 점점 조수석으로 넘어가고 있었다. 로건은 작은 입술 속으로 스며들어 가 멈칫하는 혀를 조심스럽게 감싸 안았다. 깊어지는 입맞춤에 오영은 자꾸만 호흡의 결을 놓치게 되었다. 찰랑거리는 물결처럼 어르는가 싶어 아늑해지면 욕심을 가득 품은 파도가 되어 세차게 옥죄었다. 깊고 아득한 물속에 던져진 것 같았다. 오영은 현실을 놓치지 않으려고 단단한 목을 두 팔로 꼭 감고 매달렸지만 여의치 않았다. 위험한 흥분감은 곧 수위를 넘을 것처럼 위태로웠다.

　"로건."

　콧날과 콧날이 비껴가는 순간, 잠깐의 틈을 빌린 오영이 헐떡이는 숨을 몰아쉬며 그의 이름을 불렀다.

　"조금만 더."

　꽉 잠긴 목소리가 심상치 않았다. 옆을 지나는 차량이 짓궂은 경적을 울리는 데도 로건은 아랑곳하지 않았다. 어느새 오영의 안전벨트까지 풀어 버린 로건은 자유로워진 오영을 곧 어떻게 해 버릴 기세로 몸을 밀어붙였다. 오영은 양팔로 힘껏 그의 어깨를 밀어내며 빠르게 말했다.

"밖에서 다 보여. 로건."

"금세, 어두워져."

"정신 차려. 난 그런 취향이 아니야."

"미안."

눈을 감고 잠잠해진 로건은 한동안 오영의 어깨에 이마를 기대고 있었다. 한번 달아오른 열기를 식히는 것은 생각보다 쉽지 않았다. 오영은 괜스레 미안해졌다. 쓸데없이 키스하겠다고 떼를 써서는 멀쩡하게 운전하는 남자를 만신창이로 만든 것 같았다. 목덜미에 쏟아지는 거친 숨소리의 온도만 봐도 로건이 지금 얼마나 사투를 벌이는지 짐작이 갔다.

"미안해. 내가 괜히."

"아니야. 나는 언제든 환영이지."

욕구를 참는 데 이골이 난 로건은 하반신에 남아 있는 뻐근한 통증을 애써 감추며 빙긋 웃어 보였다.

* * *

"에취!"

떡과 채소가 먹음직스럽게 끓고 있는 빨간 국물을 휘젓던 로건이 천둥벼락 같은 재채기를 했다. 식탁에 앉아서 떡볶이가 완성되길 기다리던 오영이 그 모습을 보고 까르르 웃음을 터트렸다. 로건이 높다란 코를 비비며 자신 없는 얼굴로 오영을 쳐다봤다.

"오영아, 이게 맞아? 냄새가 너무 매워. 내가 잘못 만든 것 같은데."

"어디 맛 좀 봐 볼까?"

얼른 다가간 오영이 로건의 손에 들린 수저를 받아들었다. 그녀는 보글보글 끓는 국물을 한수저 떠서 후후 불어 식혔다. 그 모습을 보는 로건에게 긴장이 흘렀다. 한입 맛을 본 오영이 눈매를 찡그렸다. 오영의 평가를 기다리는 로건의 얼굴이 세상 심각하게 일그러졌다.

"이상해? 맛없어?"

"아우, 매워! 딱, 좋다. 설탕 반 수저만 더 넣으면 되겠어."

어렵게 떨어진 합격점에 로건의 입이 함지박만 하게 벌어졌다. 처음 해 보는 떡볶이는 오영의 말대로 생각보다 어려웠다. 별것 없는 재료로 맛을 내느라 고군분투하던 그에게 오영은 신비한 갈색 가루가 든 통을 쥐여 주었다.

"아무리 애써도 맛이 안 날 때는 두 가지 중 하나만 있어도 문제가 해결돼. 바로 이 갈색 가루와 라면 수프."

"그렇군."

고개를 끄덕이던 로건이 다시 물었다.

"그런데 이건 이름이 뭐야? 치킨 스톡 같은 건가?"

"쓥! 벌써 그런 걸 알려고 하다니. 무엄해."

알아도 그만, 몰라도 그만인데. 로건은 맛의 비결을 쉽사리 넘겨 줄 수 없다고 으스대는 오영이 귀여워서 풀 죽은 척하며 식탁으로 자리를 옮겼다. 김이 펄펄 나는 떡이 뜨겁지도 않은지 오영은 개인 접시에 덜기가 무섭게 떡볶이를 흡입했다. 워낙에 잘 먹는 오영이지만, 로건은 오늘따라 유난히 잘 먹는 모습을 흐뭇하게 눈에 담았다.

"맛있어?"

"응. 완전!"

로건도 기분 좋게 웃으며 떡 한 개를 입에 넣었다.

"컥!"

단번에 얼굴이 시뻘게진 로건이 연신 기침을 해 댔다. 오영이 재빨리 넘겨준 냉수 한 컵을 다 비운 후에도 그의 안색은 본래의 드라이아이스 색으로 돌아올 기미가 없었다.

"로건한테는 너무 매울까 봐 걱정했는데 역시. 로건은 먹지 마."

걱정하는 척하면서 왜 저렇게 실실 웃는지. 오영의 오묘한 표정에 오기가 솟은 로건은 빠르게 고개를 저었다. 개인 접시에 떡과 어묵을 한가득 담은 로건은 크게 심호흡을 한 후 떡 하나를 입에 넣었다.

"나, 멕시칸 요리도 좋아해. 쿨럭!"

매운맛을 느낄 틈을 주지 않을 생각인지 로건은 정말 빠른 속도로 제 몫의 떡볶이를 해치웠다. 오뚝한 코 주변을 중심으로 빨개진 로건은 맵다는 호들갑도 못 떨고 물만 몇 컵째 들이켜고 있었다. 보다 못한 오영은 냉동실에 넣어둔 바닐라 콘을 급히 까서 로건의 입에 물려주었다.

"어서 먹어. 그거 먹으면 한결 살 만할 거야. 이상한 고집이 있네."

"너도 그만 먹어. 입술이 통통 부었어."

"나는 참을 만해. 맛있게 매워서 자꾸 먹게 되는걸."

"내가 못 봐주겠어. 그만 먹고 너도 이거 한입 먹어."

오영은 못 이기는 척 로건이 주는 아이스크림을 한입 베어 물었다.

"로건. 고마워. 내 기분 맞춰 주느라 매운 떡볶이도 억지로 먹고."

"억지로 먹은 것 아니야. 네가 웃는 게 좋아서 그랬어."

로건의 말은 바닐라 콘보다 달콤하고 부드러웠다. 눈물이 핑 돌 정도로.

"로건은 나한테 너무 잘해 줘. 가끔 어색할 정도야. 이러다 지오영 버릇없어진다고."

"상관없어."

"로건······."

"응."

오영은 로건이 입가에 갖다 대준 아이스크림을 한입 물고 오물거렸다. 꿀꺽 아이스크림을 삼키고 내내 고민했던 결심을 내뱉었다.

"나 이제 엄마를 그만 봐야 할 것 같아."

"그래."

"그래도 되는 건지 모르겠지만, 그러고 싶어."

"무슨 일 있었어? 너한테 또 돈 달라고 했어?"

"그건 아닌데······."

차마 말할 수 없었다. 아무리 로건이라고 해도 사실대로 털어놓기에 너무 부끄러운 이야기였다. '남자친구를 위해서 내 신장이 필요하대.' 입에 올리는 상상만으로도 얼굴이 붉어졌다.

"아무도 너한테 뭐라고 안 해. 뭐라고 하면 내가 가만 안 둬."

"고마워. 무조건 내 편 해 줘서."

아이스크림 하나를 오영과 사이좋게 나눠 먹고 난 로건의 안색이 평온을 되찾았다. 다시 멀쩡하고 잘생긴 얼굴이 된 그가 매혹하듯 웃으며 말했다.

"오영아, 오늘은 아빠 같다고 말해도 좋아."

"와, 땡큐. 사실은 아까부터 말하고 싶었어."

로건은 신나 하는 오영을 보며 피식 웃었다. 카페에 들어갔을 때부터, 아니 오영의 전화 목소리를 들었을 때부터 짐작했다. 또 제엄마에게 큰 실망을 했구나. 크게 상처받은 마음을 견디지 못하고 시끄러울 정도로 웃고 떠드는 오영이 가슴 아팠다. 오영이 하고 싶은 대로 다 받아 주고, 해 주고 싶었다. 네 기분만 좋아진다면 뭔들 못 해 줄까. 그리고 놀랐다. 자신이 타인의 아픈 마음을 고스란히 느끼고 있다는 사실을 깨달았다.

* * *

퍼뜩 떠진 눈을 두어 번 깜빡이던 오영은 무거운 눈꺼풀을 이기지 못하고 도로 닫았다. 로건을 따라 침대에서 책을 읽겠다는 계획은 역시 무리였다.

사박사박. 노곤한 의식 사이로 종이와 종이가 비벼지는 소리가 들렸다. 책장 넘기는 소리마저 주인을 닮아 지적이었다. 진작 책 위로 고꾸라진 자신과 달리 로건은 깨알 같은 글자가 촘촘한 두꺼운 책을 묵묵히 읽고 있을 터였다. 아무리 남녀가 서로 반대인

성향이 끌린다고 해도 로건처럼 학구적인 사람이 왜 자신을 좋아하는지 가끔 의아했다. 책 이외의 다른 생각에 빠져들자 홍수처럼 밀려오던 졸음이 어느새 자취를 감추었다.

"이로건 씨."

"왜."

대답과 함께 크고 따뜻한 손이 오영의 뒤통수를 부드럽게 쓰다듬었다. 이내 머리카락 속으로 파고든 손가락이 목덜미를 주무르고 귓불을 매만지고 머리카락을 배배 꼬면서 가지고 놀았다. 사랑받는 강아지가 된 기분이 썩 마음에 든 오영은 배시시 웃었다.

"나 한 번도 공부를 제대로 해 본 적이 없어."

"싫어했다면서."

"응. 그래도 초등학교 저학년 때까지는 괜찮았던 것 같아."

엎드린 오영의 동그란 뒤통수를 쳐다보던 로건은 읽던 책을 덮었다. 얼마 전 공부를 좀 해 보라고 했던 것이 아무래도 오영의 마음에 걸려 있는 모양이었다. 괜한 부담을 준 것일까.

"하고 싶은 말이 있는 건가?"

"응."

고개를 든 오영은 부스스하게 솟은 머리카락을 정리하면서 일어나 앉았다.

"어휴."

로건은 오영의 볼에 길게 난 책 자국을 손으로 문지르면서 낮은 웃음소리를 냈다.

"로건 말이 맞아."

"뭐가."

"공부해야 하는 게 맞는다고. 언제까지 닥치는 대로 돈을 벌 순 없어."

오영은 젊은 나이에 하는 일이 겨우 미화원이냐고 비꼬던 정금의 얼굴이 떠올랐다. 힘들지 않으냐 안쓰러워하는 건 바라지도 않았지만 한심하게 혀 차는 소리를 들었을 때는 아물지 않은 상처를 후벼 파는 것처럼 아팠다.

"돈 벌지 않아도 된다니까. 하지만 공부하겠다는 생각은 찬성이야."

"하여튼 지금보다 더 나은 사람이 되려면 공부해야겠지."

"그렇지."

결연한 눈빛을 빛내던 오영이 갑자기 제 머리를 감싸더니 좌우로 세차게 흔들었다.

"아, 벌써 머리 아파!"

"걱정부터 하니까 그렇지. 차근차근 기초부터 한다고 마음먹어. 공부는 길고 긴 여정이야. 처음부터 겁먹거나 너무 거창하게 계획을 잡으면 쉽게 지쳐."

로건은 머리칼을 움켜쥐고 잔뜩 찌푸리고 있는 오영의 손을 끌어 내리며 조곤조곤하게 설득했다.

"그렇게 말하니까 꼭 선생님 같잖아."

"내가 뭘 도우면 되겠니."

"글쎄. 고기도 먹어 본 놈이 안다잖아. 공부를 제대로 해 본 적이 없으니 막막해."

"그럼. 서두르지 말고 우선 네가 하고 싶은 공부나 자격증부터 생각해 봐. 구체적인 계획은 그 후에 세워 보자."

오영의 결심이 기특했는지 바라보는 로건의 눈이 생기 있게 반짝거렸다.

이 사람이 실망하지 않도록 열심히 해야겠구나. 아직 성공은 장담할 수 없지만, 오영은 끈기 있게 잘 해 보기로 마음을 단단히 먹었다.

"고마워."

"뭘 했다고."

"내 말을 진지하게 들어줬잖아."

"이 세상에 우리 둘뿐이니까 잘 들어줘야지."

오영은 무릎 위에 놓인 책을 정리하며 여상하게 말하는 로건의 품으로 뛰어들었다.

"오영아, 다쳐."

뾰족한 책 모서리를 급히 손으로 막으며 로건이 질색했다. 그런 것쯤 상관하지 않는 오영은 그의 허리를 꽉 끌어안고 환호 하듯 높은 소리를 질렀다.

"로건이 너무 좋아!"

"너는 귀엽지."

"좋아, 좋아. 너무 좋아."

오영이 즐겁게 외치는 고백에 기분 좋아진 로건도 소리 내어 웃었다. 그녀의 생기 넘치는 감정 앞에서 로건은 자신의 인생이 새로워지고 있다는 확신이 들곤 했다. 그럴 때마다 가슴이 벅차서 자신도 모르게 튀어나왔다.

"사랑해. 오영아."

라고, 말하지 않고는 배길 수 없었다.

"응."

무슨 고집인지 모르겠지만 끝까지 사랑한다고 대꾸하지 않는 오영의 새침도 섭섭하지 않았다. 나한테만은 언제나 네가 이겨라. 그런 마음이었다.

* * *

오영 덕분에 겨울맞이가 한창인 거실이 초록으로 울창해졌다. 거실을 온실 삼아 정원에 있던 각종 화분을 들여온 오영은 매일 초록 생명을 돌보느라 노심초사였다.

"뭘 그렇게 중얼거리는 거야? 그거 이리 내."

오전 내내 서재에 틀어박혀 있던 로건은 나오자마자 오영의 손에 들린 물뿌리개를 빼앗았다. 물이 가득 들어 무게가 만만치 않은데 양손에 들고 물을 주다니.

"힘내라고 응원했어. 겨울이니까 다들 시무룩하잖아."

시무룩하다고? 로건은 화초의 잎사귀를 유심히 들여다보았다. 아무리 봐도 봄이나 여름이나 지금이나 별다를 것이 없는데 어딜 봐서 시무룩하다는 건지 알 수 없었다.

물뿌리개를 빼앗긴 오영은 이제 전지가위를 들고 바쁘게 돌아다녔다. 도무지 무슨 노래인지 알 수 없는 노래까지 흥얼거리면서.

"오영아."

"네. 집주인님."

"이렇게 사는 거…… 좋다."

누렇게 뜬 잎사귀를 정리하던 오영이 고개를 돌려 로건을 바라

118

보았다. 목소리를 낸 적 없는 사람처럼 무미건조한 얼굴로 물을 주는 모습을 빤히 보고 있자 그가 눈을 맞춰왔다.

"너하고 이렇게 사는 게 좋다고."

"이렇게 사는 거?"

"그래."

똑같은 집인데 오영이 온 후로 완전히 달라졌다. 서재에서 나온 로건을 반긴 풍경. 햇살이 가득한 거실에서 속닥거리며 화분에 물 주는 오영을 보는 순간 두려울 정도의 행복감을 느꼈다. 평생 느끼지 못한 안온함이었다.

"그치. 오늘따라 집이 평화롭고 조용하네."

로건의 말을 가만히 되새기다 뜻을 알아차린 오영이 생긋 웃었다.

"이 집에 눈이 쌓이는 것까지는 보고 싶은데 아쉽다."

"눈이 와도 별 것 없던데. 그냥 하얗고 지루해."

하지만 네가 있는 겨울은 따뜻할지도.

"칫, 낭만 없는 이로건 씨 같으니. 비가 와도 예쁜 뒤뜰이 눈에 덮이면 얼마나 예쁠까."

"그럼. 새로 이사 올 사람들한테 쌓인 눈이 녹은 후에 입주하라고 하지 뭐."

"뭐야. 순전히 자기 멋대로네."

"이제 그만하고 이리로 와."

로건은 대화 중에도 풀잎만 보살피는 오영에게 섭섭해지려 했다. 살짝 날이 선 목소리를 느낀 오영이 피식 웃으며 전지가위를 내려놓았다. 소파에 앉아서 제 허벅지를 탁탁 두드리는 남자에게 다가간 오영은 그 위에 앉는 대신 눕는 것을 택했다. 돌베개 같은 그의 허벅지가 불편하긴 했지만, 다리 위에 앉았다가 진도가 어디로 흘러갈지 뻔했다. 안 그래도 겨울이라 밤이 긴데 벌써 뜨거워지는 건 피하고 싶었다.

"나도 로건하고 이렇게 지내는 게 좋아. 어릴 때, 평범하게 살고 싶다고 매일매일 생각했거든. 우리 반 다른 친구들처럼 아빠도 있고 엄마도 있으면 좋겠다고."

"아빠, 엄마가 있다고 해서 평범하고 행복하지는 않아."

"뭐 그럴 수도 있겠지."

오영은 불편하게 꺾어진 목의 위치를 바로잡으며 말을 이었다.

"나도 보육원에서 불행하진 않았어. 우리 원장님, 되게 좋은 분이셨거든. 일찍 돌아가셨지만, 엄마 원장님도 좋았고. 그러고 보니 부모님 없는 것 빼고는 딱히 부족하지 않았네."

"다행이네."

"로건은…… 어땠어?"

"엄마, 아빠 그리고 누나가 있었지."

"응……."

"그리고 죽도록 불행했어. 하루도 무섭지 않은 날이 없을 만큼."

로건은 부쩍 자란 오영의 앞머리를 쓸어 올리며 덤덤하게 말했다.

"우리 가족은 찢어지게 가난한 이민 가족이었어. 내가 기억하는 모든 순간은 배고팠고 비참했지. 매를 맞았고."

"로건……."

더는 누워서 들을 이야기가 아니었다. 당황한 마음에 일어나려던 오영은 몸을 움직일 수 없었다. 로건이 그녀의 어깨를 거칠게 잡아 누르고 있었다.

"그리고 전부 죽어 버렸어. 나만 놔두고."

"사, 사고로?"

오영은 목구멍을 가득 메운 긴장 덩어리를 간신히 밀어내며 물었다. 언젠가 어머니가 죽은 이유가 아버지 때문이라고 했었는데 그 이야기인가?

"사고라고 할 수도 있지. 뉴스에도 났던 사건이니까."

"교통사고?"

"아니. 살인. 알코올에 찌든 무능한 가장이 가족을."

놀란 오영은 어깨를 붙든 로건의 손을 떼어 내고 벌떡 일어났다. 작은 손으로 그의 입을 막아 버렸다. 겨우 아물었을 상처일 텐데 이제 와서 들추게 한 자신이 원망스러웠다. 너무 미안하고 안쓰러워서 어떻게 위로해야 할지 엄두가 나지 않았다.

"그만 말해. 로건. 미안해. 내가 미안해."

로건은 울먹이며 고개를 젓는 오영의 손을 잡아 내리며 쓰게 웃었다.

"네가 왜 미안해."

"그렇게 크고 아픈 일인지 몰랐어. 정말 미안해."

"다 지난 일이야. 지금은 아무렇지 않잖아. 너도 있고."

애써 웃는 로건의 얼굴이 고독하고 처절해 보였다. 항상 강하고 대단하다고 생각했던 남자의 착잡한 표정을 바라보는 오영의 눈가가 붉어졌다.

로건은 자신의 얼굴을 붙들고 어쩔 줄 몰라 하는 오영을 그대로 끌어안았다. 어렵게 토해 낸 과거가 오영에게 상처를 준 것도, 그녀가 자신을 불쌍히 여기는 것도 싫었다.

"로건."

품에서 벗어나려는 오영을 꽉 붙들어 맨 로건이 고개를 저었다.

"내 얼굴 보지 마. 이대로 있어."

오영은 움직임을 멈추고 그의 품에 남아 있기로 했다. 귓가에 쏟아지는 떨리는 숨소리가 마치 그의 울음처럼 들렸다.

"로건, 앞으로 행복하면 돼. 우린 오늘처럼 조용하고 평범하게 살 수 있을 거야."

위로하듯 소곤거리는 오영의 속삭임이 품속에서 맴돌았다. 그러나 로건은 감정을 억누르느라 잔뜩 구겨진 미간을 펴지 못했다. 좋은 사람 이로건은커녕 제 안의 추한 몰골을 오영이 속속들이 알게 되는 날이 언제고 오지 않을까.

그녀로 인해 행복한 만큼 두려움이 컸다. 눈을 뜬 새벽 어느 날, 적막했던 그 날처럼 참혹한 침묵 속에 또다시 혼자 남게 될까 봐. 그렇게 된다면 아무것도 몰랐던 그때와 달리 다시는 일어서지 못할 것 같았다. 지오영, 너는 여기까지만 알면 돼. 더는 안 돼. 품에 안긴 오영의 몸을 으스러지라 끌어안는 로건의 암울한 눈빛이 깊이 가라앉았다.

* * *

드르륵. 로건은 설정해놓은 알람이 울리기 무섭게 머리맡에 둔 핸드폰을 낚아챘다. 액정이 뿜는 빛에 부신 눈을 찡그리고 시간을 확인한 로건은 깊은 한숨을 내쉬며 도로 눈을 감았다. 모래알이 낀 것처럼 까끌까끌한 안구를 상하좌우로 굴렸다. 온몸을 짓누르는 피곤을 물리치며 눈을 뜬 로건은 품 안에 잠든 오영의 머리에 살며시 입을 맞췄다.

조금 전 겨우 잠든 오영이 깰세라 로건은 조심스럽게 몸을 돌리면서 팔을 빼냈다. 어슴푸레한 빛 속에서 곤히 잠든 오영의 고른 숨소리를 확인한 후 자리에서 일어났다. 뻐근한 목과 어깨를 스트레칭하자 근육과 뼈에서 우두둑하는 소리가 연이어 들렸다. 대충 출근 준비를 마치고 드레스룸에서 나온 로건의 눈썹이 불만스럽게 꿈틀댔다. 언제 나왔는지 오영이 식탁에 엎드려 잠들어 있었다. 로건은 다가가 테이블을 똑똑 두드리며 나직하게 이름을 불렀다.

"오영아."

번쩍 눈을 뜬 오영은 잠을 깰 요량으로 고개를 잘게 흔들었다.

"깜빡 잠들었어."

"들어가서 자. 여기서 뭐 해?"

"배웅하려고. 이제 그만 게을러야지."

제대로 눈도 뜨지 못하고 앉은 자리에서 휘청거리는 모습에 로건은 마뜩잖은 눈길을 보냈다.

"잠든 지 얼마 안 됐잖아. 더 자."

"로건 출근하고 나면 좀 더 잘게. 난 아직 백수잖아."

하품을 늘어지게 한 오영은 자리에서 일어나 냉장고를 열고 치즈와 달걀 등을 꺼냈다.

"피곤한데 꾸역꾸역 일어나지 마. 건강에 해로워."

"그래서 말인데. 로건은…… 뭐랄까, 사랑이 너무 많은 것 같아. 좀……. 자중하는 게 어떨까?"

 겨우 돌리고 돌려서 말하고 난 오영이 기대에 찬 눈으로 로건을 바라봤다. 로건은 대답 없이 커피 머신에 캡슐을 밀어 넣었다. 무시하겠다는 메시지가 강하게 느껴지는 침묵이었다.

 이럴 줄 알았어. 앉은 자리에 풀도 안 날 인간. 조금 전 안쓰러워 죽겠다는 눈빛은 순전히 거짓말이지. 다른 건 다 들어주면서 왜 그 점에 관해서는 양보와 타협이 안 통하는지 모르겠다.

"나, 마르는 것 안 보여?"

"원래 그랬어."

"아니야. 볼 살은 통통했어. 이거 봐 봐. 홀쭉해져서 다섯 살은 더 먹어 보이잖아."

 오영은 제 볼을 찰싹찰싹 두드리며 한껏 가련한 시늉을 했다. 그 연극적인 몸짓을 무심하게 쳐다보던 로건이 사막의 밤처럼 싸늘하고 건조한 말투로 물었다.

"싫은 거야?"

"……?"

 직설적인 로건의 물음을 한 번에 알아듣지 못한 오영의 두 눈이 느리게 깜빡였다.

"나하고 섹스하는 게 싫은가 묻는 거야."

 아니, 저런 말을 막……. 좀 순화시켜서 말할 수는 없는 건가. 오영은 두근거리는 가슴을 안고 입술을 뻐끔거리다 대답을 포기해 버렸다. 구김 하나 없이 잘 다려진 검은색 정장을 빼입은 남자가 저승사자 같은 한기를 품고 물으니 오히려 더 외설적으로 느껴졌다.

뺨에 발그레 열이 오른 오영은 차마 로건을 바라보지 못했다. 그를 등지고 서서 달걀을 부치고 빵을 구우며 어물쩍 말을 이었다.

"싫은 건 아니지만."

오영은 뒤로 바짝 다가온 로건을 올려보다가 급히 고개를 내렸다. 비누 향도 멋있게 풍기는 비결이 있는 걸까. 오영은 새벽부터 잘생긴 로건에게 혼미해지지 않으려고 눈을 부릅떴다.

"그래. 너 싫어하지 않아. 굉장히……."

흔들리는 여심이 어떤 상태인지 관심 없는 로건은 팬 위에서 갈색 빛으로 먹음직스럽게 익어가고 있는 식빵을 집어 들었다. 뜨거운 빵을 우물거리느라 말을 끊어 버린 로건을 기다리다 짜증이 난 오영이 앙칼지게 다음 말을 재촉했다.

"굉장히 뭐!"

"좋아하던데. 숨이 꼴딱 넘어가잖아."

오영은 뜨거운 콧김을 뿜으며 로건을 흘겨보았다. 마치 의학 심포지엄의 발표자라도 되는 양 감정 없이 말하는 통에 더 얄미웠다.

지쳐서 그만하고 싶어 도망가는 자신을 붙들고 성감대만 골라가며 자극했던 인간이 누군데. 안고만 잘 거라고 안심시켜 놓고 늦게까지 잠도 안 재우는 게 누군데! 하지만 유혹에 쉽게 넘어가는 걸 순전히 그의 탓으로 돌릴 순 없었다. 불과 몇 시간 전, 로건의 아래에서 열렬히 호응했던 자신이 떠오른 탓이었다.

"사람은 고기를 좋아한다고 매일 먹지는 않아."

"나는 매일 먹어."

"로건!"

"체력이 달리는 것 같으니 운동을 해. 나도 시간을 조금 줄여 보도록 할게."

"자꾸 그러면 도망갈 거야."

뿌루퉁한 오영의 말에 로건의 입으로 가던 머그잔이 정지했다. 너무 극단적이었나? 오영은 그대로 굳어진 로건의 차가운 표정에서 언뜻 살기를 본 것도 같았다. 목을 쥔 넥타이를 약간 끌어 내린 로건은 손으로 얼굴을 쓸어내리며 한숨을 토하듯 말했다.

"오영, 장난으로도 그런 말 하면 안 돼."

세상이 무너진 사람처럼 암암한 로건을 보자 오영의 마음도 약해졌다. 투덜대던 목소리가 어느새 누그러져 있었다.

"그저 교미라고 할 때는 언제고. 나는 로건이 그런 쪽으로 전혀 관심 없는 줄 알았네."

"내가 그런 말을 했다고?"

"기억 안 나? 지난번, 밤에 놀이터에서. 그…… 미끄럼틀 아래에서."

민망했던 순간을 떠올리는 오영의 귓불이 또다시 홧홧해졌다.

"아. 그 사람들. 그게 우리하고 무슨 상관이야. 나는 너와 나의 성생활만 생각해."

"아주 종일 그것만 생각하는 것 같아."

"맞아."

"으아아! 얄미워!"

발 구르며 짜증을 부리는 오영을 보는 로건의 입술이 느른하게 휘어졌다. 로건은 얄밉다고 소리치며 팔을 휘두르는 오영의 손목을 붙잡아 끌어당겼다. 야무지게 쥔 주먹을 펴서 손목에 한번, 손바닥에 또 한 번 진득하게 입술을 누르더니 부드럽게 미소 지었다.

"네가 숨넘어가는 걸 보는 게 좋아. 생각만 해도 바로 서지. 예쁘지나 말든지."

속도 없다. 지오영. 절대 웃지 않을 거야. 오영은 요상하면서도 듣기 좋은 말에 벙싯 벌어지려는 입술을 앙다물고 버텼다. 새침한 눈을 내리깔고 현관으로 향하는 로건을 뒤따랐다.

"나 간다. 문단속 잘 하고 있어. 오늘은 좀 늦어."

"응."

"아직도 화난 거야? 그래도 더는 양보할 수 없어."

"양보? 언제 양보를 했다고 그래?"

"시간을 좀 줄여 보겠다고 했잖아."

"퍽이나."

"미안. 너만 보면 서."

"그만!"

오영이 손으로 로건의 입술을 막고 흔들자 낮은 웃음소리가 울리는 진동이 손바닥을 간질였다.

"나도 오늘 낮에 잠깐 외출할 거야."

"왜? 어디?"

"이나 씨하고 점심 하기로 했어."

"김이나 선생? 그럼 병원으로 오는 건가?"

"아니지롱."

잠깐이라도 병원에서 볼 수 있을까 기대하는 로건을 눈치 챈 오영이 때를 놓치지 않고 그를 약 올렸다.

"오늘은 이나 씨가 오프라서 병원 근처에도 안 갈 거지롱."

"그런 말투, 밉네."

"응. 약 오르라고 하는 거야."

"충분히 약 올랐으니까 안심해. 그리고 해지기 전에 집에 들어와."

"또. 영감님같이 잔소리."

"걱정돼서 그러잖아."

"알았어."

문을 나서기 전 오영의 목선에 입을 맞춘 로건이 귓가에서 짓궂게 속삭였다.

"목하고 그 아래 빗장뼈 가리는 옷으로 입어."

"어?"

"내가 밤새 많이 표시해 놨어."

달칵. 문이 닫히고 현관에 홀로 남은 오영은 드러난 목덜미를 손으로 쓸며 혀를 찼다. 목도리도 잘 하지 않을 만큼 답답한 건 질색인데 누구 때문에 요즘 계속 터틀넥만 입게 됐다.

9. 드리워진 그림자

"안녕하세요. 사장님."

"아이구, 이게 누구신가!"

만수가 비타민 음료를 사 들고 들어오는 오영을 반겼다.

"오늘 낮에 집을 비우게 돼서요. 혹시 집 보러 오는 사람이 있으면 이쪽으로 연락 주세요."

오영은 새로 바뀐 전화번호가 적힌 메모를 만수에게 전했다.

"그래요. 이게 아가씨 연락처인가?"

"네. 잘 부탁드려요."

"정들자 이별이라더니. 이제 못 보겠네."

"멀리 이사할 것도 아닌데요. 뭘. 정말 감사했습니다. 사장님."

만수는 사람 좋은 미소를 띤 채 오영에게 비타민 음료 한 병을 건넸다. 유심히 오영을 살피면서 근질근질한 입술을 감쳐 물었다. 오지랖을 부려 말아. 만수는 길게 고민하지 못하고 넌지시 오영을 떠보고 말았다.

"그 집 총각한테 들으니 두 사람, 좋은 소식 있을 것 같던데."

"하하. 그런 말까지 했어요? 예. 그렇게 됐어요."

만수는 쑥스러워 어쩔 줄 모르며 고개 숙이는 오영을 딱하게 쳐다봤다. 당사자에게 확인하고도 마음이 놓이지 않았다.

"잘 해 주기는 해요? 내가 딸 같아서 걱정이라 그래. 자고로 남자는 별 것 없어. 아무리 돈 잘 벌어도 마누라 알기를 금은보화처럼 떠받들어야 한다고."

"그 사람, 보기 하고 아주 달라요. 걱정 안 하셔도 돼요."

오영은 양팔을 적극적으로 내저으며 로건의 편을 들었다. 사람들이 왜 그런 염려를 하는지 잘 알 것 같았다. 웃지 않는 로건은, 아니 웃고 있어도 호감은커녕 풀풀 풍기는 냉기를 어쩔 수 없으니 어련하겠는가.

"진짜야?"

"네! 정말이에요. 마음 푹 놓으셔도 됩니다. 정말 좋은 사람이에요."

사무실 전체가 밝아지도록 웃는 오영을 한참 눈여겨보고 나서야 만수의 마음이 한결 가벼워졌다. 하긴 그날 제 여자라고 쾅쾅 못 박는 꼴을 보니 제대로 눈이 먼 것 같았다. 대양같이 괜찮은 사람이 보증하는 놈이니 걱정은 이만해도 될듯했다. 만수는 마음 한구석에 남아 있는 찜찜함을 잠시 미뤄두고 오영과 로건에게 덕담을 늘어놓았다.

"좋은 말씀 고맙습니다. 그럼, 저는 가 보겠습니다."

시종일관 명랑한 오영의 태도에 만수는 완전히 안심했다.

"그래요. 집은 좋은 임자 만날 수 있도록 내가 애쓸 테니 걱정하지 말고."

"네. 안녕히 계세요."

오영이 나가고 나자 내내 웃던 만수의 눈빛이 의미심장하게 가라앉았다. 급히 핸드폰을 꺼내더니 통화 버튼을 눌렀다.

"응. 나 만물이야. 대로 슈퍼 있잖아. 그 집 젊은 사장 말이야. 너 아는 대로 다 말해 봐라. 그냥 아는 것 싹 다 털어 보라고."

만수는 이 지역 소식통으로 유명한 떠버리 세탁소 사장님이 전하는 이야기를 일일이 메모했다. 내용이 길어질수록 만수의 시원한 이마에 잡힌 주름이 깊어지고 있었다.

* * *

문을 연 것이 맞나?

식당 간판을 확인한 오영은 문은 열고 들어가서도 쭈뼛거렸다. 대낮의 곱창집은 장사하는 곳이 맞나 싶도록 한갓졌다. 손님은 고사하고 주인도 보이지 않는 식당에 불청객이 된 기분으로 우두커니 있자니 귀에 익은 목소리가 들렸다.

"언니! 여기예요."

멀찍이 후미진 곳에서 번쩍 든 손을 흔드는 이나가 보였다.

"아, 이나 씨."

선 자리에서 꾸벅 인사한 오영은 환하게 웃고 있는 이나에게 다가갔다. 스스럼없이 반기는 이나와 달리 오영은 아직 어색함을 떨치지 못했다.

"오랜만이에요. 언니."

"예. 잘 지냈어요?"

"그럭저럭요. 그런데 언니는 왜 이렇게 살이 빠졌어요? 원래도 좀 마른 편 아니었나?"

"그, 그런가?"

오영은 한층 갸름해진 얼굴을 쓰다듬으며 머쓱하게 대답했다. 아침에 농담 삼아 로건에게 마른 것 안 보이냐고 닦달했던 것이 빈말이 아니게 되었다. 그냥 해 본 말이었는데 정말이었나?

"그런데 되게 예뻐졌어요."

"내가요?"

고개를 끄덕인 이나는 휘둥그레진 눈으로 되묻는 오영을 곰곰이 살펴봤다.

"네. 연애해서 그런가? 분위기도 많이 달라지고……. 하여튼 예뻐요. 아이, 샘나."

이나의 시샘 섞인 칭찬에 오영은 괜스레 미안한 마음이었다. 로건을 짝사랑했던 상대에게 듣는 칭찬에 속없이 기분 좋은 티를 낼 수는 없으니까. 오영은 테이블 위의 젓가락을 만지작거리며 불편한 마음을 숨기려 애썼다.

"언니가 지난번에 곱창 좋아하는데 비싸서 못 먹는다고 했잖아요. 많이 드세요. 여기 우리 집이에요. 오늘 언니 초대한다고 특별히 일찍 오픈했어요."

"엣? 정말요?"

어쩐지 그래서였나? 곱창집치고 꽤 이른 시간에 문을 열었다 싶었는데 이유가 있었구나.

"엄밀히 말하면 우리 형부 식당인데. 내가 오늘 하루 빌렸어요."

"우와, 진짜로?"

"응. 거짓말."

풉! 이나는 순한 소처럼 댕그란 눈을 끔뻑거리는 오영을 쳐다보다 웃음을 터트렸다.

"형부가 하는 식당은 맞아요. 오늘 실컷 드세요. 우리 형부가 쏠 거야. 그리고 술 좀 할 줄 알아요?"

"그것도 없어서 못 먹어요."

"로건 쌤하고 안 드세요?"

"이로건 씨는 술 못 해요."

"못한다고요? 안 마시는 것 아니고요?"

"응. 알코올이 안 받는 체질인가 봐요. 지난번에 한잔인가 마시더니 그대로 뻗더라고요."

이번에는 이나가 놀라 벌어진 입을 다물지 못했다. 생긴 것만 보면 항아리째 놓고 마셔야 어울리게 생긴 덩치와 생김새인데 아예 못한다니.

"세상에. 난 일부러 절제하는 줄 알았어요. 워낙 환자가 많아서 드실 시간도 없을 테지만 체력 생각해서 그런 줄. 의외로 귀여우시다."

신기한 마음에 서슴없이 말하던 이나가 순간 제 입을 막았다.

"앗. 내가 이렇게 말하면 언니가 좀 그런가? 그런데 언니, 저 이제 로건 쌤 안 좋아해요."

엄밀히 말하면 안 좋아하기로 마음먹은 거지만.

"아……."

"그리고 너무 미안했어요."

"내가 더 미안하죠."

오영은 로건을 향한 마음을 털어놓고 그가 눈에 보일 때마다 좋아 어쩔 줄 모르던 이나의 모습이 아직도 생생했다. 누군가를 좋아하는 마음을 잘 알고 나니 더욱 면목이 없었다. 오영도 이나도 누구의 잘못도 아닌데. 마음을 마음대로 하지 못했을 뿐인데. 인연이란 참 얄궂지 싶었다.

"아니에요. 내가 뭐 로건 쌤하고 사귀기를 했나 썸 타길 했나. 혼자 북 치고 장구 치고 마당놀이 하다가 괜히 언니한테 화풀이 한 거죠."

"그래도. 나도 미안해요. 이나 씨 마음 뻔히 알면서."

"언니, 자꾸 나한테 사과하면 싸우자는 걸로 알 거예요."

"미안."

"씁!"

버릇처럼 미안하단 말을 하던 오영이 입술을 문지르며 배시시 웃었다. 이나는 미안한 마음이 짙게 밴 오영의 미소를 착잡하게 바라보았다. 순하고 착한 사람. 잘잘못을 떠나 사랑의 승자가 뻔뻔하게 나오는 경우가 허다한 세상에 어쩜 이럴 수 있어. 이나는 한때 열병이었던 짝사랑이 좋은 사람을 만난 것에 만족하기로 했다.

"생각해 보니까. 로건 쌤은 훨씬 전부터 언니를 좋아했던 거야."

"네?"

"일로 얽히지 않는 이상 여자는 물론 남자들하고도 말 안 했던 분이거든요. 그런데 언니한테는 정말 달랐던 거예요. 괜히 청소하는 사람한테 가서 시비 걸듯 하고 굳이 불러서 자기가 먹던 샌드위치 떠넘기고."

오영은 새삼 로건에게 무시당하던 숱한 나날들이 떠올랐다. 그게 어떻게 좋아한다는 증거가 된다는 거지? 그러고 보니 로건이 언제부터 자신을 좋아했던 건지 모르겠다. 오영이 먼저 마음을 털어놓고 키스하겠다고 덤비는 바람에 넘어간 거라고만 생각했었다.

"언니도 참 숙맥이다. 로건 쌤이 첫 남자예요?"

"네……."

"잘 해 봐요. 헤어지기만 해 봐. 둘 다 가만 안 둘 거야. 두 사람 청첩장 받을 때까지 내가 두 눈 부릅뜨고 지켜볼 거야."

"고마워요."

"아유! 고맙다, 미안하다. 이제 그런 말은 그만! 오늘 먹고 죽어 보자고요. 곱창이든 소주든."

"좋아요!"

자리에서 벌떡 일어난 이나는 주류 냉장고에서 소주와 맥주를 골라서 바구니에 담았다. 저, 저렇게나 많이? 이제 겨우 점심때를 넘긴 시간인데. 그러나 원 없이 소맥을 말 생각에 오영의 입에 군침이 돌았다.

"형부! 일단 여기 모둠으로 3인분 같은 1인분 깔아 줘요!"

씩씩하게 외친 이나는 초록색 병을 힘차게 흔들어 회오리를 만들어 냈다.

* * *

핸드폰을 귀에서 떨어뜨린 로건은 지그시 눈을 감았다.

"후……. 지오영, 너 진짜."

나직이 발음을 짓씹으며 끓어오르는 화를 다스리려 노력했지만 허사였다. 지금 눈앞에 있다면 해지기 전에 귀가하겠다고 철석같이 약속하던 귀여운 얼굴을 자근자근 깨물어 주고 싶었다.

고객이 전화를 받지 않아……. 무정한 내용을 친절하게도 읊어 주는 안내를 몇 번째 듣는 건지 셀 수도 없었다. 화가 나 지글지글 끓는 이마를 짚고 있던 로건이 퍼뜩 고개를 들었다.

"멍청이. 그게 왜 이제 떠올라."

이나를 만나러 갔으니 이나에게 연락해 보면 될 것을. 이나의 연락처를 누구에게 물어보면 될까 고민하던 로건의 귀에 조심스러운 노크 소리가 들렸다.

"들어와."

대답이 떨어지기 무섭게 열린 문 사이로 윤수가 모습을 드러냈다. 왠지 헐레벌떡한 분위기를 풍기는 것이 수상했지만 지금은 그런 것에 신경 쓸 때가 아니었다.

"허윤수. 마침 잘 왔어."

"네. 선생님."

오랜만에 서슬 퍼렇게 날이 선 로건에게 빠릿하게 대답한 윤수는 한달음에 책상 앞으로 다가갔다.

"김이나 선생 연락처 알아?"

"그럼요."

"지금 연결 좀 부탁해도 될까?"

당장 튀어나올 거라 예상했던 대답이 잠잠했다. 갸웃 고개를 기울인 로건이 찬 서릿발이 휘날리는 눈으로 바라보자 윤수는 망설이던 끝에 입술을 뗐다.

"저, 선생님. 혹시…… 지오영 씨 때문에 그러세요?"

"네가 그걸 어떻게 알지?"

"그게 그러니까. 조금 전에 이나 쌤이 저더러 나오라고 전화가 왔는데 말입니다."

"왔는데."

윤수는 잠시 말을 멈추고 숨을 골랐다. 벌써 화가 난 것 같은데 사실대로 고해바쳐도 되는 걸까. 뒤늦은 걱정이 들었지만 길게 고민할 여지가 없었다. 이제 와서 오영을 보호한답시고 선을 넘었다가는 눈썹이 가파른 산처럼 치솟은 로건에게 벼락 맞기 십상이었다. 늦게 배운 연애질에 눈이 돌아간 이로건의 고삐를 쥘 자가 누구겠는가. 저 불끈 쥔 주먹과 경직된 턱을 보라고. 오대양 선생이 와도 손쓰지 못할 지경의 분노가 느껴졌다.

"너무 많, 많이 취해서."

"누가."

"……."

윤수의 침묵이 주는 메시지는 명확했다. 머리를 짚고 더운 한숨을 토해낸 로건이 자리에서 일어났다.

"앞장서."

* * *

안주는 손도 대지 않은 새것인데 빈 술병이 즐비했다. 테이블에 널브러진 오영 앞에 앉은 로건은 벌써 십여 분째 침묵으로 일관 중이었다. 오영보다 나을 뿐이지 역시 술에 취해 사리 분별 기능을 잃은 이나의 정신 사나운 수다를 묵묵히 견디고 있었다.

활활 타오르는 눈빛으로 제 여자를 노려보고 있는 로건의 눈치를 살피던 윤수가 조심스럽게 물었다.

"저, 선생님. 어떻게 하실 건지."

"잠깐만."

단단하게 걸었던 팔짱을 풀고 마른세수를 한 로건이 허공에 대고 긴 한숨을 내쉬었다.

"내가 너무 어이가 없어서 그래. 하, 지오영."

화가 난 것이 아니고 어이가 없는 거였나? 술 좀 마시고 뻗는 게 그리 놀랄 일인지, 윤수야말로 어이가 없었다. 응급 환자가 물밀듯이 덮쳐 와도 당황은커녕 콧노래를 흥얼거리며 처치하는 로건이 어이를 잃다니 말이다.

"일단 집으로 가셔야죠."

"그래야겠지."

"잠깐!"

술에 곯아떨어진 오영의 귓가에 연신 뭐라고 속닥거리던 이나가

한쪽 팔을 번쩍 들었다. 로건의 눈앞에 팔을 흔들며 질문이 있다
고 고집을 부렸다.

"뭡니까."

"혹씨. 호옥씨! 말이에요."

"말씀하세요."

"둘이 같이 살아요?"

"네."

떠어어억. 천천히, 아주 느릿느릿하게 이나의 입이 벌어졌다. 이
내 경악에 찬 눈길로 오영과 로건을 번갈아 보던 이나가 잠든 오영
의 등짝을 두 손으로 철썩 후려쳤다. 내내 시체 같던 오영이 끙, 소
리를 내며 뒤척이자 로건의 미간이 험상궂게 구겨졌다. 그 섬뜩한
표정에 움찔한 윤수가 눈치를 줘도 이나는 아랑곳하지 않았다.

"어머, 이 언니! 또 내 앞에서 호박씨를 깠어. 같이 산다는 말은
왜 안 해? 언니, 일어나 봐!"

로건은 연신 '언니'를 외치며 잠든 오영을 못살게 구는 이나를
곱지 않은 시선으로 노려보았다. 팔이 안으로 굽은 로건의 눈에
작금의 상황은 무조건 이나의 잘못으로만 보였다. 오영의 친구로
서 가졌던 호감은 식은 맥주 거품처럼 사라진 지 오래였다.

"김이나 선생은 집이 어딥니까?"

"왜요?"

"윤수야, 김이나 선생 좀 집에."

"아니! 난 집에 안 갈 테야! 언니하고 살 거야. 저 무서운 아저씨
한테 울 언니를 어떻게 맡겨? 안 그래요. 허윤수?"

윤수는 비틀비틀 일어서서 로건에게 삿대질하는 이나의 손가

락을 고이 접어주었다. 평소에는 눈도 제대로 못 쳐다보면서 내일 어쩌려고 이러는지.

"아오! 김 쌤, 왜 이래요. 차라리 지오영 씨처럼 자든지. 시끄러 워 죽겠네. 집이 어디예요?"

"아니. 이로건네 집으로 가자고. 내 두 눈으로 똑, 똑, 히! 확인 해야겠다. 우리 언니한테 얼마나 잘해주는지. 어화둥둥 하는지!"

고래고래 소리 지르며 로건에게 삿대질하던 이나가 와락 하고 오영을 끌어안았다. 아니 그녀에게 기생할 태세로 들러붙었다고 보는 게 더 정확했다.

"어쩌죠? 선생님?"

난감해하는 윤수에게 로건이 건조하게 대답했다.

"하는 수 없지. 너도 우리 집으로 가자."

"저도요?"

"들고 나와."

"뭐, 뭐를요?"

당황하며 묻는 윤수의 눈에 한 팔로 오영을 번쩍 들고 나가는 로건이 보였다.

"와우, 이로건 힘세다. 언니 좋겠다."

자신과 오영의 가방을 주섬주섬 챙겨 든 이나가 윤수의 어깨에 팔을 걸쳤다.

"뭐해요? 안 가고? 아아. 허 쌤은 내가 들고 가야 하나?"

이나는 겉보기에 비실비실 마른 윤수를 놀리며 깔깔거렸다.

"우리 이제 이로건 씨네 집으로 5차 가는 건가! 그런데 로건 쌤 은 술도 못 마시니까 우리 언니하고 헤어져라. 우리 언니 술친구

없어서 외롭다!"

오영의 권세를 등에 업은 이나는 로건 무서운 줄 모르고 마음 껏 주정을 부렸다. 차라리 응급실이 낫지. 차 안은 이나의 고성방가와 간간이 깨어나 동참하는 오영의 주정으로 혼란스러웠다. 로건은 지끈거리는 머리의 열기를 가라앉히기 위해 차창을 열었다. 아비규환 속에서 올바르게 운전하는 자신이 대견한 지경이었다.

"선생님, 얼마나 더 가야 하나요?"

뒷좌석에서 이나를 진정시키느라 진땀 흘리던 윤수가 지친 목소리로 물었다.

"다 왔어."

"로건."

차창 쪽으로 고꾸라져 있던 오영이 졸음 가득한 목소리로 로건을 불렀다.

"또 깼어?"

"집에 언제 가?"

"곧. 다 와 가."

"우웁!"

갑자기 허리를 똑바로 세운 오영이 입을 막으며 헛구역질을 했다. 웬만해선 동요하지 않는 로건이 황망함을 감추지 못하고 고함을 질렀다.

"지오영!"

"으아, 선생님! 차 세우세요. 창문, 창문이라도 여세요."

끼익! 급히 길 한쪽에 차를 세운 로건이 오영의 안전벨트를 푸느라 바쁜 사이 그의 귓가에 잔망스러운 소리가 쏟아졌다.

"꺼억."

다급했던 분위기가 순식간에 싸늘하게 냉각되었다. 잇새로 허탈한 실소를 터트린 로건이 고개를 들어 오영을 쳐다봤다. 위 속에 거북하게 차 있던 가스를 배출한 오영이 후련하다는 듯이 가슴을 쓸어내렸다.

"하, 시원해. 너무 많이 먹었나 봐."

망연하게 자신을 바라보는 로건에게 방싯 웃어준 오영은 다시나 몰라라 눈을 감아버렸다. 뜨악한 눈으로 로건의 분위기를 살피던 윤수가 조심스레 물었다.

"선생님, 괜찮으세요? 얼마나 남았습니까?"

"괜찮지 그럼. 여기야, 도착했어."

절실하게 집으로 돌아가고 싶을 뿐인 윤수는 자신이 내린 판단을 후회했다. 오랜만의 이른 퇴근 후 세웠던 꿈 같은 휴식이 이나의 전화 한 통 때문에 모두 어그러졌다. 전화를 받고 로건에게 보고한 것은 제 탓이지만 그래도 이나를 향한 원망은 어쩔 수 없었다.

"윤수야, 너 먼저 김이나 선생 데리고 집에 들어가 있어."

무슨 이유 때문인지 로건은 차고에 들어가지 않고 대문 앞에 차를 세웠다. 혹시 오영과 다툴 생각인가, 염려된 윤수는 눈치를 보며 물었다.

"선생님, 정말 저희끼리 들어가도 될까요?"

"오영이는 내가 알아서 할 테니까 김이나 선생이나 챙겨."

"네……."

그러고 보니 로건은 어딘가를 끈질기게 응시하고 있었다. 그 시선을 따라간 윤수의 눈에 낯선 사람의 실루엣이 보였다. 윤수는 두 사람의 미묘한 분위기가 꺼림칙했지만, 로건의 단호한 태도에 더는 나서지 못했다. 윤수에게 출입문 비밀번호를 일러 주고 차에서 내린 로건은 제집 담벼락에 삐딱하게 기대어 있는 인영에게 다가갔다.

"거기서 뭐 하냐?"

로건의 신랄한 말투에 몸을 바로 세운 동훈이 가로등 빛 아래로 모습을 드러냈다. 동훈은 이나를 끌고 막 대문 안으로 사라진 윤수와 아직 잠든 채로 차에 남아있는 오영을 묵묵히 바라보았다.

"요즘 꽤 활기차게 지내시네."

"네 알 바 아니고."

"물론 의사 양반이 활기차게 지내는 건 내 알 바 아니지. 하지만 오영이가 어떻게 지내는지는 나한테도 중요해."

"오영이? 언제부터 네 멋대로 오영이야?"

"그거야말로 그쪽이 알 바 아니고."

동훈은 비틀린 입매로 로건을 비웃었다. 제 앞에 버티고 선 로건의 어깨를 툭 밀친 동훈은 차창에 기대어 잠든 오영을 흘깃거린 후 자리를 떠났다. 로건은 미동 없는 눈으로 어둠 속으로 사라지는 뒷모습을 한동안 바라보았다.

"스토커 새끼."

아무래도 동훈은 오영의 어떤 행동에 꽂힌 후 심각한 착각에 빠진 것 같았다. 의도와 상관없이 저런 잘못된 인간에게 걸리면 피곤해지는 거였다. 로건은 집이 나갈 때까지 기다릴 필요가 없다고 판단했다. 한시라도 빨리 오영을 저 비뚤어진 놈의 정신 나간 집

착에서 벗어나도록 하는 게 중요했다.

* * *

로건이 오영을 안고 집 안으로 들어오자 소파에 널브러져 있던 윤수가 벌떡 일어났다. 지친 기색이 역력한 와중에도 긴장의 끈을 놓치지 않았던 윤수는 로건을 돕겠다며 손을 뻗었다.

"뭐 하자는 거야?"

로건의 송곳 같은 시선이 윤수가 벌린 두 팔에 꽂혔다.

"헉! 죄송합니다."

뒤늦게 도움 따위 줄 수 없는 상황을 깨달은 윤수가 이마에 밴 식은땀을 훔치며 물러났다.

"선생님, 그럼 저는 이만."

"자고 가."

"……."

"싫어?"

집에 가고 싶다는 말이 목울대에서 불쑥거리는데 결국 뱉지 못했다.

"아닙니다. 저는 이불만 주시면 거실에서 알아서 자겠습니다."

"김이나 선생은?"

"주방에……."

"거기서 또 뭐 하는데."

"안줏거리 찾는다고."

"밤새 열심히 찾아보라고 해."

로건은 하얗게 질려서 눈치 보는 윤수에게 피식 웃어 보였다.

"우리 집은 술이 없어."

"아하하. 천만다행이네요."

"방이 몇 개 있으니까 알아서 하나씩 차지해."

"넵. 감사합니다. 선생님은 어디 가세요?"

"우리는 별채에서 지내."

집주인인데 왜 별채에서 지내는지 묻고 싶어 벌어졌던 입이 로건의 표정을 보는 순간 다물어졌다. 당장 내 여자 친구하고 단둘만 있고 싶다고 절절하게 쓰여 있는데 더 붙들었다가는 불벼락이 내릴 것 같았다. 어련하겠는가. 오영에게 너 없으면 못 잔다고 했던 사람이었다.

"좋은 시간 보내십시오."

성큼성큼 멀어지는 로건의 뒤에 대고 정중하게 인사를 남긴 윤수는 주방에서 나는 덜그럭 소리에 인상을 찌푸렸다.

* * *

오영은 발바닥에 닿는 따뜻하면서도 시원한 감각을 느끼며 눈을 떴다. 기하학적 무늬가 세 개 네 개씩 겹쳐 보이더니 두 개에서 하나가 되었다. 그제야 낯익은 벽지 무늬가 그녀의 시야를 반겼다.

"집이다."

나직하게 중얼거린 오영은 제 발을 내려다보았다. 찰박찰박. 물소리가 나는 곳에서 수건을 헹구는 로건이 보였다.

"뭐해?"

"네 발 닦여."

다시 뜨끈한 물수건이 오영의 발을 구석구석 닦기 시작했다. 오영은 제 손을 앞뒤로 뒤집어 보고 얼굴도 더듬어 봤다. 보송보송한 느낌이 상쾌한 것도 같았다.

"로건이 다 닦아 준 거야?"

"그래."

"그냥 깨우지. 내가 알아서 씻을 텐데."

술이 덜 깬 어눌한 발음으로 웅얼거린 오영이 자리에서 일어나 앉았다. 그 바람에 거리가 가까워진 오영에게서 술 냄새가 훅 끼쳤다.

"술 냄새."

눈살을 찌푸린 로건이 물수건을 대야에 집어 던졌다. 수건이 풍덩 빠지며 물이 조금 밖으로 쏟아졌다. 오랜만에 보는 로건의 저승사자다운 모습에 기죽은 오영은 어두컴컴한 의식의 숲을 찬찬히 헤쳐 나갔다.

다른 건 다 기억이 나는데 로건이 언제 나타났는지부터 백지였다. 문득문득 눈을 뜨면 로건이 잔뜩 굳은 얼굴로 자신을 쳐다보고 있던 것만 기억이 났다. 고주망태로 헝클어진 꼴을 도대체 어디까지 들킨 거야. 화장도 지워주고 손발도 닦아줄 만큼 자상한 로건이지만 겁먹지 않을 수 없었다.

"나, 로건한테 뭐 실수한 것 있어?"

"……."

로건은 묵묵부답인 채로 오영의 셔츠 단추를 풀기 시작했다. 무뚝뚝한 표정은 평소와 다를 것 없었지만 화가 잔뜩 난 것을 알아챌 수 있었다.

"미안. 오랜만에 마셨더니 조금 마셨는데도 금방 취했어."

"4차까지 갔으면서 조금?"

두두둑. 결국, 로건은 남은 단추를 곱게 풀지 못하고 잡아 뜯어버렸다. 아니, 애꿎은 내 옷에다 화풀이람. 오영은 따지고 싶었지만 해지기 전에 집에 오겠다는 약속을 깼으니 꾹 참았다.

"어……떻게 알았어?"

대낮부터 이나와 폭탄주를 돌리고 빈 잔을 머리 위에서 흔들고 배꼽이 빠지라고 허리가 꺾어지게 웃어대던 모습이 뇌리에 영상이 되어 촤라락 흘러갔다. 혹시 그때부터 알고 있는 건 아니겠지?

"김이나 선생이 우리 집에서 5차 하겠다고 큰소리쳐서 알았어."

"이나 씨가? 아, 맞다. 이나 씨는 어떻게 됐어? 엄청 취했을 텐데."

"주방에서 안주 뒤지고 있어. 윤수가 알아서 챙길 거야. 너는 네 몸이나 챙겨."

"두 사람을 집에 데려왔어? 그럼 잠자리를 봐줘야겠네."

로건은 휘청거리며 부산 떠는 오영의 손목을 잡아 끌어와 도로 침대에 앉혔다.

"지오영."

오영은 차마 로건과 시선을 맞추지 못했다. 제 이름 석 자를 힘주어 부르는 로건의 목소리에 어깨가 부르르 떨렸다. 내일 아침 일어나 손이 발이 되어 있을 정도로 빌어야 할 때였다.

"음……. 제가 잘못했고요. 다시는 이렇게 많이 마시지 않겠습니다. 약속도 잘 지키겠습니다."

"전화는 왜 꺼 났어?"

"전화기?"

핸드폰을 찾겠다고 두리번거리는 오영의 눈앞에 전원이 나간 핸드폰이 등장했다. 로건의 손에 들린 핸드폰을 집어 든 오영은 황당한 눈을 깜빡거렸다.

"정말 꺼져 있네? 왜 그랬지?"

"전화가 울리지 않아도 한 번씩 확인해야지. 남들은 종일 핸드폰에서 눈도 못 뗀다는데 너는 왜 그렇게 무심해."

"내가 아직 스마트 폰 사용이 익숙하지 못해서 그래. 아마도 뭘 잘못 눌렀나 봐. 미안해."

"어두워졌는데 나한테 연락할 생각도 안……."

내가 왜 이렇게 잔소리를 늘어놓는 거지. 로건은 자꾸만 말이 길어지는 것이 마음에 들지 않았다. 죄인처럼 주눅 들어 제 눈치를 살피는 오영을 보는 것도 유쾌하지 않았다.

"걱정되잖아."

"미안해. 이나 씨하고 신나게 놀다 보니까 그만."

"뭘 얼마나 신나게 놀았길래."

내 생각도 안 나나?

로건은 대답을 들을수록 치미는 화를 티 내지 않으려고 노력했다.

"우선 곱창을 엄청 먹었어. 한 백 미터는 먹었을걸?"

"참나."

로건은 금세 신이 나서 해맑게 농담하는 오영에게 속도 없이 화가 풀리려는 자신이 더 한심했다.

"이나 씨가 소맥을 환상적으로 말더라고. 병원 회식 때 자기가 주름 잡는다고 했어."

"몰라. 나는 회식 같은 것 안 가."

쩝, 하고 입맛을 다신 오영이 고개를 주억거렸다.

"자고 있어. 잠깐 나갔다가 올게."

"어디 가는데?"

"미워서 안 알려 준다."

* * *

로건은 멀찍이서 빛나고 있는 슈퍼 간판을 향해 걸어갔다. 길목 좋은 자리에서 환하게 불을 밝힌 대로 슈퍼는 늦은 시간임에도 손님이 끊이지 않았다. 부동산 사장의 말대로 3대에 걸쳐 불황이 없는 알짜배기 자리다웠다.

"어서 오……."

몸에 밴 친절한 미소로 반기던 동훈의 표정이 로건을 확인한 순간 천천히 썩어 들어갔다. 죽일 듯이 노려보는 동훈의 눈길에 대고 코웃음을 친 로건은 장바구니를 하나 집어 들었다. 동훈의 못마땅해 하는 시선을 음미하며 장을 보기 시작했다. 한참 후 동훈은 계산대에 장바구니를 올려놓은 로건에게 사나운 이를 드러내며 물었다.

"뭐 하는 짓이지?"

"이 시간에 장 볼 곳이 네 집뿐이라서."

계산대에서 바코드를 찍던 직원이 살기등등한 두 남자를 흘끔거렸다. 손님에게 무조건 친절하기로 유명한 사장이 화내는 모습이 생경한 탓이었다.

계산을 마친 로건이 눈썹을 까딱하며 바깥을 가리키자 동훈이 고개를 끄덕였다. 직원에게 매장을 맡기고 나온 동훈이 슈퍼에서 조금 떨어진 곳으로 로건을 이끌었다.

"전에도 우리 슈퍼는 이용 안 했잖아? 그런데 굳이 왜? 그냥 장 보러 온 것 같지는 않고."

동훈이 주머니에서 꺼낸 담배를 내밀자 로건이 고개를 저었다.

"혹시 끊었나? 전에는 피우던 것 같았는데."

"나한테 전부터 관심이 많았군. 혹시 나를 좋아하는 거야?"

"시발. 뭐라는 거야."

아니꼽다는 듯 혀를 찬 동훈이 담배를 입에 물고 라이터를 당겼다. 로건은 평소와 달리 상스럽고 거친 동훈의 언행을 눈여겨보았다. 그동안 서글서글한 웃음이 유난히 가식적으로 느껴졌던 이유를 알 것 같았다. 본성이 드러나면 위험하기 짝이 없는 지뢰 같은 놈. 대외적으로 잘 꾸민 모습을 유지하느라 쌓인 스트레스를 가족이나 가까운 사람에게 해소하는 부류일 터였다. 쓰레기 같은 새끼. 로건이 잇새로 뇌까린 소리를 들은 동훈이 비릿한 코웃음을 쳤다.

"아까 거기서 뭐 하고 있었지? 남의 집 담벼락에 그냥 있을 이유는 없고."

"요즘 오영이가 윽!"

함부로 오영의 이름을 입에 올리는 순간 로건이 동훈의 멱살을 움켜잡았다. 이미 로건의 성깔이 어떤지 맛을 본 전적이 있는 동훈은 금세 기세를 누그러뜨렸다. 다급하게 고개를 끄덕이며 양 손바닥을 들어 올려 항복을 표시했다.

"알았어. 알았다고. 오영 씨가 통 안 보여서 보려고 갔는데 집이 비었더라고."

"집이 비어?"

찌푸린 눈으로 동훈을 노려보던 로건이 재차 물었다.

"집이 빈 것을 네가 어떻게 알지?"

"오영 씨가 집에 있을 때는 대문부터 감이 다르거든. 당신이 뭘 알겠어. 남의 떡을 거저 가로챘으니."

"무슨 소리지?"

"당신이 왜 갑자기 오영 씨한테 관심을 두게 됐는지 알 수 없지만, 이것만은 알아 둬. 오영 씨는 분명 나하고 잘 되어 가고 있었다고."

잠시 말을 끊은 동훈은 담배를 담벼락에 비벼 끈 후 검은 허공으로 꽁초를 날렸다. 입가에 비소를 머금고 신경질적인 음성으로 중얼거리듯 말했다.

"끼어든 건 그쪽이야. 어떤 놈인 줄도 모르고 꼴 난 의사라는 직업에 넘어가다니. 계집들은 다 그러지. 실망스럽지만 그래도 오영 씨니까 내가 참고 기다렸는데."

"정신 차려."

더 들어줄 인내심이 바닥 난 로건이 동훈의 어깨를 틀어쥐었다.

"으윽……!"

잡힌 어깨에 가해지는 통증을 견디기 힘들었다. 자존심이 상했지만, 동훈은 고통을 덜어보고자 점점 몸을 바닥으로 낮추며 버텼다. 고통으로 미간을 실룩거리면서도 로건을 자극하는 소리를 멈추지 않았다.

"이봐, 착각에서 빠져나오는 게 좋을 거야. 오영이는 너한테 그어떤 감정조차 갖은 적 없어. 좋고 싫고 자체가 없었어."

"웃기지 마. 네가 뭘 알아! 너야말로 갖고 놀기 편한 여자 데리고 장난 그만 쳐."

"이 새끼가!"

'갖고 놀기 편한 여자.' 그 소리에 참지 못한 로건이 휘두른 주먹에 동훈이 나동그라졌다. 바닥에 주저앉은 동훈은 고개를 푹 숙인 채 일어날 생각을 하지 않았다. 자세히 보니 얼얼한 턱을 문지르며 실실 웃고 있었다.

"역시 유전자가 남다르시네."

이상한 소리를 지껄인 동훈은 입을 벌리고 이쪽저쪽으로 턱을 돌리며 뻐근한 아귀를 맞추었다.

"……?"

"살인자 아비를 둬서 그런지 성미가 불같아. 그래서 내가 너한테 오영 씨를 못 넘기겠다는 거야."

비아냥거리는 동훈의 말에 놀란 로건의 얼굴이 시리도록 창백해졌다. 대양조차도 모르는 일이었다. 한국에서, 남의 입을 통해 자신의 과거를 듣게 될 줄은 몰랐다. 로건은 뭐라고 따져 물어야 할지 아무 생각도 떠오르지 않았다.

"갑자기 벙어리라도 되셨나 봐요? 의사 양반."

자리에서 일어나 바지에 묻은 흙을 툭툭 턴 동훈이 여유롭게 미소를 띤 얼굴을 로건의 코 앞에 들이댔다.

"일찌감치 제 아비한테 보고 배운 게 살인이잖아. 뭐 그것도 조기 교육이라고 쳐야 하나? 거기다 레이먼드 리한테 배운 기술까지 있을 텐데. 아주 그냥 엘리트 코스야, 그치?"

"무슨 소리지?"

애써 금시초문인 척 되물었지만, 양부의 이름을 듣는 순간 이미 평정심을 잃은 로건의 목소리가 떨려 나왔다.

"댁의 양아버지도 굉장한 외과의였던데, 신의 손을 가진 살인자. 그의 후계자 로건 리."

"어디서 들은 헛소린지 모르겠군."

"만약 오영이가 전부 알아도 네 옆에 있겠어? 처자식도 몰살시키는 아비 밑에서 자라다가 환자들 죽이는 재미로 의사 노릇 하던 살인마 밑에서 인정받고 자란 놈인데."

으으으, 동훈은 일부러 과장되게 몸을 부르르 떨었다.

"같이 살다가 어느 날 쥐도 새도 모르게 죽이면 어떡해? 오영이가 무서워서 살겠냐고."

"말도 안 되는 소리 그만 지껄여."

"난 팩트만 말했어. 내가 한 말에서 거짓말이 뭔데? 짚어 봐."

로건은 약 올릴 작정으로 대놓고 비아냥거리는 동훈을 말없이 바라보기만 했다. 시간을 갖고 놀란 감정이 추슬러질 때를 기다렸다. 마침내 태연함을 가장할 수 있게 되었을 때 받아쳤다.

"팩트 같은 소리 하네. 어디서 껍데기만 핥고 와서는."

기세등등하게 으름장을 놓는 동훈이 귀엽다는 듯 피식 웃고 난 로건이 냉담한 경고를 남겼다.

"한 번만 더 집 주변에서 얼쩡거리면 말로 끝나지 않아. 쥐도 새도 모르게?"

로건은 어깨를 들썩이며 나직하게 웃은 끝에 정색하며 말했다.

"쓸 일 없을 줄 알았는데 너한테 써야겠네."

냉소적으로 비틀린 입술로 비릿하게 내뱉은 로건이 돌아섰다. 크고 넓은 어깨가 무겁게 내려앉아 있었다.

* * *

맞춰놓은 알람 소리와 동시에 깨질 것 같은 두통이 오영의 아침을 반겼다.

"아으, 아파."

머리를 쥐어뜯으며 엎드려 있던 오영은 싸늘한 옆자리를 느꼈다. 밤새 혼자였던가? 오영은 함께 한 흔적이 없는 침대를 손바닥으로 쓸면서 걱정스럽게 한탄했다.

"설마 안 들어온 거야?"

한 침대를 쓰지 않은 건 그렇다 치고 아예 집에 들어오지 않았으면 어쩌나 가슴이 철렁 내려앉았다. 도대체 어제 무슨 주정을 얼마나 부렸길래. 아무리 그래도 그렇지. 말도 없이 안 들어오다니! 오영은 사용 흔적이 없는 로건의 차가운 베개를 힘껏 노려보았다.

감은 머리를 말리지도 못하고 거실로 나온 오영은 주방에서부터 뻗쳐 나오는 이상한 기운에 고개를 돌렸다. 식탁에 앉은 이나가 소리 죽여 오영을 향해 팔을 휘젓고 있었다. 그 옆에서 윤수는 군기 든 이등병처럼 각 잡고 앉아 안절부절못하는 얼굴이었다. 달그락달그락 냄비를 비롯한 식기 부딪히는 소리는 로건이 밥하느라 만들어 내는 소리였다. 오영은 주방으로 들어서며 어색한 목소리를 돋웠다.

"다들 여기 있었네?"

이나와 윤수가 아직 집에 있는 것도 신기했지만, 사실은 로건에게 하는 말이었다. 나 왔으니까 아는 척해라, 그리고 어제는 어떻게 된 일이냐고 묻는 소리였다. 그러나 로건은 눈길도 주지 않고 무심하게 지시했다.

"너도 왔으면 거기 앉아."

"예."

오영은 군소리 한마디 못 하고 얌전하게 자리에 앉았다. 가끔 생각하지만, 앞치마 두른 로건은 아무리 봐도 적응되지 않았다. 덩치가 커서 그런지 앞치마가 아니라 냅킨을 몸에 걸친 것처럼 보일 정도였다.

"대박."

이나가 조신하게 앉아 있는 오영의 귀에 대고 속살거렸다. 무슨 뜻인지 단번에 알아들은 오영이 천천히 고개를 끄덕였다. 이로건이 앞치마를 두르고 아침 식사를 차릴 줄 몰랐겠지. 게다가 손수 요리까지 했으니 놀라는 게 당연했다.

모락모락 김이 나는 콩나물국이 오영의 앞에 그리고 이나와 윤수 앞에 차례로 놓였다. 윤수는 연신 엉덩이를 들썩거리며 로건이 식탁에 가까워질 때마다 곤란해 했다.

"그럼, 식사 마치고 봅시다. 나는 준비하고 나올 테니."

말을 마친 로건이 주방을 벗어난 후에야 세 사람은 긴장 풀린 한숨을 내쉬었다.

"어제 내가 로건한테 뭔 짓을 한 거죠?"

"문제는 언니가 아니고 나 같아요."

윤수 대신 대답한 이나가 콩나물국을 수저로 떠먹더니 아저씨 같은 감탄사를 내뱉었다.

"으어, 좋다!"

눈살을 찌푸리고 이나를 노려보던 윤수가 오만상을 쓰고 있는 오영을 위로했다.

"걱정 마세요. 오영 씨는 어제 잠만 잤어요. 문제는 이나 쌤이죠. 어휴, 진짜 미친 엑스 보는 줄."

"그런데 왜 나는 나한테 화난 것처럼 보이죠?"

오영은 콩나물 줄기를 깨작거리며 슬프게 중얼거렸다. 옆에서 국물을 시원하게 들이켜던 이나가 미안한 목소리로 말했다.

"그렇게 고주망태가 돼서 들어왔는데 당연히 화나겠죠. 부모님 이었으면 등짝에 손바닥 자국 몇 개는 남겼을 텐데."

"어떡해……."

가까워진 후로 자기 침실에서 자는 걸 죽기만큼 싫어하던 남자 가 어제는 침실 행을 택했다. 보통 화가 난 게 아니란 뜻이었다. 오영은 심란한 마음에 밥알이 목구멍으로 넘어가지 않았다. 그런 오영을 물끄러미 보던 윤수가 넌지시 제 생각을 말했다.

"이건 순전히 제 촉인데요. 어제 오영 씨가 많이 취해서 그런 것 도 있겠지만, 대문 앞에서 어떤 남자랑 마주친 후로 더 기분이 안 좋아지신 것 같아요."

"어떤 남자요?"

"네. 집 앞에서 기다리고 있던 남자하고 몇 마디 나누고 들어오셨는데 그때부터 분위기가 확 달라지셨어요."

"그래요?"

누구일까, 궁금증은 얼마 가지 않았다. 아무래도 동훈이지 싶었다. 갈수록 태산이라더니, 로건의 화난 마음에 동훈이 기름을 끼얹은 모양이었다.

"어디 가요?"

연신 콩나물국에 감탄하던 이나가 젓가락을 내려놓고 일어나는 오영을 붙들었다.

"출근 전에 기분 풀어줘야지요."

똑똑. 문을 두드리고 기다렸지만, 반응이 없었다. 문고리를 비틀고도 한참을 그대로 있던 오영은 체념의 한숨을 내쉬며 슬며시 문을 열었다. 희미한 어둠 속에서 뿌옇게 빛나는 흰 셔츠에 검은 슬랙스를 입은 로건의 넓고 탄탄한 등이 보였다.

뭘 하는 거야? 로건은 동상처럼 굳어져 한 곳을 응시하고 있었다. 그의 시선 끝에는 얼마 전 오영과 다투며 집어 던졌던 액자가 놓여 있었다. 깨지고 갈라진 액자는 어디 있다가 다시 나타난 건지. 왠지 불길한 예감이 들었다.

우두커니 서서 꼼짝도 하지 않는 로건의 뒷모습이 어떤 타인보다 멀게 느껴졌다. 달칵, 문을 닫은 오영은 그 낯선 기운이 두려워 평소처럼 장난을 걸 수도 없었다. 보이지 않는 경계선을 함부로 넘을 용기가 없어 멀찍이 떨어진 거리에서 그를 불렀다.

"로건. 나야."

"……."

도로 나가야 하나. 일단 기분이 좀 나아질 때까지 기다려 줘야 하나. 고민하던 차에 로건이 움직이기 시작했다. 흐트러진 공기 덕에 날 선 기운이 흐트러졌고 그제야 오영은 그에게 다가갈 수 있었다. 로건의 등 뒤에 멈춰 서서 빼꼼히 고개를 들이밀자 소매 단추를 잠그던 로건과 눈이 마주쳤다. 생각보다 따뜻한 그의 눈빛에 딱딱했던 긴장감이 와르르 무너지는 기분이었다.

"로건."

"왜."

무뚝뚝한 대답이었지만 차갑지 않았다. 오영은 샐쭉하니 입술을 삐죽거리며 로건의 허리를 두 팔로 감았다.

"잘못했어요."

"뭘."

"해지기 전에 들어온다는 약속 어기고, 전화 안 받고, 술 많이 마시고……."

오영은 그의 등에 댄 볼을 꾸욱 눌렀다. 따뜻함을 넘어서 뜨거울 정도의 체온이 닿자 밤새 혼자 있었다는 사실이 새록새록 서러워졌다. 짧은 시간이었지만 이 남자와 함께 하는 일상에 너무 깊이 빠져 있었구나. 이대로 괜찮을 걸까. 원래 싸우면 이렇게 낯선 사람이 되는 걸까. 오영은 반겨 안아주기는커녕 넥타이를 매는 데만 열중하는 로건에게서 떨어졌다.

"여기서 잔 거야? 나 혼자 두고?"

"응."

"이 방에서 자는 것 싫다고 했잖아."

"……."

로건은 대화하고 싶어 하는 오영의 시선을 피하며 미리 꺼내 놓은 재킷을 챙겨 입었다.

"그런 기분으로 출근할 거야?"

"기분이 왜."

"나한테 화났잖아. 사과하는데 받아 주지도 않고."

점점 높아지고 가팔라지는 목소리가 오영의 서운함을 고스란히 드러냈다. 오영은 그대로 지나쳐 나가려는 로건의 앞을 두 팔 벌려 가로막았다. 새치름하게 굳은 눈으로 노려보는 오영의 앞에서 멈춘 로건은 옅은 한숨을 내쉬며 눈을 내리깔았다.

"화난 것 아니야."

"나는 화난 것처럼 느끼고 있어. 지금 화해하고 나가. 내가 잘못했다잖아. 앞으로 주의할 거라니까!"

"그래. 알았어."

마지못해 고개를 끄덕이는 로건을 계속 노려보던 오영이 그의 턱밑으로 바짝 다가갔다.

"그럼 키스하고 가."

두 손을 그의 어깨에 짚고 발끝을 돋운 오영이 묵묵하게 닫힌 도톰한 아랫입술에 제 혀끝을 가져다 댔다. 이 와중에도 오영답게 장난스러운 스킨십이었다.

스치듯 짧게 닿았다 떨어지는 혀와 입술에 로건은 아찔한 현기증을 느꼈다. 참지 못하고 기꺼이 입술을 연 로건은 오영의 몸을 제 품 가득 당겨 안았다. 밤새워 뒤척이게 했던 존재를, 만지고 싶고 보듬고 싶어 괴로웠던 여자를 힘주어 안고 허락된 입술을 욕심껏 맛보았다. 긴 시간 끝에 부드럽고 아릿한 입맞춤에서 벗어난 오영이 가쁜 숨을 몰아쉬며 물었다.

"이제 화 풀린 거야?"

오영은 불안한 눈을 들어 로건을 올려다보았다.

"화나지 않았다니까."

로건은 눈썹 아래까지 흘러내린 오영의 앞머리를 걷어 올리며 나직하게 속삭였다.

"좀…… 생각할 게 있어서 그랬어. 골치 아픈 일이 생겼거든."

"병원 일이야?"

"그래."

그런데 로건, 당신 눈동자가 너무 멀어. 오영은 마음에 담긴 말을 하지 못했다. 정말 그의 마음이 멀어지지 않았을까 너무 두려웠기에.

"슈퍼 사장 때문에 심각한 것도 있지? 어제 집 앞에서 마주쳤다면서?"

"누가 그래?"

"윤수 씨가."

"오영아, 그 새끼 정말 조심해야 해."

미간을 찌푸린 로건은 검지로 이마를 문지르며 잠시 말을 멈췄다. 괜한 말로 너를 불안에 떨게 하고 싶지 않아. 하지만……. 망설이던 끝에 결심을 굳힌 로건은 무섭도록 단호한 표정이 되었다.

"그 자식 혼자서 너를 특별하게 생각하고 있어."

"나도, 그건 알고 있어. 그런데…… 정말 이해 못 하겠어. 내가 무슨 오해할만한 짓을 한 건가, 아무리 생각해 봐도."

로건은 죄책감에 빠진 얼굴로 주절거리는 오영의 어깨를 짚었다.

160

"아니. 네 잘못은 없어. 네게서 문제를 찾지 마. 저 혼자 착각에 빠진 미친놈일 뿐이야. 하지만 앞으로는 절대 상대하지 마."

"알았어."

"이 집도 다음 주인을 찾기 전에 서둘러 비울 거야."

"아……. 그래, 그래야겠네."

로건은 고개를 주억거리는 오영을 안쓰럽게 바라보았다. 너를 지켜 줘야 하는데, 내가 그럴 자격이 있을까. 동훈에게 서슴없이 미친놈이라고 퍼부을 때마다 자신에게 하는 말이나 다름없이 느껴졌다. 그나 자신이나 온전치 못한 건 마찬가지인데. 오영의 곁에 있을 자격을 따지는 것이 우스울 따름이었다.

* * *

앞장서 걷는 로건의 뒤를 따르던 이나가 오영의 팔짱을 끼면서 걸음을 멈췄다. 평소보다 더한 로건의 살벌한 기운을 보자 마음이 무거웠다.

"둘이 싸운 거예요? 어떡해. 나 때문에."

"이나 씨 때문 아니라니까."

"반 이상은 이나 쌤 탓이죠. 오영 씨한테 술을 그렇게 많이 먹였으니."

윤수까지 통박을 주며 지나갔다.

"아니라니까요. 내가 알아서 마신 건데."

오영이 극구 아니라고 부정할수록 이나는 미안함이 더했다. 해 지기 전에 집에 가야 한다는 오영에게 사랑을 쟁취했으니 책임

지라고 떼를 부렸다. 오영이 연이은 벌주에 몽롱해진 사이 정신 없이 울리는 핸드폰 전원을 꺼 버린 것도 자신이었다. 연락 두절 인 오영 때문에 로건이 병원에서부터 날카로웠다는 소리에 얼마 나 무서웠던지.

"아휴. 언니, 다음에 또 내가 술 먹자고 하면 뺨을 쳐."

"무슨 소리야. 난 덕분에 진짜 신나게 놀았는데."

"김이나 선생, 출근 안 합니까?"

대문 앞에 선 로건의 무뚝뚝한 목소리를 들은 이나가 화들짝 놀란 시늉을 했다.

"어후. 무서워."

총총히 달려 나간 이나를 태우고 로건도 운전석에 올랐다. 차창 을 내린 로건은 대문 앞에 선 오영에게 몸을 기울여 심심하게 인 사를 전했다.

"다녀올게."

"응. 저녁에 봐."

그 모습에 이나가 입을 막고 웃으며 호들갑스럽게 반응했다.

"어머, 두 분 꼭 신혼부부 같아요!"

"조용히 좀 하시죠. 뭘 잘했다고."

오영은 앞뒤로 앉은 윤수와 이나가 티격태격하는 모습을 웃음 띤 눈으로 바라봤다. 그 사이 로건은 집 주변 구석구석을 유심히 훑어보았다.

* * *

콘퍼런스 룸의 문이 열리고 교수진들이 우르르 몰려나왔다. 대양은 한참이 지나도 로건이 나오지 않는 것을 의아하게 여기며 콘퍼런스 룸 안으로 발을 들여놓았다. 로건은 회의록을 펼쳐 놓은 채 멍하게 앉아 있었다.

"어이!"

듣지 못한 사람처럼 로건은 의미 없는 시선을 바닥과 허공 그 어디쯤에 둔 채 얼이 나가 있었다. 대양은 큰 걸음으로 다가가 로건 앞에 섰다.

"이로건, 오늘 왜 이래?"

"언제 왔어?"

그제야 반응한 로건이 펜과 다이어리 등을 주섬주섬 챙겼다.

"무슨 일 있어? 아침 회진 때도 실수했다면서."

이로건이 환자와 차트를 혼동하는 말도 안 되는 실수를 저질렀다. 그 소문으로 오전 내내 태산대 병원 로비가 들썩거렸다.

"대양."

자리에서 일어서려던 로건이 도로 털썩 주저앉았다.

"왜. 무슨 일인데 그래?"

"이사를 해야 하는데. 병원 근처에 괜찮은 아파트가 뭐가 있지?"

"벌써 집이 나갔어?"

"아니다. 우리 병원, 분원이 어디 어디에 있지?"

"……!"

"제주. 제주에는 없나?"

"갑자기 무슨 소리야? 분원에 지원하겠다는 소리야?"

"당분간 서울에서 멀리 떨어져 있으면 좋을 것 같아서."

"밑도 끝도 없이 늘어놓지 말고 차근차근 얘기해 봐. 뭘 알아야 조언을 하지."

"그게……."

마른침을 삼키는 로건의 목울대가 크게 오르내렸다. 대양은 미국에서 처음 로건을 봤을 때보다 더 황폐하고 초조해 보이는 모습에 내심 놀라는 중이었다.

"혹시 너, 다시 약 먹어야 하는 거냐?"

"아직. 거기까지는 아니야. 그렇게는 안 될 거야."

그게, 사람 의지대로 되는 일인가. 대양의 얼굴까지 걱정으로 무겁게 일그러졌다. 어렵게 꾸역꾸역 버티다 이제 사람답게 사는가 싶었는데 무슨 일이 터진 건지 불안으로 가슴이 두근거렸다.

"오영이한테 쓰레기 같은 놈이 붙었어."

"쓰레기라니. 오영 씨 때문에 이렇게 안절부절못하는 거야? 벌써 다른 놈이 좋대?"

멋대로 넘겨짚고 흥분하던 대양은 죽을 듯 노려보는 로건의 눈초리에 잠잠해졌다. 오히려 바람은 아닌 것 같으니 안심이 되었달까.

"색정 망상에 빠진 놈이 오영이 주변을 얼쩡거려."

"스토킹? 아니, 누가?"

예상치 못한 소리에 놀란 대양이 가마솥 뚜껑 같은 두꺼운 손으로 책상을 꽝 내리쳤다. 당장 눈앞에 있으면 멱살을 끌어올려 허공에 휘두를 기세였다.

"대양도 알 거야. 대로 슈퍼."

"대로 슈퍼 알지. 어릴 때부터 드나들던 단골……. 그 집 아들? 젊은 사장, 걔?"

로건은 휘둥그레 커진 눈으로 묻는 대양에게 무겁게 고개를 끄덕였다.

"허! 아이고, 참."

어이가 없어 한동안 실소와 한숨을 번갈아 터트리던 대양이 다시 물었다.

"네가 질투에 눈이 멀어서 과장한 거 아니고? 가벼운 짝사랑 정도는 어쩔 수 없잖아. 제주도까지 갈 필요 없이."

"아니야. 나 아직 그 정도 분별력은 있어."

"어느 정도인데 그래?"

"오영이 자기를 좋아했는데 내 직업 때문에 넘어갔다고 혼자 배신감에 치를 떨더군. 내 뒷조사까지 했어. 대양도 모르는 정보를 갖고 있어."

"허……. 그거 골치 아픈데. 위험해 보여?"

"충분히."

책상 위에 놓인 로건의 하얀 주먹에 뼈마디가 불거졌다.

* * *

코가 맵싸하도록 쌀쌀한 날씨인데도 약수터 공원에는 운동 나온 사람들이 꽤 있었다. 오영은 운동기구에 쓰인 사용 설명서를 따라 부지런히 몸을 움직였다. 집에 있으니 시간은 안 가고 잡념으로 속만 시끄러웠다. 청소하고 목욕하고 화분을 정리하며 바쁘게 보냈는데도 겨우 점심나절이었다. 쉼 없이 일을 만들고 찾아내서 몰입하려 해 봐도 아침에 본 로건의 이상한 모습이 지워지지 않았다. 하는 수 없이 바깥바람을 쐬러 나오니 숙취는 좀 가셨지만, 마음속의 안개는 여전했다. 끼익 끼익, 그네를 타듯 운동기구의 반동에 몸을 싣고 단순하게 생각하려 노력했다.

"젊은 사람이 이런 데서 운동을 다 하고 웬일이야?"

오영은 먼 산에 두었던 시선을 거둬 목소리에 집중했다. 붉은색 포인트가 들어간 회색 운동복을 입은 만수가 웃으며 다가오고 있었다.

"안녕하세요! 사장님이 이 시간에 웬일이세요?"

"어제 동창회에서 과음했더니 몸이 영 안 좋아서 하루 쉬려고. 나이 드니까 전 같지 않아."

오영은 자신과 같은 만수의 이유가 우스워 소리 없이 웃었다. 옆에서 구령을 붙여 가며 맨손체조를 하는 둥 마는 둥 하던 만수가 오영의 눈치를 보던 끝에 넌지시 제안했다.

"커피 한잔할 테야?"

"그럴까요? 제가 살게요."

커피를 사서 나온 두 사람은 집으로 돌아가는 길을 함께 걸었다. 뜨끈한 커피 잔을 두 손으로 감싸니 아지랑이 같은 행복감이 피어났다. 다음에는 로건하고 같이 와야지. 그런 생각을 하자 내내 그녀를 지배했던 우울함이 저 멀리 쫓겨났다.

"요즘은 편의점 커피도 향이 좋네요."

"그러게. 추워서 그런지 맛도 더 좋고."

이것저것 일상적인 수다를 떨다 보니 어느새 부동산 앞이었다.

만수는 할까 말까 망설이던 말을 꺼내기로 마음먹었다.

"혹시 의사 선생이 아무 말도 안 해?"

"네? 어……떤 말이요?"

"일전에 의사 선생이 집 내놓겠다고 우리 집에 왔을 때, 내가 오해하고 엉뚱한 소리를 한 적이 있거든."

"……?"

"나는 아가씨하고 대로 슈퍼 사장하고 사귀는 줄 알았지 뭐야."

"왜요? 어째서 그렇게 생각하신 거예요?"

그야말로 엉뚱한 소리에 걸음을 멈춘 오영은 생각과 다르게 날선 목소리를 내고 말았다. 당연히 그러리라 예상했던 만수는 걱정스러운 얼굴로 말을 이었다.

"아가씨, 조심해. 대로 슈퍼 사장, 그놈 여간 이상한 게 아니야. 나한테 아가씨하고 무슨 사이라도 되는 것처럼 말했거든."

"그걸 로건한테 얘기하신 거예요?"

"의사 선생하고 아가씨 사이를 모르는 바람에 내가 말실수했어. 하지만 그 자리에서 오해 풀고 갔어."

그래서 아침에 동훈을 조심하라고 강조했었나.

"슈퍼 사장이 나한테만 떠들고 다닌 게 아닐 거야. 내 귀에 들린 것만 한두 건이 아니라고."

뭐 이런 경우가 다 있는지. 진짜 미친놈인가. 오영은 잘 알지도 못하는 동네 사람들이 오해하고 쑥덕거릴지도 모른다는 생각에 소름이 끼쳤다. 이 일을 어떻게 처리해야 할지, 아무리 생각해도 방법이 떠오르지 않았다.

"저는 정말 그 사람이 왜 그런 생각을 하는지 모르겠어요. 저는 동네 사람이니까 만나면 반갑게 인사했던 것뿐인데.”

“미친놈이 문제지 아가씨가 무슨 잘못이 있어. 너무 속상해 마.”

만수는 바쁘게 손을 내저으며 오영을 위로했다. 인생 황혼기에 접어든 지 오래인 자신도 이런 경우는 처음인데 젊은 아가씨가 오죽 당황스러울까 싶었다.

“내가 최선을 다해서 집이 빨리 나가도록 해 볼게. 그런 놈은 더러운 똥이나 마찬가지야. 그냥 피하는 게 상책이지.”

“이사하면 괜찮을까요?”

“그럼. 설마 이사한 집까지 알아내서 따라다닐까.”

오영이 안쓰러워 장담했지만, 만수도 불안한 마음을 떨치지 못했다. 단순한 짝사랑이라면 그나마 다행인데 왠지 떨떠름한 기분이 드는 것이 개운치 못했다. 시름에 잠긴 오영의 기분을 풀어 줄 만한 게 뭐가 있을까. 생각하던 만수는 붕어빵을 굽는 노점으로 오영을 이끌었다.

“자, 내가 붕어빵 사 줄 테니까. 이거 먹고 기분 전환해.”

만수는 불안해 보이는 오영에게 갓 구워 나온 붕어빵을 한 아름 안기며 걱정을 달래 주었다.

* * *

“생각할수록 짜증나네. 확!”

동훈을 생각하며 터덜터덜 걷던 오영은 발로 바닥을 꽝 찍으며 성질을 부렸다. 생각할수록 하나하나 이상하지 않은 점이 없고 꼴 보기 싫었다. 일방적인 자신의 감정을 강요하는 것도, 로건의 심기를 건드리는 것도, 헛소문을 퍼트리고 다니는 것도 전부 다 마음에 들지 않았다.

붕어빵이 식지 않도록 가슴에 품고 오던 오영은 대문 앞 계단에 앉아 있는 남자의 모습에 미간을 구겼다. 자신을 보고 손 흔들며 웃는 얼굴에 소름이 끼쳤다. 조금 전 들은 말도 있고 뭐라도 되는 양 대문 앞에 뻗대고 있는 꼴도 참아 줄 수 없었다.

'그 새끼 조심해야 해. 앞으로 절대 상대하지 마.'

하지만 아침에 로건이 신신당부했던 말이 떠올랐다. 되도록 로건의 말을 따르고 싶었다. 오영은 일부러 모른 척 동훈을 외면하고 가던 길을 갈 작정이었다.

"어디 다녀오는 거야? 요즘 집을 자주 비우는 것 같은데."

이게 어디서 반말이야. 이런 식으로 나오면 모른 척하기 어렵지. 게다가 동훈 앞에서 대문을 여는 것이 더 위험할 수도 있으니 이 자리에서 내쫓을 필요가 있었다. 오영은 발길을 돌려 몇 칸 올라섰던 계단에서 내려왔다. 동훈의 앞에 서서 짐짓 침착하게 물었다.

"여기서 뭐 하는 거예요? 남의 집 앞에서."

"오영 씨, 이제 정신 차리고 다시 나하고 만나요."

"와……. 하하."

너무 어이없는 나머지 오영은 실소를 터트렸다.

"다시라니? 사장님과 내가 뭘 다시 해요? 그리고 이상한 소리 하고 다닌다면서요. 그리고 웬 반말? 당신이 뭔데?"

비꼬며 따지는 오영의 태도가 거슬리는지 동훈의 얼굴에 자리했던 미소가 싸늘하게 식었다.

"꼬리 쳤잖아. 네가 먼저 나한테 웃어 주고 말 걸고 그랬잖아."

윽박지르며 우기는 동훈의 말에 오영은 기가 막혔다.

"내가 그놈의 꼬리를 어떻게 쳤는지 알려 줄래? 나는 전혀 기억이 없는데."

"전화번호 알려 주고, 네 집에서 나한테 음료도 주고 같이 떠들었잖아. 나하고 좋았으면서 너야말로 오리발 내미는 거지."

"전화 번……. 아후. 진짜."

오영은 허탈한 한숨과 함께 고개를 저었다.

"그건 슈퍼에서 배달 부탁하느라 알려 준 거고 무거운 것 들고 배달했으니 인정으로 음료 준 거고!"

"내가 사 준 머리핀도 잘 하고 다녔어."

"그래서 부담스러워서, 내가 열쇠고리로 답했잖아. 그 머리핀 몇 번 하고 다니지도 않았어. 그렇게 아까우면 이따 슈퍼로 갖다 줄게요."

"이제 와서 발뺌하지 마. 오영아, 의사라는 직업 별거 아니야. 우리 집도 재산이라면 남부럽지 않아. 종로에 건물도 있어. 나, 외아들이야. 그 재산 다 네 것 될 수 있어."

"슈퍼 사장님이 강남 한복판에 빌딩 열 개 가지고 있어도 관심 없어요. 당장 이 집 앞에서 비켜요. 경찰에 신고하기 전에."

오영은 한쪽 팔을 쭉 뻗어 길가를 가리켰다. 단호하게 다그치는 오영을 매섭게 노려보던 동훈이 불현듯 오영의 어깨를 밀쳐 벽으로 몰아붙였다.

"이 더러운 게 진짜. 그 새끼하고 자는 거에 맛 들여서 그래? 그게 그렇게 좋았어?"

벽에 머리를 부딪친 오영은 아픔보다 더한 충격에 할 말을 잃었다. 불뚝 성이 난 동훈을 쳐다보면서 내장 깊은 곳부터 덜덜 떨리는 한기를 느꼈다. 그러나 오영은 이를 악물고 떨림을 참아 냈다. 겁먹은 모습을 보여 그에게 얕잡아 보이고 싶지 않았다. 눈앞에서 살인마가 날뛰는 것도 겪어 봤는데 이 정도쯤이야.

"내가 누구하고 뭘 하든. 이 미친놈아."

"뭐?"

예상치 못한 욕설에 놀랐는지 오영의 어깨를 짓누르던 동훈의 손아귀 힘이 느슨해졌다. 오영은 그 틈을 놓치지 않았다. 줄곧 꼭 붙들고 있던 종이봉투에서 붕어빵 하나를 꺼냈다.

"미친놈이라고."

말을 마침과 동시에 손에 든 붕어빵을 동훈의 얼굴 위에 짓뭉갰다.

"악! 으아!"

제 얼굴을 감싼 동훈은 발을 헛디디고 바닥으로 나동그라졌다. 뜨거울 때 먹어야 제맛이라며 만수가 특별히 새로 구워 나온 것만 골라 담은 덕을 보게 될 줄이야. 오영은 제 손에 묻은 팥의 뜨거움에 놀라면서도 붕어빵을 하나 더 꺼내 들었다. 동훈은 끓는 죽을 얼굴에 들이부은 것 같은 공포와 고통 앞에서 어쩔 줄 몰라 하며 펄펄 뛰었다. 알아듣기 힘든 말투로 울부짖는데 아마도 오영에게 하는 상스러운 욕설 같았다.

"내 몸에 손대기만 해. 하나 더 먹여 줄 테니까!"

오영은 손에 들었던 붕어빵을 내던지고 대문 앞으로 뛰어 올라 갔다.

"너!"

머릿속이 하얗게 비워져 비밀번호가 더듬더듬 떠올랐다. 키패 드 위의 손가락이 덜덜 떨려 말을 듣지 않았다. 금방이라도 동훈 이 달려들어 자신을 끌어내리고 내동댕이칠 것 같아 무서웠다.

"거기! 당장 멈추세요. 뭡니까?"

"아가씨! 아이고, 이게 무슨 일이야!"

찰칵, 잠금이 해제되고 문이 열리는 순간 들린 목소리에 오영은 안도했다. 집에 가서 붕어빵 먹고 낮잠 한숨 자고 나면 기분이 괜 찮아질 거라고 토닥여 주던 만수가 헐레벌떡 뛰어오는 모습이 보 였다. 그보다 앞서 경찰복을 입은 사람도 보였다. 갑작스레 밀어닥 친 안도감에 다리 힘이 풀린 오영이 바닥에 주저앉았다.

"내가 이럴 줄 알았어. 어쩐지 보내 놓고도 찜찜하더라고. 괜찮 아, 아가씨?"

오영은 얕은 숨을 헐떡이며 고개를 주억거렸다.

"어떻게 알고 오셨어요?"

"알고 왔다기보다는."

오영 앞에 쭈그려 앉아 상태를 살피던 만수는 경찰에게 붙들린 건지 부축을 받는지 모를 동훈에게 물었다.

"아니, 근데 젊은 사장, 너는 얼굴에 그게 뭐냐?"

동훈은 씩씩거리며 오영과 만수를 노려보기만 할 뿐, 대답하지 않았다.

"저놈이 눈깔에 뵈는 게 없나. 어디서 흰자를 까뒤집고 지랄이야 지랄이."

"제가 붕어빵을 얼굴에 뭉갰어요."

"응? 아까 내가 사 준 거?"

만수는 오영이 아직도 꼭 쥐고 있는 종이봉투를 보고 너털웃음을 터트렸다.

"고맙습니다. 사장님."

"아니. 경찰은 의사 선생이 보낸 거야. 나하고 길에서 우연히 마주쳤는데 이 집에 볼일이 있다고 해서 따라 왔다가 이런 꼴을 보네."

* * *

지구대에 온 지 얼마지 않아 오영은 세상의 부조리를 맛보았다. 피해자는 자신인데 도리어 동훈이 위로받고 있는 상황을 쓸쓸하게 지켜보는 수밖에 없었다. 당장 출발한다던 로건의 서슬 푸른 목소리가 아니었다면 얼마나 서글펐을까.

"동훈아, 네가 여기를 왜 와?"

경장은 동훈의 동창이었으며,

"아버지가 곧 오신단다. 걱정 말아라."

서장은 대를 이어 동훈의 집안과 친분이 있는 사람이었다. 동훈의 친구라는 장 경장이 오영에게 비타민 음료 한 병을 권했다.

"오해가 있었나 봐요. 저 친구는 그럴 애가 아닌데요."

"저는 있는 사실 그대로 말씀드렸어요. 저 사람의 의도가 어쨌든 간에 제가 위협을 느낀 게 중요한 거잖아요."

"그렇지! 그게 중요하지. 나도 봤다니까. 김 순경! 자네도 봤잖아. 자네가 위험하다고 소리쳤잖아."

만수가 오영보다 더 발끈하며 따졌다.

"아…… 네. 솔직히 저는 위급 상황으로 판단했습니다."

김 순경의 말에 장 경장과 서장이 눈알을 부라렸다. 소리 없는 꾸지람에 주눅이 든 김 순경은 급한 업무를 잊고 있었다는 핑계를 대고 구석 자리로 숨었다. 서장은 오영의 앞에 놓인 비타민 음료의 뚜껑을 따서 직접 손에 쥐어 주었다.

"아가씨, 이런 일로 시끄러워 봤자 여자만 손해예요. 그러게 왜 변심을 해서는."

"사귄 적 없다는데 그러네!"

"아니, 아까부터 사장님이 왜 자꾸 나서요? 이 분하고 무슨 관계라도 있어요?"

"있지. 우리 부동산의 소중한 고객이지. 그리고 내가 직접 중매도 섰어. 그러니까 슈퍼 사장하고 이 아가씨하고 아무 사이도 아니라는 증인이 바로 나야."

자리에서 벌떡 일어난 만수는 서장의 코앞에 삿대질까지 하며 오영의 편을 들어주었다. 오영은 혹시 자신 때문에 만수가 안 좋은 일이라도 당할까 봐 무서웠다. 그의 팔을 붙들고 초조한 목소리로 말렸다.

"사장님, 진정하세요. 여기서 이렇게 소리 지르면 안 되잖아요."

"아니야. 아가씨. 이런 데서는 목소리 큰 사람이 이기는 거야. 그리고 여자라고 얕잡아 보는 거라고."

장 경장은 대낮부터 떠들썩한 지구대 분위기에 진저리를 치며 동훈의 옆에 앉았다. 슬쩍 오영를 가리키는 눈짓에는 이미 경멸의 빛이 자리하고 있었다.

"그럼 저쪽이 양다리인 거야?"

동훈은 제 머리를 쓱쓱 쓸어 올리며 한탄하듯 대답했다.

"내가 훌륭한 '사'자 선생님이 못 된 게 잘못이지 뭐. 미국 유학 다녀와도 동네 구멍가게 간판 달고 있으면 아무 소용없어."

"너희 집이 왜 구멍가게야? 소문난 알부자 집 아드님이 할 말은 아니지. 그나저나 고등학교 때도 순정파로 유명하더니 아직도 이러고 다니냐. 그때도 너 꽤 시끄러웠지."

"야, 그때 얘기는 하지 말자."

"그래. 지나간 여자는 잊어야지."

오영은 철저하게 동훈의 편으로 흘러가는 분위기에 더는 분노할 기력도 없었다. 전원이 나간 듯 고요한 핸드폰을 만지작거리던 오영은 참지 못하고 로건에게 메시지를 보냈다.

[언제 와?]

[곧. 겁먹지 말고 있어. 아무 말도 하지 말고.]

[응.]

출입문이 열리는 기척에 고개를 들었다. 기다리던 로건은 아니었고 괄괄해 보이는 나이 든 남자가 도끼눈을 하고 들어오는 중이었다.

"동훈아!"

"아버지……."

동훈은 떨떠름한 얼굴로 자신의 아버지를 맞이했다. 소장에게 직진한 남자가 우렁찬 목소리로 물었다.

"이 자식이 또 무슨 짓을 저질렀어?"

"또는 무슨. 한 사장, 많이 놀랐나 보네. 별것 아니야. 그저 사소한 오해가 있어서."

오랜만에 보는 차욱의 성깔에 소장은 골치 아픈 싹을 빨리 자를 결심을 확고히 했다.

"그러니까. 사소한 오해 뭐! 누구하고 시비가 붙었는데."

"아버님, 안녕하셨어요? 저 기억하시죠?"

"누군데?"

무안해진 장 경장의 목덜미가 붉어졌다.

"아하하. 기억 못 하시는구나. 저는 동훈이 동창이고요. 지금은 이곳 지구대의 경장으로 있습니다."

"그래. 반갑다 치고. 동훈이가 뭔 짓을 했소?"

"정말로 아주아주 사소한 시비가 있었습니다. 저기 저 여자분……."

"여자! 또 여자라고? 아이고 골치야."

이마를 짚고 거친 한숨을 쉬던 차욱이 오영에게 다가왔다.

"아가씨가 말해 봐요. 쟤가 뭘 어쨌다는 거요?"

붉으락푸르락한 얼굴을 들이미는 기세에 겁먹은 오영이 미처 대답하지 못하고 우물거렸다.

"저는, 지금은…… 말할 수 없어요."

"하, 답답해! 야! 한동훈, 네가 말해? 저 여자하고 무슨 사이야?"

"사귀는 사이……."

"진짜야?"

"……."

"진짜냐고 이 자식아!"

버럭 소리를 지른 차욱이 동훈의 뒷목을 짝 소리 나도록 후려쳤다. 지구대에 있던 사람들 모두 입이 쩍 벌어졌다. 오영도 다 큰 성인 남자가 부모에게 손찌검당하는 모습에 어안이 벙벙해졌다. 다시 동훈에게 손을 날리려는 차욱을 장 경장이 말리는 순간 지구대의 문이 열렸다. 오영이 자리에서 벌떡 일어났다.

"로건."

은은한 광택이 흐르는 검은색 슈트를 입은 로건이 조용한 눈길로 실내를 훑었다. 어수선했던 지구대에 일순 고요가 흘렀다. 뚜벅뚜벅, 바닥을 울리는 묵직한 구두 소리가 오영을 향했다. 로건은 기진맥진해 보이는 오영의 머리를 찬찬한 손길로 쓰다듬었다.

"조금만 더 참고 있어. 금방 집에 가게 될 거야."

"응."

로건의 뒤를 따라 들어온 날렵해 보이는 여자가 오영에게 명함을 건넸다.

"안녕하세요. 법무법인 제앤장 소속 정금주 변호사입니다. 이제부터 저한테 맡기시면 됩니다."

"네. 안녕하세요."

오영도 낯이 익는 사람이었다. 보육원 사건 때 경찰서에서 본 기억이 났다. 그때 내내 로건의 옆에 붙어서 일을 처리하던 모습이 굉장히 유능해 보여서 뇌리에 생생히 남아 있었다.

"법무법인 제앤장 입니다."

"아, 예."

똑같은 명함을 건네받은 소장이 나직한 목소리로 투덜거렸다. 명성이 짜르르한, 뉴스에서나 듣던 로펌의 명함을 실제로 본 것은 처음이었다.

"젠장. 쉽게 끝날 일이 아닌가 보네."

"오는 길에 대충 들었습니다. 시시비비를 가리기에 CCTV만큼 편리하고 확실한 것이 없죠. 제 의뢰인께서 거주지 주변의 CCTV를 점검해 달라고 이미 신고를 했다던데요."

"그래요?"

서장은 난생 처음 듣는다는 표정으로 장 경장과 김 순경을 돌아보았다. 혼란 속에서 서류 업무를 보던 김 순경이 엉거주춤 손을 들었다.

"예. 제가 신고 받았습니다. 그래서 제대로 작동되는지 순찰 나갔다가 이분들을 맞닥뜨렸습니다."

소파에 느긋하게 다리를 꼬고 앉아있던 로건이 손을 까닥 들어 보였다.

"그 신고, 제가 했습니다. 그래서 어떻게 됐습니까?"

"그게…… CCTV 기록을 보니까 한 대가 고장 난 지 좀 된 것 같았습니다. 관제실에 수리 의뢰해 놨는데요."

"누가 일부러 고장 낸 것은 아닙니까?"

로건의 날카로운 말투에 김 순경은 갸웃 고개를 기울였다.

"그, 글쎄요. 그건 아직 파악 전입니다."

"업무 태만이네요."

냉담하게 뇌까리는 정 변호사의 말에 소장이 난처한 표정을 지었다. 평소라면 가볍게 훈방 처리로 끝내고 남았을 텐데, 일이 꼬이는 것 같은 불안한 마음이었다.

"이거 진짜 별것 아닌 일입니다. 사소한 다툼인데 시원하게 합의 보고 끝내시죠. 한동훈 씨는 얼굴에 화상까지 입었는데."

"엄연한 스토킹인데 사소하게 보시다니. 큰일 날 분이시네."

찰싹! 살갗을 후려치는 소리를 향해 모두의 시선이 집중되었다.

"이 새끼가 도대체 뭔 짓을 하고 다니는 거야. 집안 망신도 가지 가지다! 여자 꽁무니 따라다니다 사고나 치고!"

동훈의 아버지 차욱이 무차별적으로 아들을 구타하고 있었다. 한 마디도 대들지 못하고 두 팔 사이에 고개를 묻은 채 움츠린 동훈은 비굴하고 처량해 보였다. 무심한 눈으로 그 모습을 지켜보는 로건의 입매가 비릿하게 기울어졌다.

"아직도 부모님 둥지를 떠나지 못했나 보군."

* * *

폭풍이 휩쓸고 간 지구대에 남은 서장은 전혀 후련하지 않았다. 장 경장이 탄 믹스 커피를 건네받는 그의 눈매는 의혹에 잠겨 가늘어져 있었다.

"생각보다 의사 양반이 수월하게 넘어가 줘서 다행이긴 한데 말이야."

"아무래도 뭔가 찜찜하죠?"

"그러니까. 자네 한동훈하고 동창이었잖아. 뭐 아는 것 있어?"

"딱히……. 성적도 그냥저냥 괜찮은 친구였고. 생긴 게 호감형인 데다 있는 집 자식이란 소문이 자자해서 애들은 물론 선생님들한테도 인기도 많았죠. 서장님도 집안끼리 잘 아신다면서요."

"부모님들이 친하셨지 속사정은 나도 잘 몰라. 한 사장이 워낙 드세다 보니까 어울리기 부담스럽기도 하고."

"그런데 동훈이 그 녀석 고3 때 좀 시끄러웠어요. 여자 문제로."

"여자? 가만, 아까 한 사장도 여자 운운하면서 화냈잖아."

장 경장의 말에 번뜩 생각이 스친 서장이 허리를 똑바로 세우고 앉았다.

"저도 그게 좀 이상하더라고요. 제가 알기로 미성년이 연애를 너무 찐하게 해서 강제로 유학 보내진 거였는데. 그래도 그게 언젠데……."

"아무래도 감이 안 좋아. 생각해 보니까 우리가 한 사장한테 말려든 것 같기도 해. 너무 나서서 아들을 휘어잡으니까 나설 틈이 없었잖아."

"그런데 자꾸 이렇게 의심하셔도 됩니까? 집안끼리 친분도 있는데"

"그게 무슨 상관이야. 나쁜 짓을 했으면 벌을 받아야지."

선을 긋는 서장의 말에 장 경장도 고개를 끄덕였다.

"맞습니다. 그럼 저도 동창들한테 좀 더 알아볼게요."

"그나저나 장 경장아."

"네."

"요즘은 의사들도 인물이 와우! 몸이 무슨 메이저 리거인 줄 알았다야."

"그러게요. 제가 여자여도 그 얼굴에 그런 피지컬이면 바로 노선 갈아타겠던데요. 검은 정장 입은 아우라가 그냥, 처음에 저승사자가 들어오는 줄 알았어요."

"저는 남자인 그대로도 넘어갈 것 같아요. 그 의사 선생님 들어
오시는 순간 잠깐 반했잖아요."

불쑥 끼어든 김 순경이 얹은 말에 멈칫했던 두 사람은 어느새 고
개를 끄덕이고 있었다.

* * *

집에 돌아온 오영은 어린 오리처럼 로건의 뒤를 졸졸 따라다녔
다. 아침에 그가 보여 줬던 매정한 모습을 또 보게 될 것 같아서
불안한 마음을 감출 수 없었다. 자신의 방 욕실에서 나오던 로건
은 문 앞에 우두커니 서 있는 오영을 보고 체념의 한숨을 쉬었다.

"여기서 왜 이러고 있어."

고개를 든 오영은 아무 말 없이 로건의 눈빛과 표정을 살폈다.
귀찮아하거나 한심해 하는 눈치는 보이지 않았다. 안도한 오영은
그의 허리에 팔을 두르며 끌어안았다. 응석받이처럼 그의 가슴
에 볼을 비비며 품속으로 깊이 파고들었다. 로건이 즐겨 쓰는 비
누의 은은한 풀숲 향이 오영의 마음을 차분하게 다독여 주었다.

축 늘어진 손을 움찔거리던 로건은 지그시 눈을 감았다. 안아
주고 싶은 마음을 참느라 미간에 힘이 들어갔지만, 결심은 쉽게
무너졌다. 품을 파고드는 오영을 꼭 조이듯 안아 버렸다. 그러자
가슴을 갑갑하게 억누르고 있던 무언가가 서서히 풀어지는 편안
함이 느껴졌다.

"신경 쓰게 해서 미안해. 잠깐 바람 쐬러 공원에 갔던 건데 이렇

게 될 줄 몰랐어.”

“네가 미안할 게 뭐 있어. 큰일 당하지 않은 것만 해도 고마워.”

로건 역시 종일 아침에 봤던 오영의 풀죽은 모습이 마음에 걸리던 참이었다. 안 그래도 불안해서 돌아 버릴 것 같아 퇴근을 서두르던 때 연락을 받았다. 치미는 화를 참지 못하고 날뛰는 로건을 진정시킨 것은 대양이었다. 주먹으로 해결할 생각 말고 변호사를 대동하라는 조언은 역시 큰 도움이 되었다. 로건은 자신의 허리에 매달린 오영이 애처로웠다. 그녀의 이마에 입을 맞춘 후 손을 잡고 주방으로 향했다. 오영을 식탁 의자에 앉히고 보니 부쩍 허기져 보였다.

“점심은 먹었어?”

“아직.”

기운 없이 시무룩해 보이던 건 순전히 배고파서인가? 피식, 웃음이 새어 나왔다.

“지금 저녁 먹을 시간인데 점심이 아직이라고?”

“그러고 보니, 내 붕어빵!”

오영은 제 머리를 콱 쥐어박으며 안타까워했다.

“사장님이 엄청 많이 사 주셨는데. 아깝다.”

“아깝긴, 그걸로 슈퍼 놈한테 뜨거운 맛을 보여 줬으니까 값어치는 충분히 했어.”

로건이 싱크대 하부 장을 열자 행과 열을 맞춰 단정하게 진열된 팬과 냄비들이 보였다. 큼지막한 팬을 꺼낸 로건은 재주를 부리듯 팬을 휘리릭 돌린 후 인덕션 위에 올렸다.

“고기 구워 줄게. 많이 먹어. 부탁하지 않아도 잘 먹긴 하겠지만."

로건의 말대로 오영은 이 상황에도 식욕이 솟구쳤다. 점점 로건이 밥하는 것이 당연시되는 상황이 염치없었지만, 오늘은 정말 식사 당번할 기분이 아니었다. 다사다난한 하루를 보냈으니 실컷 먹고 잠이나 자고 싶었다.

"변호사까지 데려올 건 아니었는데. 괜한 소란만 일으킨 것 같아."

"아니, 이런 일은 계속 경찰을 귀찮게 하고 주변에 알려야 해. 쌓인 데이터는 결정적인 순간 쓸 수 있는 증거가 될 거야."

"결정적인 순간이라니?"

"수사나 재판."

"설마 그렇게까지? 아까 그 사람 아버지한테 맞는 것 보니까……."

"오영아."

오영에게 다가온 로건은 식탁에 두 팔을 짚고 상체를 아래로 숙였다. 이럴 줄 알았다. 자신이 당한 것은 생각도 못 하고 벌써 마음이 약해져 망설이는 심정이 순한 눈동자에 고스란히 드러났다.

"겉모습에 속아서 동정하지 마. 부모에게 억압된 심리로 인해 타인에게 해를 끼치는 경우는 셀 수 없이 많아."

"하긴, 세상에는 이상한 사람이 참 많지. 로건, 아무래도 나는 팔자에 마가 꼈나 봐?"

"그게 무슨 소리야?"

"이런 생각하고 싶지 않지만…… 나한테 미친놈을 끌어들이는 뭔가가 있는 것 같아. 부모 복도 없고 보육원 살인마도 그렇고, 이제는 별 이상한 남자가 달라붙어서 귀찮게 하고."

긴 한숨을 내쉬고 난 오영은 달궈진 팬과 고기에 집중하고 있는 로건의 뒷모습을 바라봤다. 지글거리는 팬 소리 때문에 오영의 신세 한탄을 듣지 못했는지 로건은 아무 반응이 없었다. 차라리 못 들어서 다행이야. 오영은 자신이 뱉은 말을 후회했다. 괜히 징징거려서 안 그래도 바쁘고 정신없는 남자의 마음을 무겁게 할 뻔했다.

사실 로건은 오영이 하는 소리를 들었다. 차마 동감해 줄 용기가 없었다. 오영의 눈을 보며 그렇지 않다고 진심으로 위로해 줄 염치가 없었다. 그녀에게 달라붙는 미친놈 중 하나가 자신일 테니.

"로건! 고기 타는 것 아니야?"

"이런!"

잠시 잠깐 생각에 빠진 사이 새까맣게 탄 고기가 고약한 연기를 피웠다. 옆에 다가온 오영이 '으이그!' 구박하며 주방 창을 활짝 열었다.

"로건도 사람이구나. 이런 실수를 다 하네."

아무것도 모르고 예쁘게 웃는 너한테 계속 욕심을 내는 게 맞을까?

"뽀뽀 한번 해 주면 내가 더 맛있게 구워 주지."

이 사랑스러운 장난꾸러기가 평온하게 살아갈 기회를 내가 빼앗은 거야. 쪽! 찌푸린 얼굴을 펴지 못하는 로건의 입술에 키스한 오영의 미소가 싱그러웠다. 그 미소 앞에 로건의 머릿속이 하얗게 비워졌다.

"금쪽같은 고기가 타서 상심했구나. 귀여운 집주인님, 힘내요."

로건은 스스로를 괴롭히는 양심을 깊숙한 곳에 처박았다.

"누가 누구한테 귀엽다는 거야."

오영의 가벼운 입맞춤은 도화선에 튄 불씨였다. 로건은 제 볼을 감싼 오영의 양손을 잡고 아래로 내렸다. 깊게 검어진 눈동자의 열기를 알아챈 오영의 눈에도 은밀한 색기가 흘렀다.

오영의 가느다란 손가락 사이사이로 부드럽고 매끈한 손가락이 끼워졌다. 한 걸음 두 걸음 다가오는 남자에게 몰린 몸이 냉장고에 부딪히며 갇혔다. 닿을 듯 말듯, 로건의 입술이 오영의 옆얼굴을 숨결로 쓰다듬었다. 귓가의 솜털이 소름으로 일제히 일어서는 모습을 보며 로건이 속삭였다.

"배고파? 저녁 식사 급해?"

"아니, 나는 로건이 더 급해."

오영은 제 볼을 슬쩍 움직여 로건의 입술에 붙였다. 기다렸다는 듯 입술을 미끄러트린 로건은 동그란 귓불을 입속에 넣고 혀로 굴렸다. 간지럽고 짜릿한 쾌감에 놀란 오영은 깍지 낀 손에 힘을 더하며 진저리를 쳤다. 로건은 두 손을 오영의 등 뒤로 돌려 결박하듯 품에 가뒀다. 농밀하게 차오르는 흥분감에 로건은 호흡의 리듬을 잃었다. 되는대로 숨을 헐떡이는 입술을 오영에게 가져갔지만 거절당했다.

"왜?"

로건이 다급한 입술을 혀로 축이며 물었다. 오영은 불쑥 어젯밤 자신을 혼자 내 버려둔 로건에 대한 야속한 마음이 되살아났다. 그가 자신으로 인해 흥분하고 쩔쩔매는 모습을 더 보고 싶었다. 하복부에 닿는 노골적인 형체에서 몸을 떨어뜨리자 로건의 눈매가 불만스럽게 구겨졌다.

"로건, 아직도 날 사랑하는 거지?"

"죽어서도 사랑할 것 같아."

"믿을 거야."

"그래."

"손 좀 풀어줘."

오영은 자유로워진 팔을 들어 로건의 목을 끌어안았다.

"흡!"

로건은 당장 오영의 몸을 들어 올리듯 끌어안고 거칠게 입을 맞춰 왔다. 숨 쉴 틈도 없이, 얼굴의 각도를 바꿔 가며 정신없이 키스에 몰입했다. 지금 어디에서 무엇을 하는지 망각할 정도로 깊고 열렬한 키스와 격정적인 몸짓이 긴 시간 이어졌다.

오영은 독한 감기약을 먹은 듯 몽롱한 감각 속으로 빠져들어 가다 등에 닿는 차가운 감촉에 놀라 흠칫 몸을 떨었다. 그제야 자신이 상의를 탈의한 채 식탁 위에 누워있다는 사실을 깨달았다. 눈앞에는 이미 나신이 된 남자가 열기 띤 눈으로 자신의 바지와 속옷을 한꺼번에 끌어 내리고 있었다.

"여기서?"

"방에 갈 정신이 있어?"

"아니."

오영은 성급하게 달려드는 남자의 허리를 두 다리 사이에 가두었다. 빠듯하게 차오르는 열기에 등을 휘면서도 그의 허리에 감은 다리를 꼭 잠갔다. 이를 악문 로건은 마치 괴롭히기로 작정한 사람처럼 오영의 깊숙한 곳까지 사정을 두지 않고 파고들었다.

"아앗!"

"힘들어?"

"아니. 아니⋯⋯."

흔들리는 자신의 발끝을 보는 오영의 눈꼬리에 찔끔 솟은 눈물이 맺혔다. 끼이익. 드르륵. 식탁이 움직이는 소리에 새된 목소리가 파묻혔다.

10. 당신은 나를 사랑해

　로건은 깊이 잠든 오영의 코 밑에 손가락을 대봤다. 죽은 듯이 잔다는 말처럼 잠든 모습에 잠시 가슴이 철렁했었다. 혹여 지나친 성관계로 어떻게 되어 버린 게 아닌지 말도 안 되는 걱정을 한 탓이었다.

　좁은 침대에서 벗어난 로건은 반쯤 열린 창문을 단속하고 다시 오영의 얼굴을 바라보았다.

　"오영아, 너를 놓으면 나는…… 어떻게 될까?"

　넓은 집에서 혼자, 시간도 정지한 것 같은 적요함을 견디며 살아가겠지. 불쑥 찾아오는 악몽과 과거가 주는 죄책감, 길들어진 이상 욕구에 시달리는 괴물 같은 자신을 채찍질하면서 살아갈 것이다. 잠시 주어졌던 평온을 일생 아쉬워하고 너를 그리워하며 그렇게…….

생각만으로도 숨이 막혔다.

로건은 찬 바람을 쐬기 위해 오영의 방을 벗어났다. 내친김에 대충 옷을 걸치고 밖으로 나왔다. 오랜만에 입은 외투 주머니에서 담배와 라이터가 손에 걸렸다. 고민도 없이 바로 담배를 입에 물고 불을 붙였다. 폐부 깊숙한 곳까지 연기를 들이마시고 길게 내뿜었다. 까만 대기 중에 하얗게 퍼지는 연기를 망연히 보던 로건은 돌연 담뱃불을 꺼 버렸다. 오영의 도발로 키스한 그 날 이후로 처음 피우는 담배는 전처럼 달지 않았다.

사람들은 단번에 담배를 끊은 로건에게 역시 독한 사람이라며 혀를 내둘렀지만, 욕구를 참는 것에 단련된 그에게는 그저 쉬운 일이었다. 살인이 주는 희열에 중독되어 환자를 제물 삼았던 양부를 보며 같은 인간이 되지 않으려고 뼈를 깎는 노력을 했었다. 양부의 가르침을 뿌리치고 배신하고 제 손으로 그를 철창에 가두었다. 그에 대한 반항으로 죽이는 대신 살리는 길을 택했고, 고장 난 자신을 더욱 괴롭히며 단련했었다. 하지만 이제는 이겨 낼 자신이 없었다. 전에 없던 절실한 열망이 로건의 몸과 정신을 송두리째 지배했다. 조그맣고 시끄럽고 엉뚱한 여자가 자신을 무력하게 만들었다.

"그날 너를 내쫓았어야 했는데."

부질없는 후회의 말이었다. 월급 많이 준다는 소리에 동그란 눈

을 반짝거리며 버티던 여자에게 마음이 기우뚱한 순간 게임은 끝
났던 거였다.

Rrrrr. Rrrrr…….

로건은 낯선 번호를 한동안 쳐다보기만 했다. 개인 핸드폰으로
연락할 사람이라고는 대양과 오영뿐이었다. 잘못 걸린 전화려니,
무시하려던 로건의 눈썹이 비스듬히 치솟았다.

"여보세요."

― …….

"여보세요."

― 어…… 저, 혹시 이거 지오영 씨 전화 아닌가요?

예상대로 여자였고, 분명 오영의 엄마란 사람일 것 같았다.

"아닙니다."

― 아닌데……. 이거 우리 딸 번호인데.

"며칠 전에 새로 받은 전화번홉니다."

― 정말이에요?

"끊습니다."

다소 앙칼진 목소리를 끝으로 끊어진 번호를 저장한 로건은 낮
게 가라앉은 소리로 중얼거렸다.

"네 옆에 달라붙는 미친 것들, 내가 다 막아 줄게."

그게 비록 나일지라도.

* * *

매트리스를 울리는 진동 소리가 오영의 깊은 잠을 깨웠다. 새벽

알람이 울렸을 거로 생각한 오영은 눈꺼풀을 열지도 못하고 손을 더듬어 핸드폰을 찾았다. 간신히 베개 밑에 있던 핸드폰을 찾아 손에 넣은 후에도 눈을 뜰 수 없었다. 너무 피곤해……. 생각이 흐릿해지며 핸드폰을 쥔 손이 툭 떨어졌다.

"아!"

도로 까무룩 잠에 빠졌던 오영의 눈이 화들짝 떠졌다. 비어있는 옆자리를 보고 로건은 벌써 출근 준비 중이겠거니 예상했다. 게으르지 않겠다고 다짐한 지 며칠이나 됐다고 대책 없이 늘어지냐. 일어나자. 일어나. 꾸물거리지 말자고 다짐한 오영은 이불을 박차고 일어났다. 까끌까끌한 눈을 깜빡거리던 오영은 침대 옆 탁상시계의 시침이 잘못된 것인가 싶어 자세히 들여다보았다.

"뭐야, 시계가 왜 이래?"

겨우 한 시간 남짓이나 잤을까 싶도록 까마득한 밤중이었다. 다시 핸드폰을 확인하니 탁상시계가 옳았다. 메시지가 도착한 것을 알람으로 착각한 것을 깨닫고 억울함에 일그러지던 오영의 표정이 차분하게 가라앉았다.

"그럼 이 시간에 어딜 간 거야?"

로건의 이름을 부르며 아담한 별채를 뒤졌지만, 작은 기척도 느껴지지 않았다. 또, 자기 방으로 돌아가 버린 건가.

"이로건, 가만 안 둘 거야."

실망으로 내리닫는 마음을 어렵사리 추스른 오영은 메시지를 확인하며 로건이 있을 본채로 발길을 돌렸다. 그러나 메시지를 확인한 오영의 걸음은 거실에서 멈춰 버렸다. 아무런 내용 없이 사진만 한 장이었다. 영화나 미국 드라마에서 보던 주황색 죄수복을 입은 남자의 모습을 보는 순간 섬뜩한 공포감으로 온몸이 얼어붙는 기분이었다.

발신 번호는 나열된 숫자만 봐도 엉터리임을 알 수 있었다. 누군가의 단순한 장난질에 재수 없게 걸려든 것이라고 무마하려던 오영은 사진 속 남자의 얼굴을 확대해 보았다. 무시할 수 없는 기시감이 들었고, 그것은 틀리지 않았다. 오영은 거침없이 걸어 로건의 침실 문을 열었다. 텅 빈 공간에 오히려 안도하며 침대 옆 테이블로 다가간 오영은 흉물스럽게 금 간 액자를 집어 들었다.

"맞잖아……. 똑같아."

죄수복을 입은 사람은 편견 때문인지 비열해 보였지만, 액자 속에서 인자하게 웃고 있는 로건의 양부가 확실했다. 나한테 왜 이런 걸 보냈지? 누가 이런 짓을 하는 거야. 뇌리에 동훈이 스쳐 지나갔다. 바뀐 번호를 그가 알아냈다는데 생각이 미치자 진정됐던 심장이 밖으로 튀어나올 듯이 뛰기 시작했다. 주변을 둘러싼 공기가 싸늘하게 조여 오는 기분에 온몸이 사시나무처럼 떨려왔다.

달칵.

"아악!"

문이 열리는 소리에 오영은 발작적으로 비명을 질렀다.

"왜 그래?"

아무 생각 없이 방으로 들어오던 로건이 황망한 얼굴이 되어 오영에게 달려들었다. 로건은 빳빳하게 굳은 오영의 어깨를 붙들었다. 겁에 질려 활짝 벌어진 동공에 맺힌 자신의 모습을 본 로건은 뭔가 단단히 잘못됐다고 생각했다.

"왜 이렇게 놀라?"

"어……디 갔었어?"

오영은 제 어깨를 붙든 로건의 손에서 벗어나며 가라앉은 목소리로 물었다.

"잠깐 밖에서 바람 좀 쐤어."

"아무도 없어서 무서웠는데 갑자기 들어오니까 놀랐잖아."

"이건 왜 들고 있어?"

로건은 오영의 손에 들린 액자를 빼앗아 테이블 위에 엎어 놓았다.

"깨진 게 보기 싫어서 어디다 치우려고 했어. 왜 말도 없이 혼자 나가? 그리고 왜 이 방으로 와? 또 여기서 혼자 자려고 했던 거지? 나한테 뭐 불만 있어?"

속사포처럼 쏘아붙인 오영은 자신의 빠르고 앙칼진 말투에 내심 놀랐다. 예민해진 데다 로건에게 뭔가를 숨기려 하다 보니 생각할 겨를도 없이 그를 몰아붙이게 되었다.

로건은 미동 없는 눈으로 유난하게 구는 오영을 응시했다. 꿰뚫는 듯 깊은 시선에 오영은 속이 울렁거렸다.

"우욱."

치미는 구역감을 참지 못한 오영은 급히 입을 막고 욕실로 뛰어들어갔다. 로건은 문이 활짝 열린 욕실에서 들리는 소리를 들으며 탁자 위에 엎어 놓은 액자를 쳐다보았다. 오영의 대답이 내키지 않았지만, 더 캐묻지 못한 로건은 욕실로 따라 들어갔다. 저녁을 먹지 못했으니 나오는 것도 없었다. 신물만 실컷 토해낸 오영이 몸서리를 치며 일어나 입을 헹구었다.

"오늘 많이 놀랐었구나."

수건으로 오영의 젖은 얼굴을 꾹꾹 눌러주는 로건은 평소처럼 다정했지만, 성의 없이 느껴졌다. 오영은 흐트러진 앞머리를 정리해 주는 로건의 손을 치우며 날 선 목소리로 물었다.

"여기서 잘 거야?"

"……"

긍정으로 느껴지는 침묵에 오영의 얼굴이 불만으로 굳어졌다.

"그럼, 나도 여기서 잘 거야."

"오영아."

"내가 싫어졌어?"

"아니야."

"그럼. 같이 자는 거야."

"그래. 알았어."

로건은 눈썹이 삐죽이 솟은 오영의 모습에 웃고 말았다. 분명 화가 많이 난 것 같은데 그마저도 귀엽기만 했다. 오영은 새치름하게 가늘어진 눈으로 로건을 흘겨보다 먼저 침대로 향했다.

"사랑이 식었어."

"그게 무슨 소리야."

"로건 말대로 나는 오늘 많이 놀랐는데 혼자 내버려 두고 여기서 자려고 했잖아. 내가 그렇게 넓은 방에 가서 자라고 할 때는 싫다고 했었잖아. 그런데 지금은 도둑고양이처럼 몰래 빠져나갔잖아."

"몰래 빠져나간 것 아니야. 정말 바람 쐬러 나갔던 거야."

"시끄러워. 거짓말쟁이야."

로건은 쉴 새 없이 다다다 쏘아붙이고 따지는 오영을 보며 언젠가 대양이 했던 말이 떠올랐다.

'우리 와이프는 화가 나면 말이 두 배는 많아지고 세 배는 빨라져. 그럴 때는 무조건 빌어야 해.'

대양이 쓰는 방법을 그대로 따라 하는 건 자존심 상했지만, 그래도 경험 많은 유부남의 말은 난감한 상황에서 긍정적인 결과를 끌어냈다.

"미안해. 내가 틀려먹었어. 잘못했어."

"그래. 알았으면 됐어."

이불을 한껏 펄럭이며 드러누운 오영은 제 옆자리를 팡팡 두드리며 눈짓했다.

"뭐해? 어서 안 눕고?"

외투를 벗어 의자에 대충 걸쳐 놓은 로건은 오영이 들어 올리고 있는 이불 속으로 들어갔다. 로건이 팔을 뻗자 입술을 삐죽거리던 오영이 베고 누웠다.

"아우, 딱딱해. 불편하지만 이로건 씨가 좋아하니까 참고 베는 거야."

"그것참 고맙네."

"안…… 봐줄 거야."

등을 지고 돌아누우며 웅얼거리는 오영의 말소리가 뭉개져 들렸다.

"응?"

"한 번만 더 내가 서운한 마음이 들게 하면 안 봐줄 거라고."

"안 봐준다라……. 그럼 나는 어떻게 되는 건가?"

"버르장머리를 고쳐 줄 테니까 기대해."

오영은 어깨를 사납게 떨쳐 가만히 닿는 로건의 손길을 거부했다.

"정말 화가 많이 났나 보네."

"……."

슬쩍 넘겨다보니 오영은 눈가에 주름이 질 정도로 두 눈을 꽉 감고 있었다. 마치 너를 쳐다보지 않겠다는 결연한 의지 같은 게 엿보였다. 오영의 마른 등을 바라보고 누운 로건은 손가락으로 오영의 머리카락을 건드렸다.

"머리가 많이 자랐네."

"……."

"밤 기온이 제법 낮더라. 다음 주가 크리스마스인 것 알아?"

"……."

"뭐 갖고 싶은 것 없어?"

"……."

"내 마음대로 준비해?"

"……."

"내가 미운가 보네."

"그래. 이놈아."

꼿꼿하게 잠든 척하던 오영의 퉁명스러운 대답에 로건이 키득거리며 웃었다. 아무리 달래도 끝까지 로건을 향해 몸을 돌리지 않던 오영의 숨소리는 어이없을 정도로 금세 조용해졌다. 낮에 그 난리를 겪고 저녁부터 격렬한 사랑을 나누었으니 무척 피곤할 터였다.

로건은 줄곧 만지작거리던 오영의 머리카락에서 손을 떼고 일어나 앉았다. 내내 기분 좋게 머금고 있던 미소가 사라진 표정은 종이 가면처럼 어색하고 창백했다. 로건은 침대 옆 테이블에 놓인 오영의 핸드폰을 집어 들었다. 자신이 정해준 패턴을 바꾸지 않고 그대로 쓰고 있는 오영의 무신경함에 한숨이 나왔다.

통화목록을 열자 수많은 로건의 번호 중에 이나의 이름이 드문드문 보였다. 메시지 함을 열어 본 로건의 손가락이 멈칫했다. 화질이 좋지 못한 사진은 오래전 신문에 실렸던 사진을 스캔한 것처럼 보였다. 오영의 핸드폰을 제자리에 돌려놓은 로건은 침실을 벗어나 서재로 향했다.

한국에 와서 한 번도 열어보지 않았던 파일을 꺼내 펼쳤다. 로건은 조금 전 보았던 양부의 사진이 실린 신문 기사의 스크랩을 손으로 더듬었다. 기사 중간에는 그의 입양아였던 로건의 이름도 실려 있었다. 조력자로 추정되나 미성년이었고 레이먼드 리가 체포되는 데 결정적 증거를 넘겼기 때문에 혐의를 벗었다는 내용이었다. 양부가 체포되고 종신형을 선고받은 후에도 입양아 소년은 청년이 될 때까지 FBI의 주목을 받았다.

의사가 되어 UCLA 메디컬 센터에서 근무하게 되면서 의혹의 시선은 더 집요해졌다. 벗어나고 싶어도 벗어날 수 없는 과거의 그림자를 끊어 내기 위해 몸부림치던 때 메디컬 센터로 연수 왔던 대양을 만났다. 그의 도움으로 다행히 한국에서 자리 잡을 수 있게 되었다. 한국에서의 생활은 외로웠지만 홀가분했다. 이렇게 양부가 원하던 모습과 정반대된 모습으로 사는 것이 복수라고 여기며 그럭저럭 살고 있었다.

"그런데 네가 나타났지. 너는 나에게 구원일까? 구렁텅이일까?"

이상하게도 오영을 사랑하게 되면서 피와 살에 대한 충동이 사그라들기 시작했었다. 오영에 대한 집착이 그 때문인 걸까. 어쩌면 사랑이 아닐 수도. 고민이 깊어질수록 확신은 흔들렸다. 언제부터 고장 났던 것인지는 로건도 모른다.

'너를 처음 봤을 때부터 네 눈빛을 보고 알았지. 너는 영혼으로 묶인 내 아들이야.'

양부인 레이먼드는 타고났다고 했지만 그건 분명 아니었다. 짧은 어린 날의 기억을 아무리 뒤져 보아도 생명을 죽이고 기뻐했던 적은 없었다. 오히려 누나를 도와 꽃을 가꾸고 길고양이에게 먹이를 주곤 했었다.

가족들이 처참한 모습으로 널브러진 곳에서 몇 날 며칠을 홀로 보낸 후였던가. 비릿한 피 냄새로 얼룩진 어둠 속에서 굶주리던 어린 로건은 절대 울지 않았다. 자신만 혼자 남겨 두고 간 가족들이 미웠을 뿐이었다. 총을 든 경찰들이 문을 부수고 눈부신 빛이 새어 들어오던 순간을 똑똑히 기억하고 있다. 그때, 어린 소년을 구출하기 위해 빛 속을 헤치고 다가왔던 의사가 말했었다.

'기특한 아이야, 울지 않고 있었구나.'

* * *

저 상냥한 미소는 거짓이야.

어린 모습을 한 로건은 그를 피해 달렸다. 거대한 손이 된 레이먼드가 로건을 집요하게 쫓아다녔다. 작고 깡마른 로건은 금세 그 손아귀에 사로잡혔다. 목을 죄는 손아귀에 갇힌 로건은 비명을 질렀지만, 아무 소리도 나오지 않았고 무력감만 더해졌다.

당신, 내가 꼭 죽여 버릴 거야! 소리가 되어 나오지 못하는 비명을 지르며 로건은 발광했다. 목을 조르는 손을 꼬집고 할퀴며 발버둥 칠수록 자신의 손등이 아팠지만 멈추지 않았다.

로, 건. 로건!

꿈속을 파고든 목소리가 로건의 이름을 부르고 또 불렀다. 번쩍 눈을 뜬 로건의 눈앞에 오영이 있었다. 물기가 가득 고여 붉어진 오영의 눈은 고통으로 일그러져 있었다.

"헉!"

오영의 몸에서 손을 뗀 로건이 뒤로 물러서다 침대 아래로 굴러떨어졌다. 허리와 엉덩이를 가격하는 통증과 함께 컥컥대는 오영의 기침 소리가 들렸다.

"오영아!"

다시 침대 위로 올라간 로건은 엎드려서 헐떡거리는 오영에게 차마 손도 대지 못했다. 오영이 숨을 들이마실 때마다 쇠를 긁는 소리가 들렸다. 눈을 떴을 때 분명 자신이 오영의 목을 조르고 있었다. 방금 생긴 생채기 때문에 손등이 화끈거렸다. 자신을 깨우기 위해 그리고 살기 위해 오영이 사투를 벌인 흔적이었다.

일반 남자들보다 훨씬 덩치가 큰 만큼 힘도 남다른 자신이 부러질 듯 가느다란 오영의 목을 졸랐다는 사실을 믿을 수 없었다.

간신히 호흡을 정리한 오영은 여전히 쌕쌕거리며 로건을 바라보았다.

"로건, 악몽 꿨나 봐. 괜찮아?"

"너는 지금…….""

그런 질문이 나와?

헝클어진 머리칼 사이로 하얗게 질린 작은 얼굴이 선량하게 웃고 있었다. 한없이 착한 눈이 로건을 바라보며 오히려 위로하고 있었다. 그것이 로건을 더욱 괴롭게 했다.

"내가 널 죽일 뻔했어."

"사람은 그렇게 쉽게 죽지 않아. 죽을 거였으면 로건을 처음 만난 날 이미 끝났을 거야."

"오영아, 나는, 가끔….""

말을 멈춘 로건은 거친 손길로 얼굴을 문질렀다. 짜증이 묻어나는 몸짓에서 혼란스러운 마음이 읽혔다.

"가끔 이런 악몽을 꿔."

"나도 악몽 꾼 적 있잖아."

"하지만 사람 목을 조르지는 않지."

로건은 바닥에 시선을 둔 채 중얼거렸다. 오영의 목에 난 붉은 손자국과 실핏줄이 터진 볼과 눈을 바라볼 자신이 없었다. 상태를 살피고 처치를 해줘야 한다는 것을 알면서도 자괴감에 휩쓸려 정신을 차리지 못했다.

'로건, 내 아들. 너는 타고났어.'

아직도 꿈속에서 쫓기는 기분이었다.

"로건, 빨리 자. 출근하면 피곤하겠다."

"오영, 난…… 나는 엉망인 놈이야."

오영은 허둥거리는 로건의 어깨를 가만가만한 손길로 쓰다듬었다. 산처럼 듬직했던 남자가 자신보다 약해 보였다.

"나는 괜찮다니까. 아무렇지 않아."

"출근해야겠어."

"지금?"

"……."

로건은 어깨에 올려진 오영의 손을 떼어 내고 자리에서 일어났다. 황당한 눈으로 바라보는 오영을 단 한 번도 쳐다보지 않고 그대로 방을 나가 버렸다.

* * *

느지막이 눈을 뜬 동훈은 오늘따라 화창한 햇살과 가뿐한 몸 상태에 기분이 좋아졌다. 세수를 마치고 얼굴에 화상 연고를 바르면서도 휘파람이 절로 나왔다.

사진을 본 오영이 무슨 생각을 했을까. 로건의 방에 있던 사진과 자신이 보낸 사진 속 인물이 동일인인 것을 모르고 지나가면 어쩌나. 궁금증으로 안달이 났다. 오영에 대한 애정이 희미해질수록 로건과 그녀에게 앙갚음하고 싶은 욕구가 강해졌다.

"속물 계집, 새끼 살인마하고 잘 지내 봐라. 그 손에 죽은 후에 저승에서 내 생각하면서 울어 봤자 이미 늦었어."

동훈은 책상에 앉아서 컴퓨터를 켰다. 유학 시절 함께 어울려 지냈던 룸메이트가 보내준 자료가 든 파일을 클릭했다. 오래전 미국 전역을 떠들썩하게 했던 연쇄살인마 레이먼드 리에 관한 자극적인 기사가 수두룩했다.

"오늘은 기사도 같이 보내줘야지. 근데 그 도우미 년이 영어를 읽을 수나 있을까 싶네. 그렇다면 친절한 한동훈 씨가 손수 번역까지 해주지."

동훈은 일부러 로건에 대한 내용이 있는 부분을 형광색으로 강조해 주었다.

* * *

"대한민국의 직업 세계는 그리 다양하지 않다······."

모니터 속의 글을 무심결에 소리 내어 읽던 오영은 한탄 섞인 한숨을 내쉬었다.

"무슨 소리야, 이렇게나 많은데. 그런데 내가 할 줄 아는 건 별로 없네. 오영이 너는 여태껏 뭐 하고 살았니?"

로건이 없는 틈을 타 구직 사이트를 뒤적거리던 오영은 결단을 내렸다. 더는 이런 식으로 되는 대로 돈을 벌 일이 아니었다. 이나가 부러워하며 했던 말이 가슴에 돌이 되어 박혔다. 능력 있고 번듯한 남자 친구 이로건.

"로건 혼자 번듯하면 뭐 해."

지금 병원에서는 로건이 청소부한테 홀딱 반했다는 소문이 파다하다고 했다. 사람들이 둘을 두고 마냥 '선남선녀'라며 부러워하지는 않을 것 같았다. 한참 동안 모니터 속에 나열된 직종을 읽어 보던 오영은 노트에 필기를 시작했다.

영화배우, 발레리나, 피겨선수, 요리사, 미스코리아, 화가, 의사, 선생님……. 어릴 적, 잠깐이라도 꿈꾸었던 일을 끄적거리던 오영은 펜을 내려놓았다. 무심하도록 잠잠한 핸드폰 화면을 손가락으로 톡톡 두드렸다. 혹시 로건에 온 메시지가 있지 않을까 확인했다가 속만 상했다.

아무렇지 않은 척해봤자 가슴을 짓누르는 걱정은 해소되지 않았다. 로건을 믿고 싶어도 자꾸만 의심이 들었다. 그가 어떤 남자인지 알 길이 없었다. 검색창에 바람둥이를 검색해 보기까지 했는데 수많은 사례 중에 로건과 비슷한 바람둥이는 없었다. 바람둥이가 아니라고 해도 마음이 변할 수 있겠지. 이대로 사이가 멀어지고 남보다 못한 사이가 되어 돌아설 수도 있다는 생각에 가슴이 미어졌다.

또 하나, 그녀의 마음을 무겁게 하는 일을 어떻게 해결해야 할지 엄두조차 나지 않았다. 과거, 특히 양부에 관해 묻는 것을 꺼리는 로건에게 더는 의논할 수 없었다. 그냥 잠자코 있다가 어서 이 동네를 벗어나기만을 바라는 것이 최선일까. 생각에 빠져 입술을 잘근잘근 씹던 오영은 다시 핸드폰을 들었다. 대양의 연락처를 찾아 놓고 통화 버튼을 누를까 말까 오랜 시간 망설였다. 괜히 나서는 건 아닐까. 만약 나중에 로건이 알게 되면 제대로 정나미가 떨어져서 헤어지게 되는 빌미가 될까 봐 무섭기도 했다.

띠리링. 경쾌한 메시지 도착음과 동시에 오영의 얼굴에 화색이 돌았다. 기다리던 로건의 연락일 거란 생각에 무거웠던 마음이 깃

털보다 가볍게 살랑거렸다.

"이건 또…… 뭐야."

오영은 욕설을 내뱉으면서도 동훈이 보낸 것으로 여겨지는 기사의 내용을 꼼꼼하게 읽어 내려갔다. 의도적으로 로건에 관한 내용에 하이라이트를 준 정성에 실소가 터졌다.

"그래서 어쩌라고. 정신병자 또라이야."

오영은 더 이상 망설이지 않기로 했다. 바쁜 대양을 생각해 전화 대신 만나고 싶다는 메시지를 남겼다. 일 분도 지나지 않아 대양에게 전화가 걸려왔다.

* * *

병원 내 카페 구석에 자리한 오영은 손거울을 꺼내 매무새를 살폈다. 터틀넥을 입어 목에 난 자국은 가릴 수 있었지만 턱 주변까지 올라온 멍이 목도리 밖으로 드러날 것 같아 여간 신경이 쓰이는 게 아니었다. 칭칭 두른 목도리를 당겨서 느슨해지지 않도록 단속했다.

"오영 씨, 오랜만이에요."

언제나 기분 좋게 웃는 얼굴이 보기 좋은 대양이 입꼬리를 귀에 걸고 나타났다. 자리에서 벌떡 일어난 오영은 꾸벅 고개를 숙여 반갑게 인사했다.

"안녕하셨어요. 바쁘신데 죄송해요."

"아니에요. 다행히 오늘 오후는 진료 없이 강의만 있어서 좀 한가해요."

"제가 날을 잘 골랐네요."

"그런데 눈이……?"

걱정스러운 표정의 대양이 실핏줄이 터져 흰자위를 붉게 물들인 오영의 눈을 가렸다.

"아아, 이거요? 아침에 일어나서 저도 깜짝 놀랐어요. 이런 일이 처음이라서. 요즘 좀 피곤하다 싶더니."

"로건한테 비타민 좀 챙기라고 할게요. 의사라는 놈이 자기 식구부터 챙겨야지 뭐 하는 거야. 혼내 줘야겠네."

과장되게 오영의 편을 들면서 자리에도 없는 로건에게 으름장을 놓는 대양 덕분에 오영의 기분이 유쾌해졌다. 로건도 저렇게 밝게 웃으면 얼마나 좋을까. 그런 생각을 하자 가슴 한구석이 찡하게 저렸다.

"그런데 무슨 일로 저를 보자고 했어요?"

"아, 그게. 저…….."

대양은 머뭇거리는 오영의 얼굴이 전에 없이 어둡다는 것을 눈치 챘다.

"혹시 두 사람, 싸웠어요? 그럴 리 없을 텐데. 로건이는 오영 씨 말이라면 죽는 시늉도 할 상태인데요. 이런, 제가 정신 교육을 더 단단히 해 놔야겠어요."

"그런 것 아니에요."

오영은 어색하게 웃으며 손을 내저었다.

"궁금한 것들이 있어요. 로건이 한국에 오게 된 계기가 선생님이란 소리를 들었어요. 이곳에서 가장 친한 친구도 선생님이라고 했고요."

"그렇죠."

"그 사람, 미국에 있을 때는 어땠나요? 아니. 혹시 로건에 대해 아는 게 있으면 알려 주세요. 전부 다요."

"오영 씨……."

간절하게 부탁하는 오영의 분위기가 심상치 않았다. 두 사람에게 좋지 않은 일이 생겼다는 예감이 든 대양의 목소리가 묵직하게 가라앉았다.

"그 사람, 자기 얘기를 안 해요. 말도 못 꺼내게 하는데 사실 요즘 저희한테 이상한 일이 생겼거든요."

"혹시, 대로 슈퍼 젊은 사장 얘기인가요?"

"어떻게 아세요?"

"저도 로건에게 대충 들은 건 있습니다. 자세히 말씀해 보세요. 제가 도울 수 있는 건 뭐든지 도울게요. 로건은 어떤지 몰라도 저는 그 녀석을 제 가족이라고 생각하고 있어요."

"고맙습니다. 정말, 너무 고맙습니다."

구세주를 만나면 이런 기분일 것이다. 의논할 곳이 없어 막막했던 오영은 전신에 퍼지는 안도감에 코끝이 시큰해졌다.

"나야말로 고마워요. 오영 씨, 부탁이에요. 단단하게 버텨 주세요. 그 녀석 상처가 많아요. 허우대만 컸지 속 빈 강정이에요."

"그럼, 선생님. 이것 좀 봐 주세요."

주머니에서 핸드폰을 꺼낸 오영은 지난 새벽과 오늘 오전에 받은 메시지를 찾아 대양에게 건네주었다.

"이따위 것을 누가?"

"한동훈 그 사람 같아요. 슈퍼 사장이요."

"흠……."

화면 속 기사 내용을 자세히 읽고 난 대양이 고개를 들었다.

"우선, 이 내용은 전부 사실이에요."

대양은 판돈을 건 도박사의 심정으로 대답했다. 언제고 이런 날이 오리라 예상했었고 그때는 로건을 대신해서 솔직해지기로 마음먹은 지 오래였다. 오영이 받아들이지 못한다면 로건과 오래 갈 수 없는 사람일 테고 그렇다면 빨리 정리하는 것이 서로에게 더 나은 방향이라고 판단했다. 대양은 마주 앉은 오영의 분위기를 유심히 관찰했다. 어서 다음 말을 해 보라는 듯 대양을 바라보는 눈동자는 초조할지언정 흔들림 없이 단단했다.

"왜 하필 이런 인간 말종한테 입양이 된 거예요?"

눈썹을 찡그리며 투덜거리는 오영은 평소와 다름없어 보였다. 로건의 과거가 어떻든 아무렇지 않게, 있는 그대로 받아들일 준비가 되어 보였다. 다행이었다. 순간 대양의 눈에 오영은 구원의 여신 그 자체였다. 카페 창을 등지고 앉은 그녀에게 쏟아지는 햇빛이 흡사 찬란하고 거룩한 후광처럼 보였다.

"우선 로건은 내가 알고 있다는 사실을 모를 거예요. 그러니까 오영 씨도 나한테 들었다는 소리 하면 안 됩니다."

오영은 똘망똘망한 눈을 빛내며 고개를 끄덕였다.

"스카우트 제안을 하기 전에 이미 현지에서 로건에 대한 소문을 좀 들었어요. 그래서 개인적으로 조사를 했었죠. 아무리 로건의 실력이 뛰어나도 문제가 있는 사람을 데려올 수는 없었으니까요."

"당연하죠. 그런데 어떻게……?"

동그랗게 뜬 눈에서 그녀의 진심이 엿보였다. 분명 그때의 로건은 더 어둡고 이상했을 텐데 어떻게 그런 용단을 내렸냐는 질문을 굳이 듣지 않아도 목소리가 들리는 것 같았다. 속을 알기 힘든 로건과 정반대인 오영은 볼수록 매력 있는 캐릭터였다. 목도리에 푹 싸인 얼굴을 보니 오영에 관해 얘기하며 귀 끝을 붉히던 로건이 떠올랐다.

'예쁜 건 모르겠고 귀여워. 많이⋯⋯.'

그렇게 말하며 시선을 어쩌지 못해 먼 산을 보던 녀석. 너 이 자식아, 늦게나마 복 터졌어.

"까다롭고 어두워서 걱정했지만, 환자 치료에는 진심이었어요. 누가 봐도 자기 관리가 철저했고요. 의사들도 환자보다 정치에 열심인 놈들 많거든요. 그런데 로건은 진짜배기 의사였어요."

"그런데 로건은 스스로 엉터리라고 생각해요. 자기는 죽이는 대신 살리는 길을 택했을 뿐이라는 말도 했었어요. 처음 들었을 때는 흘려들었는데 요즘 그 말이 자꾸 떠올라요."

"트라우마 때문에 자기혐오에서 벗어나기 힘들어서 그럴 거예요. 로건의 원 가족은⋯⋯."

대양은 잠시 말을 멈추었다. 어디부터 어떻게 정리해서 들려줘야 하나 가늠하기 위해서였다.

"그건 저도 로건에게 직접 들었어요. 그 사람 아버지가 가족 모두를 해쳤다고요."

"그걸 얘기했다고요?"

"네. 제가 하도 캐물어서 지겨웠는지 어쨌는지 몰라도 그건 얘기했어요."

"정말 로건에게 오영 씨는 남다른 의미예요."

"아니 뭘 그렇게까지."

"정말이에요. 역시 제 눈은 정확했어요. 그때 부동산에서 오영 씨를 마주쳤을 때 딱! 감이 왔었다니까요. 운명의 데스티니로구나."

"늦었지만, 진짜 감사드려요."

대양의 너스레에 오영은 활짝 웃으며 맞장구를 쳤다.

"하여튼 참혹한 현장에서 살아남은 그날 로건의 참담한 불행이 시작된 거죠. 그 살인마 새끼가 로건에게 반했어요. 어린아이가 그런 끔찍한 곳에서 의연하게 버티고 있었던 게 감명 깊었대요. 자신과 같은 영혼을 타고 났다면서……."

"감히 누구 영혼에 수저를 얹어? 생긴 것부터 전혀 다르던데."

"맞아요. 나쁜 놈이에요. 워낙 저명하고 존경받던 사람이라 아무도 몰랐을 거예요. 얼마나 잔악무도한 놈인지."

오영은 그런 악마에게 정서적으로 학대당하고 살았을 로건을 생각하자 안쓰러움에 애끓는 한숨만 나왔다. 얼마나 어둡고 긴 터널을 힘겹게 헤쳐 나왔을지 감히 상상조차 할 수 없었다.

"그런데 오영 씨."

"네. 말씀하세요."

"로건의 과거가 그렇다고 해도 괜찮겠어요?"

"네. 앞으로 저하고 잘 살 건데요. 뭘."

대양은 서슴없이 씩씩하게 대답하는 오영이 미더우면서도 걱정되는 건 어쩔 수 없었다. 너무 큰 짐을 지게 하는 건 아닌지 미안한 마음이 들었다. 현실적으로 부모가 있는 평범한 사람이었다면 가족이 나서서 말렸을 터였다.

"혹시 오해할까 봐 드리는 말씀인데. 오영 씨가 의지할 곳 없이 혼자라서."

"아니요!"

오영은 어렵게 말을 꺼낸 대양에게 손과 머리를 세차게 흔들어 보였다.

"저 의지할 곳 있어요."

"……?"

"로건이요."

그늘 한 점 없이 밝고 명쾌한 대답 앞에서 대양의 마음이 편안하게 누그러들었다. 주책맞게 사십 중반을 넘긴 남자가 눈물을 흘릴 뻔했다.

* * *

대문 앞에 도착한 오영은 이나와 통화하기 위해 담벼락에 기대었다.

― 언니, 실망이야. 병원에 왔으면서 나도 안 보고 갔단 말이야?

"이나 씨가 얼마나 바쁜지 뻔히 아니까 더 연락 못 하겠더라."

― 톡이라도 남기지. 잠깐 만나서 자판기 커피라도 마시면 좀 좋아?

"미안."

― 참, 진로는 정했어? 간호사 하라니까?

"말도 안 돼. 난 간호대 갈 머리가 안 된다고."

이나의 말을 듣고 간호대 입학을 알아봤다가 얼마나 좌절했던지. 오영은 그때 생각에 헛웃음이 나왔다.

– 사랑의 힘으로 어떻게 안 돼?

"절대 안 돼."

아무리 로건을 사랑해도 타고난 두뇌를 개선할 여지는 없었다. 이나나 로건이나 평생 공부 잘 한 사람들이니 아무래도 자신을 이해 못 하는 게 분명했다. 노력하면 얼마든지 가능하다니. 그럼 노력한 사람은 전부 서울대 가고 하버드 가겠네.

– 언니, 생각해 봐. 나중에 로건 쌤이 개원하면 언니가 옆에서 서포트하고 말이야. 얼마나 로맨틱해. 알콩달콩.

"음······. 종일 붙어있어서 싸우지 않을까?"

– 그게······ 그렇게 되는 거야?

"예전에 병원에서 일할 때, 남편이 종일 집에 있어서 지겨운 나머지 나와서 일하시는 여사님들 많았어."

– 세상에 너무해. 하지만 언니는 그렇게 되면 안 돼! 로건 쌤에 대한 내 환상을 지켜 줘.

가벼운 대화를 주고받다 보니 종일 무거웠던 오영의 마음도 한결 가뿐해졌다.

수다에 정신이 팔린 사이 주변이 제법 어둑해져 있었다. 대문을 열고 들어간 오영은 벌써 차고지에 주차된 로건의 차를 발견했다. 발걸음이 조급해졌다.

"이나 씨, 고마워."

– 뭐가요?

"나하고 친구 해 줘서."

수화기 너머에서 이나의 웃는 소리가 기분 좋게 울렸다. 응급 콜이 울렸다는 이나의 말에 두 사람은 서둘러 통화를 마쳤다.

정원을 지나치던 오영은 누렇게 마른 잔디 사이에 떨어져 있는 담배꽁초를 발견했다. 한참 담배 피우는 모습을 보지 못했는데 요즘 생각이 많이 복잡한가 싶었다. 그냥 속 시원하게 털어 버릴 수 없는 걸까. 내가 그리 못 미더운가. 서운한 마음에 오영은 꽁초를 주워들며 쯧, 하고 혀를 찼다.

거실을 밝힌 환한 불빛이 아니었다면 빈집인 줄 알만큼 집안이 삭막했다. 사람의 기척이 느껴지지 않았다. 난방이 충분히 돌아가고 있는데도 괜스레 냉기가 흐르는 것 같았다.

"로건!"

이곳저곳 문을 열며 로건을 불러봤지만 아무 반응이 없었다. 겁이 덜컥 난 오영이 조심스러운 손길로 서재 문을 열었다. 책상 위에 엎드린 커다란 덩치에 안심했던 것도 잠시 오영은 어이없는 코웃음을 치고 말았다.

"어쭈, 술을 드셨군요."

오영은 손에 든 꽁초를 쓰레기통에 던져 버리고 로건에게 다가갔다.

"와우, 게다가 소주씩이나?"

책상 위에는 거창하게도 온더록스 잔이 놓여있었고 소주병은 삼분의 일도 비우지 못한 상태였다. 한 잔만 마셔도 곧장 잠이 드는 로건이니 그럴 만했다. 오영은 소주 한잔에 고꾸라진 로건의 몸을 흔들었다.

"로건, 일어나."

조금씩 강도를 더해 몸을 흔들고 이름을 부르자 로건의 몸이 꼼지락거리기 시작했다.

"아……. 왔구나. 어디 갔었어?"

"그냥. 서점도 가고 여기저기."

부스스 몸을 일으킨 로건이 마른세수를 한 후 오영을 쳐다봤다.

"어울리지 않게 무슨 술이야? 와인을 마시지 소주는 또 뭐고."

"그냥. 네가 소주를 마시면 기분 좋게 떠들길래 나도 그럴 줄 알았지."

"나한테 얘기해. 뭐가 그렇게 괴로운지."

"글쎄."

로건은 빈 잔에 다시 소주를 채웠다. 그것도 제법 많은 양을.

"미쳤나 봐!"

로건의 손이 잔에 닿기도 전에 가로챈 오영이 단숨에 잔을 비워버렸다. 헛손질한 로건이 황당한 눈으로 입가에 묻은 술을 닦는 오영을 쳐다봤다.

"뭐야, 너."

"술도 못 하면서 웬 객기야? 체질에 안 맞는 것 억지로 마시다 큰일 나."

"마시다 보면 는다고 했어."

"의사라는 사람이 어디서 그런 무식한 소리를 듣고 와서는."

오영의 핀잔에도 로건은 다시 잔에 소주를 따랐다. 이번에는 오영이 낚아채지 못하도록 잔을 꼭 붙든 상태였다.

"좋아. 그럼 천천히 마시면서 나하고 얘기 좀 해."

"······."

"난 이렇게 답답하게 구는 것 못 참겠어. 우리 오래오래 잘 지내려면 이건 아닌 거 같아."

로건은 오영이 무슨 말을 하든지 관심 없는 사람 같았다. 쓴 소주를 무슨 고급 코냑이라도 되는 듯이 조금씩 음미하며 마시는 데만 집중할 뿐이었다. 오늘 아주 긴 밤이 되겠구나.

작정한 오영도 의자를 끌고 와 로건의 맞은편에 앉았다. 무슨 말이건 그가 입을 열고 속을 털어 낼 때까지 기다릴 참이었다. 오기인지 아니면 정말 술에 적응하고 있는 건지 로건은 온더록스 잔에 따른 소주를 무사히 비워 냈다. 그리고 또 한잔, 이번에는 가득 따르더니 빈 소주병을 흔들어 보였다.

"지금 얼굴이 얼마나 빨개졌는지 알아? 내 말 따라 해봐. 안녕하세요. 이로건입니다."

"지오영, 술 좀 잘 마신······다고 내 앞에서 잘난 척하는 건, 가?"

"이것 봐. 혀가 마음대로 안 되지?"

놀리는 오영을 물끄러미 보던 로건은 또 한 모금 소주를 들이켰다. 그리고 미간을 좁히고 자신을 흘겨보는 오영의 눈을 똑바로 응시했다.

"오영아."

"응."

"내가 오늘 온종일 아니 어쩌면 처음부터 고민했던 것 같은데."

"음······. 안 되겠다. 내일 맑은 정신으로 얘기하자."

오영은 바람과 달리 들어서는 안 될 말을 들을 것 같아 불안해졌다.

"앉아. 오영아."

"싫어. 얘기하지 마."

서둘러 자리를 뜨려던 오영의 손목이 로건에게 붙들렸다. 오영은 불안으로 둥둥 뛰는 가슴을 손으로 누르며 그를 쳐다봤다. 술에 젖은 입술을 몇 번이고 혀로 축이던 로건이 눈을 질끈 감았다. 죽을 때까지 못할 것 같았던 말을, 술의 기운을 빌려 내뱉었다.

"우린, 더는 안 될 것 같아."

"뭐?"

"……"

자신이 무슨 말을 한 건지 알기나 하는지. 오영은 그런 말을 한 로건도 그런 말을 들은 자신의 귀도 믿지 못했다. 로건은 점점 초점이 빗나가는 오영을 제대로 바라보기 위해 머리를 흔들었다. 아무 표정 없이 자신을 보는 담담한 모습이 실망스러우면서도 마음이 놓였다. 오영이 아파하지 않는 듯 보여 다행이었다. 마음속에 가득한, 그녀에게 할 이야기가 많은 데 몸을 가누기 힘들어 자꾸 책상 위로 쓰러지려 했다.

"우리, 여기서 끝내? 그걸 원하는 거야?"

되묻는 목소리도 차분하고 담백했다.

"하……. 미안, 해."

간신히 몸을 지탱한 로건은 책상 서랍을 열더니 통장 하나를 꺼내 올려두었다.

"이거, 네 몫이야."

"지금 뭐하자는 거야."

"미안하다."

"로건, 후회할 일 만들지 마."

무책임한 말을 내뱉은 로건은 무책임하게 쓰러지기 직전이었다.

"내가 부탁한 건 딱 한 가지였는데 그걸 안 들어주네."

"부탁?"

"그래. 난 한 가지만 바랐어."

미간을 좁히고 기억을 더듬던 로건은 고개를 내저으며 깊은 한숨을 내쉬었다. 오영이 바랐던 단 한 가지. 그게 무엇이었는지 아무리 생각해도 떠오르지 않았다. 졸음이 사정없이 몰려들어 연신 하품이 쏟아졌다.

로건. 로건. 로……건.

흐릿해지는 의식 너머로 오영의 부르는 소리가 들렸다. 눈을 뜨고 싶은데 눈꺼풀은커녕 손가락 하나도 제 마음대로 까딱할 수 없었다. 오영아, 우리 이따가 다시 얘기하자. 소리가 되어 나가지 못한 말이 뇌리를 맴돌다가 이내 아득해졌다.

* * *

꿍……. 장시간 경직되어 있던 몸을 뒤척인 로건은 깨질 듯한 두통을 안고 몸을 일으켰다. 어둠 속에서 눈을 뜬 로건은 혼란스러웠다. 자신이 왜 서재 책상에 엎드려 자고 있는지 생각하며 눈을 깜빡이던 로건이 주먹으로 책상을 내리쳤다. 그의 주먹질에 빗맞은 온더록스 잔이 엎어지며 술 냄새가 훅 퍼졌다.

"오영이."

어쩌다 잠이 들었는지 처음부터 끝까지, 하나하나 떠올랐다. 똑

바른 정신으로 차분하게 나눠야 할 말을 그런 식으로 해치우다니. 알코올 중독자 아버지 때문에 부러 술을 멀리해 왔던 자신의 실수가 어처구니없었다.

로건은 서둘러 자리에서 일어났다. 부스스한 머리를 대충 손가락으로 빗으며 오영이 머무는 별채로 건너갔다. 밖에는 진눈깨비가 추적추적 내리고 있었다. 잠시 별채를 잇는 중정에 멈춰 서서 하늘을 바라보았다. 진눈깨비도 첫눈이라 해야 할까. 첫눈이 오는데 우리는……. 이어지는 생각에 부질없이 들떴던 로건의 마음이 질척이는 진눈깨비처럼 바닥으로 곤두박질쳤다.

오영의 방문 앞에서 한 번 더 걸음을 멈췄다. 심란해서 잠도 못 잔 건 아닌지 염려되었다. 잘 자는지 슬쩍 확인만 하고 날이 밝으면 진지하게 얘기할 생각이었다. 소리 나지 않도록 조심하며 문을 열었다. 이미 어둠에 익숙해진 눈인지라 불 꺼진 오영의 방이 훤히 보였다. 비어 있었다. 어둠에 속아 잘못 본 것인가 싶어 여러 번 눈을 깜빡이고 다시 보고 또 보았다. 침대에도 바닥에도 오영이 보이지 않았다. 불을 켜고 환한 빛 속에서 다시 보았지만, 어디에도 오영의 흔적은 없었다.

"오영아!"

눈앞이 핑 도는 현기증을 느낀 로건의 산만 한 덩치가 휘청거렸다. 심장이 반으로 갈라지고 폐가 오그라드는 뻐근한 통증이 전신을 지배했다.

"오, 오영아!"

욕실 문을 두드리다 창문을 연 로건은 뒤뜰에 대고 오영의 이름을 몇 번이고 외쳤다.

'우리, 여기서 끝내?'

경솔했다.

'지금 뭐 하자는 거야.'

그러니까. 지오영, 너 지금 뭐 하자는 거야.

'후회할 일 만들지 마.'

젠장! 벌써 후회하고 있잖아.

'난 한 가지만 바랐어.'

황급하게 서성이며 집 안을 뒤지던 로건이 우뚝 멈춰 섰다.

'나를 버리지 마.'

그거였다.

'약속해.'

오영이 부탁했던 단 한 가지.
처음 사랑을 나누던 그 밤, 그녀는 버리지 말라고 했었고 로건은 약속했었다.

다시 오영의 방으로 돌아온 로건은 옷장과 서랍을 열어보았다. 처음 이 집에 올 때 오영이 짐을 챙겨 왔던 허름한 배낭이 보이지 않았다. 바들바들 떨리는 손으로 오영에게 전화를 걸었다. 요란한 진동음이 지척에서 들렸다. 책상 위에 덩그러니 놓인 핸드폰은 진동으로 떨면서 조금씩 움직이고 있었다.

"Fuck!"

오영을 찾으려면 어떻게 해야 하는지, 아무 생각도 떠오르지 않았다. 연고지가 없는 오영을 어디 가서 찾아야 하나. 이 궂은 날씨에 한밤중에 어디로 간 것일까. 혹시 무슨 일이라도 당했으면. 순간 야비하게 비아냥거리던 동훈의 웃음소리가 귓속에서 쟁쟁하게 울렸다.

더 생각할 겨를도 없이 그대로 슬리퍼만 꿰어 신고 밖으로 뛰쳐나갔다. 오영아, 내가 틀렸어. 죄다 틀렸어. 우린 다시는 혼자가 되어선 안 돼. 대문을 박차고 나서던 로건은 제 눈을 의심하며 그대로 굳어 버렸다. 처마 밑에 웅크린 덩어리가 사람인 줄 단번에 알아보지 못했다. 들이친 진눈깨비에 흠뻑 젖은 운동화 앞코를 보고 나서야 오영인 줄 알아챘다.

"오, 오……."

너무 놀란 로건은 오영의 이름도 제대로 부르지 못했다. 몸을 동그랗게 말고 고개를 파묻고 있던 오영이 아주 느린 속도로 고개를 들었다. 오영은 온통 푸른색이었다. 얼마나 오랜 시간을 이 자리에서 떨었는지 꽁꽁 얼어붙어 퍼렇게 보였다.

오영은 흐릿한 눈동자를 움직여 로건의 발끝에서 머리까지 천천히 훑어 올라갔다. 반소매 차림에 맨발인 채로 슬리퍼를 신고 나온 로건은 가쁜 숨을 몰아쉬고 있었다. 고장 난 태엽 인형처럼 느릿하게 눈을 깜빡이던 오영의 입꼬리가 비스듬히 기울어졌다. 실소가 터진 시퍼런 입술 사이로 하얀 입김이 몽글몽글 피어올랐다.

"오영아. 너 왜. 여기서 왜."

"다행이다. 내가, 내가……."

벽을 짚고 일어서던 오영이 저린 다리를 채 펴지 못하고 주르륵 미끄러졌다.

"오영아."

"놔!"

부축하려 달려든 로건을 밀어내는 손에 기운이라고는 없었다. 허우적대는 손짓으로 로건을 마다한 오영은 다시 벽에 의지하며 천천히 몸을 일으켰다.

"내가 이걸 보고 싶었거든. 당신, 그런 꼴 말이야. 안 그러면 너무 억울해."

"무슨 소리야."

"어때? 내 기분이 어땠을지 조금이라도 알겠어?"

"오영아, 들어가자."

"놓으라고 했어."

다시 로건의 손길을 쳐낸 오영은 덜덜 떨리는 입술에 힘을 주어 말했다.

"내가 내가, 버, 버리지 말라고 했잖아."

"그래. 잘못했어."

"난 사람에게 기대하지 않아. 어릴 때 입양할 아이를 찾으러 오신 분들의 친절에 기대했다가 자주 실망했거든. 평생 기다린 엄마한테 기대했다가 뒤통수만 맞았어. 기대하면 나중에 나만 아파. 막, 가슴이."

왈칵 눈물이 솟은 오영은 들이마시는 숨과 함께 눈물을 삼켰다.

"가슴이 갈기갈기 찢어지는 것처럼, 그렇게 아프다구. 그래서 로건한테도 기대하지 않으려고 했었어."

"……."

"하지만 딱 한 번만 욕심내 보고 싶었어. 그래서 로건만은 날 버리지 않기를 바랐어."

"버리지 않을 거야. 내가 미쳤던 거야. 멍청해서 그래."

로건은 제 머리를 큰 주먹으로 쿵쿵 내리쳤다. 오영의 얼어붙은 손을 끌어와 제 머리를 때리도록 했다.

"됐어. 로건이 나 때문에 놀라 뛰어나온 것만으로도 자존심이 조금은 회복됐어. 지금 몇 시야?"

"몰라. 어서 들어가자."

"첫차가 다닐 시간까지 기다렸던 것뿐이야."

오영은 발치에 두었던 배낭을 들어 올렸다.

"안 돼. 가지마!"

"더는 안 된다고 한 건 너야."

"내가 병신이야. 죽일 놈이야. 안 돼. 가지 마. 가지 마."

오영의 팔을 붙들고 흔들던 로건은 살얼음이 낀 듯 버석거리는 옷감의 재질에 멈칫했다.

"너, 도대체 여기서 얼마나 이러고 있었어? 꽁꽁 얼었어. 이렇게 있으면 너 얼어 죽어.”

로건은 두 손으로 오영의 팔을 불이라도 피울 기세로 문질러댔다. 얼음처럼 뻣뻣한 몸을 주물러 피가 돌게 하고 체온을 올리려고 애썼다.

“로건.”

“말해. 뭐든 할게. 말만 해. 하지만 가는 건 안 돼.”

오영은 서걱서걱한 시선으로 간절하게 매달리는 로건을 쳐다보았다. 그렇게 한참을 바라보더니 입술을 꽉 다물며 이상한 신음을 내질렀다.

짝! 오영의 몸을 녹이는데 열중하던 로건은 불현듯 날아온 손에 뺨을 맞았다. 잠시 얼얼하게 정지해 있던 로건이 고개를 끄덕였다.

“그래. 때려. 오영아, 더 때려.”

삐딱하게 고개를 틀어 바보처럼 제 볼을 내주는 로건을 바라보던 오영이 그의 멱살을 움켜잡았다.

“잘 들어, 이로건.”

힘이 불끈 들어간 손으로 멱살을 고쳐 잡은 오영은 찌를 듯 강렬한 눈빛으로 로건을 노려보았다.

“당신이 가장 바라고 원하는 게 무엇인지 똑똑히 해. 그까짓 과거가 뭔데. 무슨 힘이 있는데! 멍청한 생각에 빠져서 뭐가 중요한지 놓치지 말라고.”

로건은 순순히 고개를 끄덕였다. 그는 지금 오영의 화를 가라앉히고 마음을 돌리는 것만 생각하고 있었다.

“로건, 당신은 나를 사랑해. 알아?”

"그래. 사랑해."

"나는 절대 당신한테서 떨어지지 않을 거야."

"사랑해."

오영의 일그러진 눈매에서 화기가 서서히 빠져나갔다. 앙다문 입술이 파르르 떨리는가 싶더니 멱살을 확 끌어당겼다. 로건의 큰 키가 구부정하게 숙여졌다. 코끝이 닿을 만큼 가까운 거리, 눈을 내리뜬 오영이 로건의 입술에 제 입술을 부딪쳤다.

마침내 용서받은 로건은 그녀의 몸을 강한 힘으로 끌어안았다. 서리처럼 차가운 입술을 가르고 들어가자 태울 듯이 뜨거운 혀가 그를 맞이했다. 쉬지 않고 오영의 언 몸을 쓰다듬으며 키스에 열중하던 로건이 그녀를 번쩍 안아 올렸다. 바닥에 구르는 배낭을 챙겨 들고 대문의 턱을 넘었다. 로건은 안전하게 품에 들어온 오영의 입술과 얼굴에 계속 입을 맞추며 걸었다. 이기적이어도 할 수 없다. 이제는 모르겠다.

널 보낼 수 있다고 자신했는데. 나보다 훨씬 좋은 놈 만나서 행복하게 살면 다 괜찮다고, 어쭙잖게 허세를 부렸다. 그 짧은 시간, 지옥을 맛봤다. 가족들을 모두 잃었을 때 보다 더 괴로웠어. 가지 마, 사랑해. 나는 너를 놓지 못해.

* * *

침대에 오영을 내려놓은 로건은 이불을 끌어와 똬리를 틀듯이 감았다. 이제 어떡하지? 아비규환의 응급 상황에도 냉철하게 상황을 판단하고 처치했던 의사 이로건은 없었다. 언젠가 가족이 사고로 실려 왔을 때 이성을 잃고 우왕좌왕하던 동료 의사를 비웃은 적이 있었다. 그런데 지금 자신은 더 한심하게 굴고 있었다. 당장 오영에게 무엇을 어떻게 해 줘야 하는지 생각은 많은데 손발이 따르지 못했다.

"나가서 보일러 온도 좀 올려 줘."

"그래. 잠깐만 기다려. 이불도 더 가져올게."

로건은 고치 속 애벌레 같은 모습을 한 오영의 이마에 입을 맞춘 후 급한 걸음으로 방을 나섰다. 그가 나가자마자 오영은 이불을 내팽개치고 침대에서 내려왔다. 방문을 잠그고 나서 괜히 눈을 한번 흘겼다.

"으으, 추워."

따뜻한 실내로 들어오자 추위가 더욱 선명하게 느껴졌다. 얼었던 손과 발이 훈훈한 공기를 만나 녹으면서 간지러웠다. 빨개진 손등을 신경질적으로 긁던 오영은 옷부터 벗기로 마음먹었다. 지금은 이불 속에서 몸을 녹이기보다는 따뜻한 물을 이용하는 편이 나을 듯했다. 몸이 덜덜 떨리는 것을 넘어서 이가 딱딱 소리를 내며 부딪치기까지 했다.

"하마터면 얼어 죽을 뻔했네."

평소에는 금세 깨어나더니, 거의 세 시간을 떨었다. 오영으로서는 승부수를 던진 셈이었다. 로건의 사랑에 확신이 있다 해도 심리적으로 지쳐 있는 그는 장담할 수 없었다. 어차피 더는 안 된다는 소리까지 들었는데 실패해도 어쩔 수 없지, 그런 심정이었다. 아무리 쉽지 않게 살아온 인생이라지만 남들은 몇 번씩이나 한다는 연애가 왜 이렇게 힘드냐. 남자 친구 버르장머리 고치기

참 힘들다.

"에잇!"

단추를 풀다 짜증이 난 오영은 빽 하고 소리를 질렀다. 추위로 곱은 손가락이 뜻대로 움직이지 않아 카디건 단추 하나도 제대로 풀지 못했다.

덜컥덜컥! 탕, 탕, 탕!

"오영아!"

잠긴 문밖에서 로건의 다급한 목소리가 들렸다.

"들어오지 마!"

"왜?"

순진한 물음에 어이없어진 오영은 코웃음을 쳤다.

"그런 질문이 나와? 꼴도 보기 싫어."

"그럼, 이불이라도 받아."

"됐어."

"오영아."

"더는 안 될 것 같은 사이에 왜 이렇게 신경 쓰시죠?"

오영은 몇 시간 전 로건이 했던 충격적인 통보를 고스란히 되돌려 주었다.

"……."

장시간 노력을 기울인 끝에 카디건 단추를 모두 푼 오영은 욕실로 들어가기 전 잠잠해진 문을 한 번 더 쳐다보았다. 벌써 나가떨어진 거야? 로건의 짧은 성의에 토라지기 직전 납덩이라도 매단 듯 무겁게 가라앉은 목소리가 들렸다.

"오영아, 내가 잘못했어. 다시는 그런 소리 안 해."

"나, 화 안 풀렸거든요! 키스 한 번 했다고 방심하지 마시죠. 추워서 이용한 것뿐입니다."

"오영아, 너 지금 그대로 있으면 감기몸살 걸려."

"신경 쓰지 말라니까요. 우리 사이에."

차갑게 핀잔한 오영은 추위로 얼룩덜룩해진 몸을 손으로 비비며 욕실로 들어갔다. 김이 모락모락 나도록 뜨겁게 물 온도를 조절했다. 따끔할 정도로 뜨거운 물 아래에 서고 나서야 추위가 떨어져 나가기 시작했다. 이제야 살 것 같았다.

한편 밖에 선 로건은 뚝 끊어진 앙칼진 목소리에 당황했다. 갑자기 잠이 들었을 리도 없고 왜 이렇게 조용한지, 온갖 말도 안 되는 불안한 상상이 로건을 괴롭혔다. 방문에 귀를 바짝 대고 신경을 집중하자 희미한 물소리가 들렸다. 마음이 놓인 로건은 문에 이마를 부딪치며 안도의 한숨을 내쉬었다.

길고 긴 시간을 들여 샤워를 마치고 나온 오영은 내내 방문 밖에 신경이 쏠려 있었다. 탁상시계를 확인한 오영은 고개를 주억거렸다. 하긴 한 시간도 훨씬 넘게 지났으니 방으로 돌아가고도 남지.

샤워 가운을 젖히고 몸에 로션을 바르는 중이었다. 똑똑똑.

"꺅!"

오영은 빠끔히 벌어진 커튼 사이로 보이는 로건의 형체에 소스라치게 놀랐다.

"놀랐잖아! 왜 거기 있어!"

대답은 들리지 않았다. 비싼 삼중 창틀은 로건의 목소리까지 완벽하게 차단하는 중이었다. 시선까지 차단할 생각으로 매정하게 커튼을 쳐버린 오영은 내복을 챙겨 입고 이불 속으로 들어갔다.

"이불은 받아 놓을걸. 계속 춥네."

말랐어도 깡으로 유명한 지오영이 왜 이렇게 허약해졌나. 생각보다 몸이 좋지 않았다. 오들오들 떨리는 한기와 뜨끈하게 달아오르는 볼의 열기가 아무래도 심상치 않았다.

* * *

더워⋯⋯.

잠들기 전이 냉탕이었다면 눈뜬 지금은 열탕이었다. 오영은 목덜미에서 땀방울이 굴러가는 간질간질한 느낌에 눈을 떴다. 동시에 바윗덩이에 깔린 것 같이 갑갑하고 무거웠다.

"진짜, 이 사람이."

귓불에 쌔근쌔근 닿는 더운 숨소리가 들리자 피식 웃음이 새어 나왔다.

"로건, 일어나."

벌써 숨소리의 결이 바뀌었는데 못 들은 척, 깨지 않은 척하는 커다란 덩치의 남자를 어쩌면 좋을지.

"당장 일어나서 나가 주세요."

"싫어."

오영은 잠시 마음이 약해질 뻔했다. 로건에게서 하룻밤 사이 어린아이가 된 것 같은 응석이 느껴진 탓이었다. 팔꿈치로 아프도록 찔러도 보고 발로 차봤지만 아무 소용없었다. 로건은 오영을 감싼 팔에 힘을 주고 땀에 젖은 목덜미에 콧날을 비비적거리며 버텼다.

"그럼 좀 떨어져. 더워서 그래."

"안 돼."

"무거워!"

"……."

"목말라. 목말라 죽겠어. 시원한 물도 마시고 싶고 배도 고파."

배고프다는 소리가 먹혔는지 로건의 팔이 느슨해졌다. 로건은 자신을 등진 오영의 몸을 돌려 마주 보게 했다. 땀에 젖은 앞머리를 몇 번이나 쓸어 올리며 다정하게 물었다.

"뭐 좀 해 줄까? 감자 수프 먹을래?"

"아니."

따끔한 목 통증을 느낀 오영이 인상을 찡그리자 로건의 미간도 따라 일그러졌다.

"너, 어제 많이 추워했어. 깨워도 정신 못 차리고."

"그런데 어떻게 들어왔어?"

"내가 이 집의 주인이잖아."

그의 눈짓을 따라가자 테이블 위에 놓인 열쇠가 보였다. 새삼 집 주인의 힘을 느낀 오영은 간밤의 반항이 허무했다.

"칫."

"미안해. 오영아. 그런 헛소리로 너한테 상처 준 것도 그리고."

로건은 아직도 오영의 목에 선명하게 남은 손자국과 푸른 멍을 아픈 시선으로 더듬었다.

"됐어. 이건 일부러 그런 게 아니잖아."

"그래도 미안해."

"참, 그리고 담배 끊었던 것 아니었어?"

"끊었지."

"피웠던데?"

"어떻게 알았어?"

"지금 그게 중요해? 어렵게 끊은 담배를 다시 피우면 어쩌자는 거야?"

"어렵지 않으니까 걱정하지 마. 앞으로 피울 일 없어. 담배 때문에 신경 썼다면 그것도 사과할게."

"집주인님은 생각보다 말만 번지르르하신 분이네요."

"진심으로 하는 말이야."

대양 말대로 여자들은 정말 대단하구나. 로건은 얼마 전 집 밖에서 딱 한 모금 피운 사실을 밝혀내는 오영이 슬슬 두려워지려했다. 그 두려움마저도 기분이 좋아지는 건 왠지 모르겠지만.

오영은 진심이라는 말을 믿기로 했다. 그의 사과는 참회라고 불러도 좋을 만큼 진중하고 솔직하게 들렸다. 그러나 짐승 같은 몸은 전혀 다른 말을 하는 중이었다. 오영은 단단하게 부푼 무언가가 허벅지를 지그시 누르는 힘을 뚜렷하게 느꼈다.

"우선 이것부터 좀 치워주세요. 덕분에 사과의 진정성을 모르겠네요."

"오해하지 마. 그런 거 아니야."

정말 목소리만 들으면 무념무상인 듯했지만, 그 와중에도 로건의 욕구는 쉬지 않고 선명해지는 중이었다.

"난 맹세코 너하고 섹스할 생각하지 않았어."

"네. 그러시군요."

힐난하는 오영의 시선에 변명을 덧붙이는 로건의 목소리가 높아졌다.

"이건, 그냥……. 졸리면 하품이 나오는 그런 거라고. 아침이고 네가 보이니까 서는 것뿐이야."

"참으로 성은이 망극하네요."

비꼬는 한마디를 남긴 오영은 실수인 척 무릎으로 로건의 중요한 곳을 툭 건드렸다.

"읔! 오영!"

"어이쿠, 이를 어쩌나."

오영은 로건이 한껏 몸을 웅크리고 고통을 견디는 사이를 틈타 침대를 빠져나왔다. 걱정한 만큼은 아니어도 약한 몸살 기운이 느껴졌다. 테이블 위에는 로건이 가져다 놓았는지 알약이 놓여 있었다.

"약 먹기 전에 배를 좀 채워야겠어. 감자 수프는 싫어."

"그럼. 뭐 먹을래?"

일어나 앉은 로건은 아직도 허리를 펴지 못했고 찡그린 미간도 그대로였다.

"죽 먹고 싶어."

"그건 내가 할 줄 몰라."

"그럼 굶어야겠네."

불퉁한 오영의 말에 로건이 빠르게 손을 내저었다.

"아니야. 해 볼게. 레시피 찾아서 해 줄게."

"쌀 불리고 재료 손질하고 어느 세월에 먹을 수 있으려나. 저녁까지 기다리면 될까?"

죽 만드는 과정을 몰랐던 로건은 심술궂게 트집 잡는 오영의 말에 어떻게 반응해야 할지 몰라 우두커니 앉아 있었다.

"뭐해? 당장 나가서 사 오지 않고."

"그래! 사면 되는구나. 바로 다녀올게. 또 먹고 싶은 건 없어?"

"없어. 빨리 다녀와."

로건이 부랴부랴 달려 나가는 모습을 새침하게 바라보던 오영은 닫히는 문소리와 함께 웃음을 터트렸다. 몸과 마음이 고생한 덕에 아무래도 평생 우려먹을 약점을 잡은 것 같았다. 오영은 도로 이불 속으로 파고 들어가 늘어지게 기지개를 켠 후 핸드폰을 집어 들었다.

"부지런하기도 해라. 이쯤이면 너야말로 병이다."

반갑지 않은 익명의 메시지가 도착해 있었다. 이젠 로건과 양부에 관한 기사와 험담을 봐도 아무 느낌이 없었다. 오히려 결심만 굳어질 뿐이었다.

'사람은 고쳐 쓰지 못한다는 말이 있지만 로건은 내가 보장할게요. 오영 씨하고 만난 이후로 그 녀석 눈에 띄게 달라졌어요. 병원 사람들도 다 알만큼이요.'

오영의 마음이 달라질까 봐 전전긍긍하는 대양을 생각해서라도 로건을 고쳐 쓸 생각이었다. 오영은 당당하지 못하게 익명에 숨어서 사람을 괴롭히는 동훈이 너무 한심했다. 로건이 모르게 지구대를 한 번 더 방문할 계획을 세웠다.

* * *

로건의 눈길이 오영의 입속으로 들어가는 수저를 따라다녔다. 먹는 양이나 속도가 뭐든지 맛있게 잘 먹는 오영답지 않아 신경 쓰였다.

"뜨겁지 않아? 맛은?"

"괜찮으니까 그만 좀 쳐다 봐. 체할 것 같아."

아무래도 거짓말 같았다. 맛이 없는 건지 입맛이 없는 건지, 찔끔찔끔 떠먹을 때마다 일일이 물을 마시는 품이 그랬다.

"먹고 나서 병원 가자."

"무슨 소리야? 이런 거로 누가 병원을 가?"

"많이 와. 특실에서 좀 쉬자. 특실 환자 중에는 요양 차 입원하는 사람들도 꽤 있어."

"됐어. 그냥 로건이 봐 주면 되잖아."

로건이 왜 이렇게 예민하게 나오는지 알아챈 오영은 억지로 수저 가득 죽을 떠서 입에 넣었다. 특실 입원비는 그렇다 치고 병원 사람들이 목에 난 멍 자국을 보면 다들 이상한 상상이나 할 텐데. 생각만 해도 없던 병이 생길 상황이었다. 주머니에 넣어 둔 핸드폰이 짧게 진동을 울렸다. 살짝 꺼내서 메시지를 대충 확인하는 오영의 눈썹이 위로 들렸다.

"누구야? 김이나 선생인가?"

"아니. 스팸."

안 그래도 까끌까끌했던 입맛이 완전히 가셔버렸다.

"로건, 이거 먹고 나하고 산책 좀 해."

"바깥 날씨 추워. 새벽까지 눈이 내리더니 기온이 뚝 떨어졌어. 많이 답답하면 근교에 드라이브 갈까?"

"아니. 그렇게 거창한 것 말고. 옷 단단히 입고 오 분 정도만 바람 쐬면 돼. 머리도 아프고 속도 울렁거려서 그래."

"입원하는 게 좋겠어."

"싫다니까."

"지금 돈부터 생각하는 건가?"

당연하지. 아무 병도 없는데 하루에 기십만 원씩 하는 병실에 드러누워 있는 게 말이 되나. 하지만 그렇게 말했다가는 더 적극적으로 나올 로건이었다. 그렇다면 당신이 좋아할 만한 말을 해 주면 되겠지.

"밤에 로건이 안아 줘야 내가 잘 잘 것 아니야."

오영의 말에 잠시 멍해 있던 로건의 얼굴이 웃음으로 물들었다. 내내 살얼음판을 걷는 심정으로 눈치를 살피던 남자는 술수에 말려든 줄도 모르고 오영의 마음이 풀어졌다는 사실만 중요했다.

"나 아직 화 풀린 것 아니야. 단지 로건이 필요할 뿐이야."

"많은 이용 바랍니다."

로건답지 않은 능청스러운 대답에 오영은 곱게 눈을 흘기며 웃었다.

* * *

설마, 설마. 목적지를 확인한 로건은 오영이 더 걷지 못하도록 잡고 있던 팔을 당겼다.

"오영, 멈춰."

"괜찮아."

대로 슈퍼를 응시하는 오영의 눈빛은 단호했다.

"편의점으로 가. 네가 저기 가는 것 싫어."

로건의 만류에도 오영은 천천히 고개를 저었다. 식사 중 받은 메시지에는 입에 담지 못할 험하고 상스러운 욕이 가득했다. 병원 홈페이지에 게시된 로건의 사진에 난도질해 놓은 파일까지 첨부되어 있었다. 너무 유치하고 조악해서 화도 나지 않았다.

나는 너 따위 때문에 화가 나거나 겁먹지 않았다고 보여주고 싶었다. 우리 두 사람에게 아무 영향도 끼치지 못했다고 단단히 일러둘 필요가 있었다. 슈퍼로 들어서자마자 진열대에서 재고 파악을 하던 동훈과 눈이 마주쳤다. 흠칫 놀라는 것도 잠시 동훈은 흥미로 번들거리는 눈빛으로 오영을 응시했다.

"로건, 아이스크림 먹자."

"안 돼. 감기 걸렸잖아."

"참, 그렇지. 그래도 먹고 싶은데."

오영은 보란 듯이 동훈의 옆을 지나며 로건에게 속삭였다.

"둘이 이불 꼭 덮고 영화 보면서 먹으면 괜찮지 않을까?"

"아니. 그래도 안 돼. 과일은 괜찮아."

로건은 털끝만큼이라도 동훈에게 닿을세라 감싸 안은 오영의 어깨를 바짝 끌어당겼다. 자신의 큰 몸을 이용해서 오영을 향한 동훈의 시선을 차단했다.

오영을 보호하고자 취한 행동이 동훈에게는 의도적인 과시로 비쳤다. 물건을 고르고 계산을 마칠 때까지 동훈은 한마디 말도 건네지 않고 날 선 눈으로만 응대했다.

"이것도 가져가세요."

오영은 돈과 함께 일전에 동훈에게 받은 머리핀을 돌려주었다. 그깟 머리핀 하나에 어찌나 의미를 부여하고 생색을 내던지. 메

시지를 보는 내내 몇 배의 돈을 더해서라도 갖고 싶다는 생각뿐
이었다.

"하!"

기가 막힌 듯 큰 소리로 헛웃음을 친 동훈은 머리핀을 들어 쓰
레기통으로 집어 던졌다.

* * *

집으로 돌아오는 동안 로건은 슈퍼에서 보았던 동훈의 눈빛을
곱씹었다.

"오영아, 오늘 일은 경솔했어."

"어쩌고 있는지 확인하고 싶었어. 머리핀도 찝찝했고."

"하루라도 빨리 집을 옮기자. 불안해."

"로건 생각보다 난 용감해."

"함부로 장담하는 것 아니야."

"알았어. 앞으로 로건이 걱정할 만한 일은 하지 않을게."

"그래."

"로건도 내가 걱정할 만한 일을 하지 않았으면 좋겠어."

"……."

"나도 충분히 로건을 지켜줄 수 있어."

"알아."

네가 곁에 있다는 사실만으로도 안온하니까. 인생을 통틀어 가
장 행복하고 기쁜 날은 모두 너와 함께 시작되었다.

"그리고 고마워."

로건은 주머니에 꽂힌 오영의 손을 끌어와 잡았다. 이렇게 마르고 작은 손을 잡는 것만으로도 큰 의지가 된다니. 신기해서 웃음만 나왔다.

집에 도착해서도 로건은 손을 놓지 않았다. 신발을 벗고 거실과 주방을 돌아다니면서도 그대로였다.

"이제 그만 좀 놔 줄래. 화장실도 따라올 거야?"

"얼마든지."

"싫어!"

화들짝 놀라는 오영의 반응에 로건은 즐겁게 웃었다. 장난기가 발동한 로건은 욕실 문 앞에까지 가서야 질색하는 오영을 놓아주었다.

로건은 며칠 후 있을 콘퍼런스를 대비해 살펴볼 논문을 찾기 위해 서재에 들어갔다. 책장을 눈으로 훑던 로건의 얼굴에서 웃음기가 사라지기 시작했다. 서가가 미묘하게 흐트러져 있는 것을 이제야 눈치 채다니.

알파벳순으로 정리해 놓은 논문 중 한 권의 순서가 바뀌어 있었다. 손끝이 야무지고 눈썰미가 좋은 오영이 할 만한 실수가 아니었다. 로건은 신경을 곤두세우고 서재 구석구석을 살펴보았다. 왜 이제 알아챘을까. 희미하나마 확실히 침입의 흔적이 남아 있었다. 상대방도 꽤 꼼꼼하고 조심성 있는 타입인 듯했다. 책상 옆을 지나치던 로건의 시선이 쓰레기통에 머물렀다.

'참, 그리고 담배 끊었던 것 아니었어?'

오영이 어떻게 알았나 싶었더니 이걸 보고 한 말인가? 로건은 쓰레기통에 버려진 담배꽁초에 지문이 묻지 않도록 휴지를 이용해 집어 들었다. 자신이 피우는 담배가 아니었다.

"쥐새끼 같은 놈."

빠득, 어금니를 사리 문 로건은 급한 걸음으로 서재를 나섰다.

"오영아!"

"왜?"

이미 별채로 건너와 과일 쟁반을 테이블에 내려놓던 오영은 씩씩거리는 로건을 놀란 눈으로 바라봤다.

"우선 당장 필요한 짐만 간단히 싸자."

"어, 어디 가는데?"

"당분간 호텔에서 지낼 거야. 되도록 빨리 아파트라도 구할 테니까 불편해도 조금만 참아."

"갑자기 왜 이러는데."

"아무래도 아까 그 새끼 눈빛이 마음에 걸려. 내가 없을 때 너한테 또 해코지할 수 있어. 아니, 분명 그래."

"내가 로건을 너무 불안하게 했구나."

얼떨떨하게 서 있는 오영의 손을 붙든 로건이 고개를 저었다. 견고한 눈빛이 불안해하는 오영을 달랬다.

"아니지 그 새끼가 내 화를 돋운 거야. 너만 안전하면 돼. 제발 잘 있어야 한다고. 그래야 나도 병원에서 마음 편히 일할 수 있어."

"알······았어. 당장 준비할게."

오영은 지나치게 불안해 하는 로건이 유별나다 생각했지만, 토

달고 싶지 않았다. 더는 걱정하지 않도록 최대한 그의 의견을 따르기로 했다.

* * *

— 병원에서 그리 멀지 않은 곳에 괜찮은 아파트가 나왔대.

"그래? 그럼 내가 가서 보고 올까?"

소파에 엎드려 있던 오영이 벌떡 일어났다. 열흘 넘게 호텔에서 지내느라 지겨웠던 오영의 얼굴에도 기쁨의 홍조가 떠올랐다.

— 같이 가서 봐야지. 이따 퇴근 후에 가 보자.

"그럼 내가 병원 앞으로 갈게."

— 그럴래? 힘들지 않겠어?

"힘들기는. 너무 호텔에서 빈둥거리기만 하니까 답답해."

— 그렇겠구나. 미안해.

"로건이 왜 미안해. 나 있잖아. 태어나서 이런 호강은 처음이야."

— 겨우 그런 거로 호강이라니.

"하여튼 이따 봐. 시간 맞춰서 갈게."

— 보고 싶어.

통화 마무리가 너무 로맨틱해도 탈이었다. 속삭이듯 남긴 인사에서 느껴지는 진심에 가슴이 간질간질했다. 나날이 후해지는 로건의 애정표현은 기분 좋은 것과 별개로 들을 때마다 부끄러웠다.

통화를 마친 오영은 보고 있던 영어 문법책을 소리 나게 덮었다. 안 그래도 머리가 터질 것 같고 멀미가 나던 참인데 나갈 핑계가 생겨서 다행이었다. 영어 공부하겠다고 로건에게 큰소리를 친 바람에 그만두지도 못하고 딱 죽을 맛이었다. 저녁마다 로건 앞에서 보는 단어시험은 또 어떻고. 고급 호텔에서 몸은 호강하는데 뇌가 혹사당하고 있었다.

Rrrrr.

부동산 사장님의 번호를 확인한 오영의 얼굴에 반가운 미소가 번졌다.

"안녕하셨어요?"

― 아가씨, 지금 집 비었지?

"네. 집 보겠다는 사람 있어요?"

― 응. 한 시간 후에 오겠다는데 그냥 내가 알아서 보여 줄게.

"아니에요. 제가 지금 출발할게요. 저도 집에 들러야 할 일이 있거든요."

― 그래요. 그럼. 이따 봅시다.

* * *

오영과 통화를 마친 로건은 비밀번호를 해제하고 집안으로 들어갔다. 부러 발소리를 죽여 가며 집주변을 둘러보던 로건의 입매가 비스듬히 기울었다. 고개를 내저으며 뒤뜰로 돌아간 로건이 오영의 방 창문 앞에 섰다. 커다란 창문 너머 낯익은 풍경 속에는 반갑지 않은 침입자가 오영의 흔적을 더듬는 중이었다.

"뭐 하냐?"

소리 없이 매끄럽게 열리는 창문을 알아채지 못했던 동훈은 느닷없이 나타난 로건을 보고 엉거주춤하게 멈춰 섰다. 보안장치를 끊어 놓은 것은 자신인데 도리어 공격당한 기분이었다.

"슈퍼, 너 손재주는 좀 있나 보군."

"무슨 소리야?"

"들키지 않게 CCTV도 훼손할 줄 알고, 남의 집 보안 시스템도 끊어 놓고 말이야. 꽤 비싼 패키지로 가입했는데 네 덕에 돈만 버렸네."

로건은 가뿐하게 몸을 놀려 창틀 위에 걸터앉았다.

"그동안 어디서 지냈어? 경찰이 너 못 찾겠다고 하던데. 아빠가 잘 숨겨줬나 봐? 미국으로 도망쳤을 때처럼?"

"알지도 못하면서 개소리하지 마."

"너도 하는 개소리 나는 하면 안 되나? 오영이한테 별의별 것을 다 찾아서 보냈잖아. 그래서 나도 네 뒷조사 좀 했지. 수단 좋은 아빠가 있어서 슈퍼는 든든했겠어. 아들을 순정파로 잘 포장해 놨더군. 상습 스토커 주제에."

"씨발. 누가 스토커라는 거야?"

자신의 과거를 들추는 소리에 동훈은 신경질적으로 반응했다. 진심을 들여다볼 줄 모르는 것들의 잔소리는 더는 듣고 싶지 않았다.

"이봐. 여자가 싫다고 하는 건 진짜 싫다는 소리야. 특히 너 같은 미친놈한테 하는 말은 더욱 진심이지."

동훈은 이 상황에서 얼굴색조차 변하지 않고 느긋하게 구는 로건이 증오스러웠다. 저렇게 겉모습이 번드르르하고 자만심에 가득 찬 놈들한테 넘어가는 여자들도 한심했다. 바로 지오영처럼.

주제 파악도 못 하고 진심으로 저를 좋아해 주는 마음도 몰라

주는 속물 덩어리. 쾌락에 미쳐서 밤새 암고양이 같은 소리나 지르는 더러운 계집. 그래도 용서해 주려고 했는데. 그만큼 너를 예뻐했는데.

"오영이는 어디에 숨겼지?"

동훈의 입에서 나오는 이름을 듣는 순간 로건의 표정에서 여유가 지워졌다. 창틀에서 내려와 느릿한 걸음으로 다가선 로건은 긴 손가락으로 동훈의 관자놀이를 툭툭 건드렸다.

"남의 아내 될 사람 이름 함부로 부르지 말고. 버릇없이."

"누구 마음대로 네 아내야!"

"그야 나와 내 아내의 뜻대로."

"내가 집에 있는 건 알고 온 건가?"

"그렇게 물어보니까 꼭 여기가 네 집 같다?"

로건은 손가락을 들어 침대 위에 걸린 액자를 가리켰다. 손가락 끝을 따라간 동훈의 눈에 미처 파악하지 못한 작은 구멍이 보였다.

"슈퍼, 기술의 발전은 눈부신 거야. 보이는 장치에 신경 쓰느라고 보이지 않는 장치는 염두에도 없었겠지. 지금 우리 모습은 내 핸드폰으로 그리고 경찰서로 속속들이 전송되고 있지."

"뭐라고?"

"애석하게도 스토커에 대한 처벌이 너무 약하잖아. 네 죄를 추가하기 위해서는 애를 좀 써야 했어."

로건의 설명이 이어질수록 동훈의 얼굴은 희게 질려갔다. 그저 좋아하는 여자에게 마음을 전하기 위해 조금 무리했을 뿐인데. 왜 이렇게 일이 커지는 불안감이 드는지 아직도 이해하지 못했다. 그리고 경찰보다 더 무서운 아버지의 얼굴이 머릿속을 어지럽혔다.

"나쁜 새끼! 나를 함정에 빠뜨리다니!"

욕설과 함께 주먹을 쥐고 달려든 동훈은 재빠르게 피하는 로건 때문에 더욱 약이 올랐다. 몇 번의 헛주먹질 끝에 맨몸으로 상대할 수 없는 상대임을 깨달은 동훈은 야비한 눈동자를 굴려 주변을 살폈다. 문득 테이블 위에 놓인 과일 쟁반에 시선이 머물렀다. 로건의 눈치를 살피던 동훈은 재빠르게 달려들어 과도를 손에 넣었다. 그 모습을 본 로건이 가벼운 휘파람 소리를 냈다.

"그런 식이면 내가 더 고맙게 되겠군."

"으아아악!"

눈도 깜빡하지 않는 로건의 태도는 동훈의 화를 돋우기에, 충분했다. 약이 바짝 오른 동훈은 조여 오듯 가까워지는 로건을 향해 과도를 휘둘렀다. 단순히 위협을 가할 목적이었으나 동작이 거듭될수록 동훈은 용감해졌다. 깊은 심호흡과 함께 마음먹고 휘두른 칼끝에 생경한 감각이 느껴졌다.

"헉!"

로건은 제법 길게 그어진 손등을 무심하게 바라보며 혀를 찼다.

"다행히 왼손이긴 하지만 그래도 써전(surgeon) 이란 내 직업에는 치명적인 공격이었어."

적잖은 피가 흐르는 손등을 바라보던 로건의 입꼬리가 매혹적으로 휘어졌다. 동훈은 혀를 내밀어 디저트를 음미하듯 상처에 흐르는 피를 핥는 로건을 해쓱한 눈으로 쳐다봤다. 그가 어떤 놈인지 새삼스레 떠올랐다.

"미, 미친……놈."

"네가 원하는 내 모습이 이런 거지? 연쇄살인마가 키운 또 다른 살인마 캐릭터 말이야. 그런데 슈퍼, 영화나 만화를 너무 많이 봤어. 네 상상과 달리 나는 너무 평범하거든."

"거짓말하지 마. 역시 넌 살인자 새끼가 맞아."

"전과자 되실 주제에 말이 참 많아. 이쯤에서 잡혀가자."

로건은 주머니에 든 핸드폰을 꺼내 들었다. 긴급번호 버튼을 누르는 손을 멍하게 바라보던 동훈이 불현듯 비명을 질렀다.

"끄아아아악!"

이번에 걸리면 쉽지 않을 게 뻔했다. 이전과 달리 호락호락하게 합의해 줄 상대가 아닌 것이 현실적으로 와 닿았다. 궁지에 몰린 동훈은 도망칠 생각만 했다. 눈앞의 로건을 치워 버리면 아무도 모를 것이다.

"슈퍼. 너, 제법 간이 크구나."

침대 위에 주저앉은 로건이 실소를 터트리고 있었다. 셔츠 위로 번져가는 핏자국에도 아랑곳없이 의연한 로건의 모습에 동훈은 잠시 착각했다. 분명 살갗을 찌르는 감각을 느꼈는데……. 조금 전 내가 저지른 무모한 짓은 환각이었던가. 어리둥절해 있는 순간 뒤에서 인기척이 들렸다.

"뭐, 뭐야. 이게 무슨 짓들이야!"

소리를 따라 뒤를 돌자 한 무리의 사람들이 보였다. 미처 피할 틈도 없이, 비명을 지를 틈도 없이 동훈은 만수가 휘두른 의자에 머리를 맞았다.

"기어이 이놈이 일을 냈구나!"

동훈은 삿대질하며 호령하는 만수의 잔소리에 귀가 따가웠다. 시도 때도 없는 아버지의 호통만큼이나 지긋지긋했다.

그리고,

"로건!"

겁도 없이 사람들을 제치고 들어와서는 바로 로건에게 달려드는 오영이 야속했다. 동훈은 기울어지는 시선에 담긴 오영을 노려보았다. 사람들이 몸을 짓누르고 손을 결박하는 순간에도 그는 원망을 멈추지 못했다. 오영은 옆구리를 짚고 주저앉아있는 로건의 몸을 떨리는 손으로 더듬었다.

"어, 어떡해. 어떡해. 로건이 왜 여기 있어? 병원에 있어야지 왜 여기 있어?"

"너야 말로 여기 왜 왔어? 혼자 왔으면 큰일 날 뻔했잖아."

"왜 나를 혼내. 왜 또 나를 걱정하게 만들어! 안 그러기로 했잖아. 진짜 겁도 없이 왜 이러고 살아. 이 미친놈아!"

오영은 이런 아수라장을 겪고 있다는 게 믿어지지 않았다. 사랑하는 사람을 또 잃을 것만 같아 두려웠다. 너무 미운 마음에 오영은 자신을 안으려고 다가오는 로건의 어깨를 밀었다.

"윽!"

"안 돼! 안 돼! 미안해, 로건. 가만히 있어. 가만히. 죽지 마. 로건."

"나 안 죽어. 오영아."

피식 웃는 로건의 웃음에 안심이 되면서도 불안한 건 어쩔 수 없었다.

"정말이지?"

"그렇다니까? 약간 스친 거야."

"거짓말. 피가 이렇게 많이 나는데……. 왜 그랬어? 바보같이. 내가 요즘 얄밉게 굴어서 그랬어? 이런 식으로 화풀이하는 게 어디 있어? 나 버리지 말랬잖아."

"안 버려. 절대로. 너야말로 나 버리지 마."

로건은 울먹이는 오영의 머리를 쓰다듬고 싶었지만, 손을 쓸 수 없었다. 붉게 물든 손을 보이면 오영이 기절이라도 할 것 같아 두려웠다.

"말도 하지 마. 소방차 올 때까지 가만히 있어."

"구급차겠지."

껄껄 웃던 로건은 상처의 통증을 숨기지 못하고 그만 미간을 찌푸렸다.

"조용히 하라니까!"

오영은 상처를 지혈 중인 로건의 손이 움직이지 않도록 꾹 눌러 주었다. 침착하려고 해도 자꾸만 눈물이 흘렀다. 웬만한 일로는 절대 울지 않겠다고 다짐한 지오영인데 이 남자를 만나고는 자주 울게 된다. 미워 죽겠다. 정말.

"로건, 소리 질러서 미안해. 사랑해."

"또 해 봐."

"……?"

"너 지금 사랑한다고 했어. 처음으로 사랑한다는 말 듣기에 좋은 상황이군. 또 해 봐."

"사랑해."

"계속해. 구급차 올 때까지."

"싫어. 살아서 나오면 할 거야."

이 와중에도 밀당이라니. 로건은 이 순간에도 새침한 오영이 너무 사랑스러웠다.

"오영아."

"응."

"내가 결심한 게 있어."

"뭔데?"

"난 이제 앞만 보고 살 거야. 내 과거 따위, 더는 이겨내려고 애쓰고 사는 데 지쳤어."

"그래. 나하고 같이 앞만 보고 가자."

"도와줘. 그리고 내 안의 진짜 나를 볼 수 있게 해줘서 고마워."

"앞으로도 나만 믿어."

"사랑해."

"나도. 나도 로건 사랑해. 진짜 사랑해."

드디어 기다리던 사이렌 소리가 아득하게 들려왔다. 오영은 편안하게 미소 짓고 있는 로건을 가만히 끌어안았다.

Epilogue

이제 인턴 생활 일주일 차에 접어든 현서는 아침 햇살에 부신 눈을 찡그리다 헛숨을 들이켰다. 회전문을 통과해 들어오는 장신의 남자가 사람이 맞는지 몇 번이나 눈을 깜빡여 가면서 확인했다. 로비를 가로지르는 시원하게 뻗은 다리가 경쾌한 걸음과 잘 어울렸다. 얼핏 보면 화난 듯 경직된 표정이 주는 날카로운 매력에 가슴이 터질 듯 뛰었다.

"김 선생님! 저, 저분 사람이죠?"

"네. 사람이랍니다. 오늘 처음 보셨나 봐요?"

옆에 선 이나가 심드렁하게 대꾸했다.

"선생님 눈에도 보이시는 거죠?"

"그럼요. 아침마다 보는 걸요."

현서는 검은 정장을 완벽하게 소화한 로건의 모습에서 눈을 떼지 못했다.

"사람이 맞구나. 겁나 섹시해! 저는 남성호르몬이 걸어 다니는 줄 알았어요. 옷을 입었는데 왜 벗은 것보다 더 야하죠?"

단 한 시간도 눈 붙이지 못하고 밤을 꼴딱 새운 부작용을 겪는 줄 알았다. 큰 키, 넓은 어깨, 탄탄한 등, 길쭉길쭉 시원한 팔다리, 신이 취향대로 공들여 빚은 듯한 잘생긴 얼굴. 패션잡지 화보나 광고에서 보던 야성적이고 짐승 같은 매력이 철철 넘치는 남자가 현실에 있을 줄은 몰랐다.

"그런데 저분 누구세요?"

"간담췌 이로건 선생님이요."

휘둥그레 눈이 커진 현서가 박수를 짝 울렸다.

"어머! 저분이 그, 그 신들린 손? 게다가 더블보더라는?"

"네. 그 신이세요. 반하셨으면 오늘 실컷 봐 두세요."

"왜요?"

"오늘이 마지막 출근이세요. 지방 분원으로 지원하셔서 내일부터 못 봐요."

"헐. 울고 싶다. 나도 거기 지원할까?"

"마음 접으시죠. 다음 주에 결혼도 하세요."

"아이 씨! 아까워! 조금만 더 일찍 알았어야 했는데."

이나는 제 것을 뺏긴 사람처럼 발까지 구르며 투덜거리는 현서를 어이없는 눈으로 쳐다봤다. 감히 어디에 흑심을 얹어. 일찍 알았으면 뭐, 자기 차례가 왔을 거라는 자신감은 뭔데? 이미 겪어본 심정이라 모르는 바 아니지만, 오영을 생각하면 전혀 이해해 주고 싶지 않았다.

* * *

미술관이 연상되는 이층집이 있는 널따란 잔디 위에 사람들의 흥겨운 소리가 종일 끊이지 않았다. 순백의 드레스를 입은 오영은 이제 겨우 사람들의 관심에서 벗어날 수 있었다.

"아가씨, 아니지 새댁, 여기 봐요."

"네!"

오영은 종일 웃느라 얼얼해진 턱관절을 손으로 마사지한 후 활짝 웃었다. 전문가용 카메라까지 챙겨온 만수의 피사체가 된 게 오늘만 몇 번째인지 모르겠다.

"곱다. 고와! 오늘은 이만 찍을게요. 사진은 신랑 통해서 받아."

"너무 감사드려요!"

간신히 카메라 앞에서 벗어나자 이나가 따라붙었다.

"언니, 입술 좀 가만있어 봐. 또 지워졌어. 키스한 것도 아닌데 왜 이렇게 자주 지워져?"

결혼식 도우미를 자처한 이나의 꼼꼼함도 오영을 힘들게 했다.

"이나 씨, 이제 사진 찍을 일도 없는데 화장은 그만 고쳐도 되지 않나?"

"아니지, 언니. 최후의 순간까지 아름답게 있다가 장렬하게 쓰러져야 하는 게 신부의 덕목이야."

"나, 너무 배고프고 피곤해."

"참아. 오늘 하루만 참아. 신부는 다 그렇대."

주린 배를 부여잡고 슬퍼하던 오영은 잔디 위를 뛰어다니는 동생들을 기쁜 눈으로 바라보았다. 아기 새처럼 재잘재잘 웃는 소리도 듣기 좋았다. 로건이 신경 써서 골라준 들러리용 턱시도와 드레스가 엉망이 되도록 신나게 노는 동생들을 보니 허기도 까먹을 만큼 행복했다.

"배고프지?"

이제야 하객들에게 풀려난 로건이 접시에 먹을 것을 잔뜩 담아서 나타났다.

"어머, 로건 쌤. 신부한테 이렇게 먹을 걸 많이 가져오면 어떡해요? 배 나오면 드레스 태 무너진단 말이에요."

"오영이는 배 없어요. 그리고 오늘 개미보다 더 적게 먹었어요."

"또 시작하시려면 저는 허 쌤한테나 갈게요. 아으, 지겨워. 사랑꾼."

과장되게 몸서리를 친 이나는 손을 흔들며 자리를 떠났다.

"많이 먹어."

"갑자기 먹으면 잘 안 들어가는데."

"그래도 많이 먹어."

"음……. 로건이 많이 먹으라는 소리가 왜 야하게 들리는지 알겠는데 모른 척할래."

"모른 척하지 마. 네가 하는 그 생각이 맞아. 결혼 준비한다고 피해 다닌 것 오늘 다 갚아 줄 거야. 각오해."

으름장 놓는 로건의 새까만 눈동자가 이글이글 끓고 있었다.

"피한 것 아니고 진짜 피곤해서 그런 거라고. 그리고 오늘은 그 중에 제일 피곤해."

"그러니까 더 먹어."

오영은 로건이 입에 밀어 넣어준 갈비를 씹으며 시간을 확인했다. 벌써 노을이 짙게 물드는 시간인데 음악 소리는 그칠 기미가 없었다.

"로건. 피로연은 언제 끝나는 거야?"

"글쎄. 지금 분위기로 봐서는 해지고도 계속?"

"뭐어? 어째서?"

"다들 너무 신이 나서 끊을 수가 없다고, 아까 대양이 그러던데?"

그야말로 성대한 결혼식이었다. 고아 두 사람이 결혼하는데 하객이 이렇게 많을 줄 몰랐다. 성황인 건 좋은데 다들 작정이라도 했는지 날밤을 새워 놀 궁리를 하고 있었다.

태연하게 대꾸했지만 로건 역시 당황스러웠다. 명색이 신혼 첫날밤인데 하객들과 밤을 지새우고 싶지 않았다. 게다가 술 못하는 로건에게 자꾸만 술잔이 돌아오는 상황도 무서웠다.

"오영아, 우리는 이쯤에서 도망가는 게 좋겠어."

"도망?"

"어차피 있는 음식 먹고 각자 알아서 놀 거야."

"애들은."

"미랑이도 있고, 일단 도망간 후에 대양하고 윤수한테 챙기라고 하지 뭐."

오영은 벌써 웨딩 슈즈를 벗어서 손에 들었다. 발바닥에 찾아온 평화만큼이나 로건의 제안에 마음이 평안해졌다. 쉴 수 있다면 뭐든지 할 수 있었다.

"그럼 어디로 도망가?"

"어디든 제일 가까운 호텔로."

오영을 끌어안고 귓속말을 하던 로건은 더는 숨겨지지 않는 욕망을 드러냈다. 매끄러운 드레스 원단 때문인지 배꼽 주변을 찔러대는 로건이 더욱 선명하게 느껴졌다.

"벌써?"

"벌써가 뭐야. 너 드레스 입은 모습 본 순간 바로 서기 시작했어."

"미쳤나 봐."

"당연히 미치지. 너는 할 마음 없어? 진짜 피곤하다는 핑계로 날 거부할 셈이야?"

조르듯 묻는 로건의 목소리가 잔뜩 긴장되어 있었다. 이 남자의 실망하는 모습을 볼 수 없지. 오영은 턱시도를 입은 로건의 가슴에 손가락으로 하트를 그리며 대답했다.

"아니……. 지금 당장 하고 싶어."

로건은 사랑스러운 신부에게 손을 내밀었다.

"속도 규정 따르면서 달리려면 힘들겠지만 노력할게."

오늘은 달을 볼 틈도 없는 긴 밤이 될 듯했다.

외 전

1. 가장 따뜻한 사랑의 온도, 결혼

두툼한 매트 위에 앉은 오영은 땀이 뻘뻘 날 것 같은 구스다운 점퍼 위에 담요까지 뒤집어쓴 채였다. 코끝에 닿는 밤공기는 가을이란 시기가 무색하게 싸늘한 냉기가 맵싸했다. 어둠 너머 어디선가 들리는 풀벌레 소리가 아니었다면 겨울이라고 해도 무방한 기온이었다. 오영은 자신을 신줏단지처럼 모셔두고 혼자 동분서주하는 로건을 불렀다.

"이제 그만 좀 하고 이리로 와."

"거의 다 했어."

"안 추워?"

"더워."

반소매 티셔츠를 입은 로건을 보고만 있어도 한기가 느껴지는데 덥다니. 오영은 고개를 절레절레 저으며 그가 하는 양을 지켜보았다. 겨우 옥상에서 몇 시간 때울 건데 뭘 저렇게 준비했는지 모르겠다. 캠핑 테이블 위에 분위기를 더할 초까지 밝힌 로건은 보온병을 꺼내 들었다.

"춥지?"

"아니. 괜찮아."

"이것 좀 마시고 있어."

로건이 머그잔을 들이밀었다. 뜨겁게 끓인 우유의 고소한 향이 코끝에 맴돌았다. 세상에 술이 아니라니, 게다가 애들도 아니고 웬 우유람. 뜨겁게 데운 정종 같은 걸 기대했던 오영은 김이 샜으나 내색하지 않았다. 알코올에 약한 남자는 술이 절실한 순간 같은 데 관심이 없으니까.

"땀나는 것 같아. 담요 좀 풀어 줘."

"알았어. 잠깐만."

로건은 담요를 치우는 대신 또 뭔가를 들고 나타났다.

"그건 또 뭐야?"

"침낭."

"그건 또 어디서 났어? 혹시 오늘 여기서 잘 생각이야?"

"글쎄. 상황 봐서."

"집에 애들끼리 놔두면 좀 불안한데."

"미랑이가 잘 본다고 했어. 그리고 바로 아래층에 있는데 뭐가 걱정이야."

꽤 큼지막한 침낭을 매트 위에 펼쳐놓고 나서야 로건은 오영의 몸을 결박하다시피 한 담요를 풀어주었다.

"침낭 안으로 들어가. 감기 걸려."

"나 그렇게 허약하지 않다는 것 알잖아."

"그래도 혹시 모르니까."

로건의 요구대로 침낭 안으로 들어간 오영은 헐렁하게 비어있는 제 옆자리를 내어 주었다.

"로건도 얼른 들어와. 보는 내가 다 추워."

오영의 채근 끝에 드디어 로건도 침낭 속으로 들어왔다.

"와, 로건은 발열 인간인가 봐? 로건이 들어오니까 확 따뜻해졌어."

"이리 와."

먼저 벌렁 드러누운 로건이 팔을 벌려주자 오영은 기다렸다는 듯이 그의 팔을 베고 누웠다. 솜이 가득 든 점퍼를 입고 침낭에 들어가 있자니 몸이 둔했다. 다시 낑낑거리며 일어난 오영은 점퍼를 벗어놓고 로건의 품으로 들어갔다.

"와, 너무 따뜻하고 좋다. 근데 유성 쇼는 언제부터 시작인 거야?"

"벌써 시작했지."

"그래? 근데 왜 별똥별이 하나도 안 떨어져?"

새까만 윤기가 흐르는 벨벳에 다이아몬드를 뿌려놓은 것처럼 밤하늘의 별이 촘촘하게 빛나고 있었다.

오늘은 칠십 년 만에 유성이 무더기로 쏟아지는 밤이라고 며칠 전부터 떠들썩한 날이었다. 지상 최대의 유성 쇼는 한국에서, 그것도 오영과 로건이 사는 지역에서 가장 관측하기 좋다고 했다.

'우와 신기하다. 우리 집 옥상에서 보면 잘 보일까?'

뉴스를 보며 혼자 중얼거렸을 뿐인데 로건은 그것을 놓치지 않았다. 오영이 하고 싶다는데 그까짓 별쯤이야, 질리도록 보여줄 생각이었다.

"혹시 망원경 같은 거로 봐야 하는 거 아니었을까?"

"맨눈으로 충분히 관측할 수 있어. 기다려 봐."

"그래? 나 벌써 졸려, 어!"

투덜거리던 오영이 짧은 비명을 질렀다.

"봤어? 봤어? 로건 봤어?"

침낭 속에서 발을 동동 구른 오영은 로건의 팔까지 때리며 호들갑을 떨었다.

"별 떨어졌어? 나는 못 봤는데."

"되게 빨리 떨어졌어. 저기 또!"

오영은 재빨리 팔을 뻗어 유성이 떨어지는 궤적을 가리켰다.

"진짜네."

"우와. 또! 또!"

심드렁한 로건의 목소리를 뚫고 오영의 흥분된 목소리가 높아졌다. 높은 곳에서 누군가 별을 집어던지는 것처럼 하나씩 떨어지던 별들의 개수가 점점 늘어가기 시작했다. 매번 꽥꽥 소리 질러가며 환호하던 오영은 유성이 동시다발적으로 떨어지기 시작하면서 조용해졌다. 벌린 입을 다물지 못하고 경이로운 신음을 흘릴 뿐이었다.

"이제 소원 풀었어?"

"응. 너무 예뻐. 지금 우리가 서울에 살지 않는 건 너무 운명적이야."

홀린 듯 주절거리는 소리를 들으며 로건은 소리 없이 웃었다. 사실 별이 떨어지건 지구와 행성이 충돌하건 상관없었다. 하지만 네가 좋다면, 너만 행복하다면 뭔들. 까마득한 밤하늘에 흐르는 은하수도, 긴 꼬리를 그리며 낙하하는 별똥별도 곁에 누운 작은 여자만큼 감동적이지 않았다.

한참 동안 하늘만 보던 오영은 이제야 곁에 있는 남자가 유난히 조용하다는 사실을 깨달았다. 혹시 잠들었나 싶어 고개를 돌리다 번뜩이는 검은 눈동자와 정면으로 마주쳤다.

"너무 조용해서 자는 줄 알았네. 별은 안 보고 뭐 해? 오늘 아니면 죽을 때까지 기회가 없다고."

"보고 있었어."

"……."

"나한테는 네가 별이지 뭐."

"우왕. 뭐야."

무감한 얼굴에 그렇지 못한 고백이라니. 오영은 온몸을 돌아다니는 간지러움을 견디지 못하고 킥, 하고 웃음소리를 냈다.

"로건은 그런 소리를 참 잘해."

"그런 소리가 뭔데."

오영은 자신을 바라보는 로건의 올곧은 시선을 피해 다시 하늘을 쳐다보았다. 마치 옆에 누운 남자처럼 자신이 찬란한지도 모르는 별이 무심하게 떨어졌다.

"나한테 맨날 예쁘다고 하고 사랑한다고 하고 너 없으면 죽을 것 같다고……. 그런 말들 있잖아. 안 그렇게 생긴 사람이 그런 말을 툭툭 잘도 해."

"……."

또 긴 침묵이 이어졌다. 고개를 돌리자 여전한 시선이 오영에게 고정되어 있었다.

"아직도 쳐다보네. 별 좀 보라니까."

"내가 그런 말 하는 거 듣기 싫은 건가?"

평온한 어조였지만 오영은 알 수 있었다. 아주 미세하게 떨어진 음정에서 로건의 불안과 실망이 읽혔다.

"좋지. 너무 좋아."

"그런데 왜."

"싫어서 뭐라고 하는 게 아니야. 부끄러워서 그러지. 보통 사람들은 그런 말을 마구마구 하지 않는다고."

"드라마에서는 잘만 하던데. 너 드라마 좋아하잖아."

"그래서 일부러 해 주는 거였어?"

"아니. 나는 그냥…… 생각나는 대로 말하는 거야."

여태껏 오영만 바라보던 로건이 고개를 돌렸다. 오영이 빤한 눈을 초롱초롱 빛내며 쳐다볼 때면 로건은 왠지 부끄러운 감정 같은 걸 느꼈다. 아마 오영도 이런 기분이었나 보다. 그렇다면 나쁘지 않은 감정이니 계속해도 될 듯했다.

"로건이 너무 좋아."

옆구리를 파고들며 종알거리는 오영의 말에 로건의 입술이 둥글게 휘었다.

나도 네가 좋다.

오영과 함께한 계절이 몇 번이었더라, 믿기지 않게도 세 해를 넘기고 있었다. 언제쯤 이 감정이 무뎌질까? 그러나 무뎌지고 싶지 않았고 그럴 것 같지도 않았다. 두려울 정도로 오영과 함께 지내는 나날이 달콤했다. 대양 말로는 신혼 시절이 지나면 정과 의리로 살게 된다는데 그건 또 무슨 소린지 모르겠다. 좋아하는 여자하고 왜 정과 의리로 사는가, 사랑으로 살아야지.

처음에는 보육원 아이들과 함께 생활하는 것이 내심 두려웠다. 한 번도 많은 가족을 가져본 적이 없으니 뭘 어떻게 해야 할지 엄두가 나지 않았다. 그러나 걱정은 소용없었다. 아이들은 어른인 자신보다 더 의젓하고 부지런했다. 오영은 눈치가 빠른 아이들이 속상하다고 했지만, 로건은 그녀의 말을 이해하기 힘들었다. 아이들은 기분 좋아 보였고 편하기만 한데 뭐가 문제라는 건지. 각자 알아서 잘해 주니 오히려 오영이 할 일이 줄어들기까지 했다.

"이제 별은 다 봤어?"

"아니. 아직도 계속 떨어져. 아까보다 더 빨리 많이 떨어지고 있어. 지금이 절정인가?"

"우유는 다 마셨어?"

"응. 머그잔은 머리맡에 뒀어."

잔이 비었는지 확인한 로건은 오영의 머리 아래에 괴었던 팔을 빼냈다.

"팔 저리지?"

"아니."

"그럼 어디 가려고?"

슬그머니 몸을 일으키는 로건을 보며 오영이 물었다.

"나 신경 쓰지 말고 별이나 봐."

의아한 눈을 빛내는 오영을 물끄러미 보던 로건이 입술을 내렸다. 가볍게 두어 번 닿았다가 떨어지는가 싶더니 이내 입술을 가르고 뜨거운 혀가 밀려들어 왔다.

"으음."

가볍게 신음하던 오영이 두 팔을 들어 로건의 목을 끌어안았다. 따뜻했던 남자의 체온이 금세 달아오르는 게 느껴졌다. 오영의 머리와 이마를 쓰다듬던 커다란 손이 말랑한 귓불을 지분거렸다.

키스하는 사이사이 오영은 눈을 떴다. 유성이 떨어지는 걸 더 봐야 한다는 생각과 달아오르는 본능 사이에서 갈등했다. 로건이 오영의 두 다리를 벌려 제 허리를 감게 했다.

"너는 계속 별 봐."

"로건 때문에 눈이 자꾸 감기잖아."

악당처럼 키득거린 로건이 퉁명스럽게 종알거리는 입술을 머금었다. 오영은 그의 입술이 목덜미로 빗장뼈로 흘러가는 것을 느끼며 눈을 감았다. 좁은 침낭 안에서 꼬물거리는 몸의 움직임이 더욱 감각적으로 느껴졌다.

키스만 하려던 로건의 각오가 나약하게 허물어지는 중이었다. 이미 옥상으로 올라오는 문은 잠가두었고 사방 어디에도 자신들을 지켜볼 눈과 귀도 없었다. 별이 비처럼 떨어지는 밤에 사랑을 나눈다니 서로에게 꽤 특별한 날이 될 것이 분명했다. 이미 오영도 별 보기를 포기했는지 얕은 신음을 흘리며 흐드러져 있었다.

"오영아."

"응."

"사랑해."

"나도. 로건 사랑해."

오영은 뜨겁게 파고드는 로건을 힘껏 끌어안았다. 단단하고 느릿한 몸짓을 나누며 로건은 오영의 눈을 응시했다. 역시 별 따위보다는 이 여자의 눈동자를 보는 게 훨씬 값졌다. 오직 자신만 바라보는 열기로 가득한 눈과 희미한 미소 앞에서 호흡이 달아올랐다.

오영의 입에서 쏟아지는 다급한 숨결과 앓는 듯한 신음 소리는 언제 들어도 미칠 것 같았다. 오영은 욕심을 가득 품은 로건을 힘겹게 받아내고 있었다. 결혼 후 함께 살게 된 엔젤의 낙원 아이들 때문에 전처럼 마음껏 몸을 나누지 못했다. 소리를 죽여야 했고 관계 후의 흐트러진 모습으로 집 안을 돌아다닐 수도 없었다. 왕성한 로건이 별말 없이 지내는 것이 내내 마음에 걸렸다. 그래서 이 밤은 아무것도 생각하지 않고 예전처럼 순간에 집중하고 싶었다. 그가 원하는 대로 충만하게, 짐승처럼.

시야가 반짝이는 것들로 가득했다. 눈앞에서 흐릿하게 번지는 수많은 빛이 진짜 별인지 코앞에 닥친 절정의 전조인지 분간할 수 없었다. 뜨겁게 폭발하는 남자를 느끼는 순간 오영은 새된 소리를 지르며 몸을 웅크렸다. 침낭 안은 후끈한 열기로 갑갑했다. 벗어나려는 오영을 세게 끌어안은 로건이 벅찬 숨을 내쉬며 속삭였다.

"감기 들어. 좀 참아."

로건은 오영이 입은 니트를 들추더니 팔을 빼냈다.

"감기 걸린다면서."

뿌루퉁하게 묻는 오영의 말에 로건이 태연하게 대꾸했다.

"그러니까 내가 안고 있잖아. 이제 더 더워질 거야."

벗겨진 니트와 속옷이 머리 위로 던져지는 소리를 들으며 오영이 물었다.

"로건, 우리 아기 가질래?"

티셔츠를 벗던 로건이 멈칫하며 오영을 바라봤다.

"싫어?"

"잘…… 모르겠어. 우리 집에는 이미 아이들도 많고."

"하지만 로건과 나의 아기는 아니잖아. 나하고 결혼하면서 아기

가질 생각은 안 했던 거야?"

"응."

"이렇게 열심히 사랑하면서 아기 생각을 안 했다고?"

"피임하잖아."

"……."

이 사람은 원래부터 딩크족을 원했던 건가? 오영은 로건의 무심한 말을 어떻게 받아들여야 할지 몰라 눈만 깜빡였다.

"넌 아이를 가지고 싶어?"

"결혼했으니까. 우리도 당연히 엄마 아빠가 될 거로 생각했지."

오영은 로건의 멍한 눈을 들여다보며 다시 물었다.

"무서운 거야? 아빠 되는 것이 무서워?"

"글쎄. 무섭지는 않아. 그냥, 생각해 본 적이 없어서……."

잠시 생각에 잠겨있던 로건이 동그란 오영의 눈을 보며 싱긋 웃었다.

"하지만 지금 생각해 보니 아이를 갖는 게 당연한 것 같군."

로건은 손에 쥐고 있던 새 콘돔을 손가락으로 튕겨냈다. 별이 쏟아지는 밤, 둘의 사랑이 길게 이어졌다.

* * *

오영은 2층 베란다에 선 미랑에게 손을 흔들었다.

"미랑아! 언니 다녀올게!"

"응, 화이팅! 올 때 맛있는 거!"

"알았어! 저녁은 형부가 해 주실 거야."

"오호, 오늘은 고기를 배 터지게 먹겠구나. 그럼 언니는 그냥 빈손으로 와도 돼!"

미랑의 말에 기분 좋게 웃은 오영은 운전석에 올랐다. 출발 전 잊지 않고 로건에게 전화를 걸었다. 그냥 출발했다가는 잠들기 직전까지 잔소리를 무한 반복으로 들어야 할 테니 까먹을 수 없었다.

"나, 이제 출발해요."

─ 어디 가는데? 혹시 그 차 운전하는 거야?

"내가 말하지 않았나? 오늘 오 선생님 사모님 도와서 태산대 병원 바자회 한다고?"

─ ······.

불만스러운 침묵이 이어지는 동안 오영은 불안한 듯 눈동자를 굴렸다. 사실 로건이 한창 정신없을 때 흘리듯이 중얼거렸으니 기억 못 하는 게 당연했다. 대양의 핑계를 대면 그나마 쉽게 넘어가 주긴 하지만 방심할 수 없었다. 이내 체념한 듯 낮은 목소리가 들렸다.

─ 운전 조심해. 두 번 세 번 조심해.

"알아서 잘하는데 꼭 걱정하셔. 그리고 나 운전도 잘해."

─ 아무래도 차를 바꿔야겠어. 경차는 불안해.

"이제 그만 좀 해. 그리고 차 산 지 겨우 한 달인데 무슨 차를 바꿔."

─ 그러게 물어보지도 않고 덥석 중고차를 사는 사람이 어디 있나.

"그 사람 여기 있고요. 항상 안전하게 살살 몰고 다니니까 이제 그만."

차를 산 이후 하루도 빠짐없이 듣는 걱정에 오영은 소리 없이 한숨을 내쉬었다. 가까운 거리를 왔다 갔다 하는 용도인데 로건은 엄청나게 튼튼하고 안전하기로 유명한 외제 차로 바꾸기를 고집했다. 미리 말하지 않아서 자신의 차를 두고 오지 못했다는 로건의 자책 같은 타박을 끝으로 통화를 마쳤다. 차를 산 이후 처음으로 서울까지 가는 장거리 주행이긴 했다.

"너무 걱정하니까 갑자기 나까지 소심해지네."

오영은 얍! 하는 기압을 넣은 후 시동을 걸었다.

* * *

빈 쟁반을 흔들며 돌아온 오영의 만면에 환한 웃음을 달려 있었다.

"제가 또 주문을 받아왔어요."

"어머, 우리 오영 씨는 수완도 좋아."

나정은 수북한 주문서를 의기양양하게 내미는 오영의 등을 살갑게 두드려 주었다.

"수완만 좋은가? 요리 솜씨도 일류지. 지짐 반죽이 찰기며 간이며 마침맞은 게 앞으로 큰 요리 선생이 될 상이야."

바자회에 함께 참여한 병원 봉사회 회원들의 칭찬을 들은 오영의 어깨가 으쓱했다. 대양의 안사람인 나정의 권유로 오영은 정식으로 요리 공부 중이었다. 집들이에 초대받았던 나정이 요리 쪽으로 재능이 있다며 적극적으로 오영을 치켜세웠다. 무언가를 잘

한다고 칭찬받아 본 기억이 별로 없는 오영은 그녀의 칭찬에 큰 자극을 받았다.

로건 역시 의욕적으로 뭔가를 공부하겠다고 나선 오영을 기꺼이 지원해 주었다. 그날 이후 친분이 두터워진 나정의 소개로 태산대 병원 봉사회에 들어오게 되었고 오늘 처음으로 바자회까지 참석하게 되었다.

"유명한 요리 선생들한테만 배운다면서? 우리도 좀 알려 줘."

"어머, 사모님들 저도 수억 들여서 배우는 건데 맨입으로 알려 드릴 순 없죠."

오영의 새침한 대답에 회원들이 까르르 웃음을 터트렸다.

"그럼 뽀뽀 백번이면 알려줄 테야? 오영 씨가 뽀뽀를 꽤 좋아 하던데."

"신혼인데 우리 같은 할마시들 뽀뽀가 웬 말이야. 입술 양보해 줄 틈이나 있겠어?"

거침없는 회원들의 농담에 오영의 뺨이 발그레 달아올랐다. 일부러 뜨거운 불 앞에 서서 부침개를 뒤집으며 열기를 숨겼다.

입술 쉴 틈이 없다고 놀려대는 회원들의 농담 속에 뼈가 있었다. 언젠가 나정을 따라 병원 봉사회에 참석했을 때 일이었다. 모임이 끝나는 시간에 맞춰 오영을 데리러 온 로건은 그녀를 보자마자 키스부터 퍼부었다. 늦은 시간이었고 그날따라 주차장이 한적한 바람에 오영도 방심했었다. 아직 출발하지 않고 차 안에 남아 있던 몇몇 사람들이 있었을 줄이야.

열렬한 키스의 순간에 놀라 시동도 걸지 못하고 기나긴 입맞춤이 끝날 때까지 지켜볼 수밖에 없었다는 증언이 쏟아졌다. 기혼인 데다 대부분 나이도 제법인 회원들은 부러운 신혼이라며 대수롭지 않아 했지만, 오영은 부끄러웠다. 잡아먹히듯이 키스당하는 모습을 떠올리면서 밤마다 이불을 수백 번 걷어차야 했으니까.

묵묵히 전을 뒤집는 오영의 곁에 다가온 나정이 넌지시 물었다.

"로건 선생님은 아직도 생각이 없으신가요?"

"네. 아시잖아요, 그 고집."

"그래도 오영 씨가 말하면 들어줄 거라고 했는데."

"다시 꼬셔볼게요."

"부탁해요. 아버님하고 남편이 애가 닮아요. 우리 애 아빠는 나한테 프러포즈할 때도 그렇게 애태우지 않았다니까요."

"설마요."

눈을 동그랗게 뜨고 부정하는 오영에게 나정은 부러운 눈웃음을 보냈다.

"진짜라니까요. 뜨거운 남자하고 사는 오영 씨는 모른다니까."

의사로서 존경받는 오대양은 집에서도 물론 훌륭한 남편이었다. 자상하고 유쾌한 남자인 건 인정하지만 로건처럼 제 여자를 펄펄 끓는 눈으로 바라보는 남자는 아니었다. 하긴 이로건 같은 남자가 세상에 또 있을 리가 없지.

결혼 전의 로건을 생각하면 지금도 믿을 수 없는 변화였다. 그렇게 감정을 서슴없이 드러내는 사람인 줄 결혼식 날 처음 알았다. 오영과 함께 있을 때의 이로건은 온몸으로 이 여자는 나의 것, 나의 사랑, 나의 생명임을 부르짖는 것 같았다. 온몸이 사랑의 확성기라고 놀리는 대양의 말에 다들 어찌나 웃었던지.

"오영 씨한테 자꾸 이런 부탁해서 미안해요. 병원에서 로건 선

생님을 너무 원해. 아마 로건 선생님이 와이프 바라보는 것보다
더 열렬할걸?"

"아이참, 그만 놀리세요."

"귀여워요."

"네?"

"오영 씨는 볼수록 귀여워요. 내가 진짜 샘이 많은 사람인데 오
영 씨한테는 샘도 안 나. 어찌나 재미있고 귀여운지."

　나정은 이유 없이 관계가 소원한 동서를 떠올리며 오영이 자신
의 동서였으면 좋겠다고 생각했다.

* * *

　장사가 잘된 만큼 음식물 쓰레기도 엄청나게 발생했다. 마지막
쓰레기를 내다 버리고 마무리가 한창인 바자회 장소로 돌아가던
오영은 자신을 유심히 관찰하는 시선과 부딪쳤다. 놀란 마음에
무시하지 못한 오영은 걸음을 멈추고 말았다.

　멀찍이서 곱지 않은 시선을 보내는 사람은 다름 아닌 오영의 친
모인 정금이었다. 다시는 엄마를 볼 일 없을 줄 알았던 오영은 괜
스레 겁을 먹었다. 바라보는 눈초리가 너무 냉정해서 지은 죄도
없이 움츠러들었다. 모른 척 외면하지 못하고 멀뚱멀뚱 서 있는
오영에게 정금이 다가오고 있었다. 그래도 낳아준 엄마인데, 깍
듯하게 인사할 수도 반갑게 손을 흔들 수도 없는 사이라는 현실
이 와닿았다.

　"너는 여기서 뭐 하는 거니?"

정금은 눈살을 찌푸리며 오영의 전신을 훑어 내렸다. 땀에 젖은 얼굴과 이마며 목에 들러붙은 머리카락이 단정치 못해 보였다. 게다가 입고 있는 옷과 앞치마는 하얀 가루와 땀인지 뭔지 모를 얼룩으로 지저분한 꼴이었다.

"아직도 여기서 이런 일이나 하고 살아?"

"그게……."

"나는 도저히 이해할 수가 없다. 젊디젊은 게 지난번에는 청소부나 하고 있더니 이제는 구내식당에서 일하니?"

행여라도 오영이 가까이 다가올까 저어되는 몸짓으로 걸음을 물린 정금이 싸늘하게 내뱉었다.

"그깟 신장 한쪽 아깝다고 몸 사리더니 아주 꼴좋다. 몸뚱이 아껴서 겨우 한다는 일이……."

쯧, 하고 탐탁지 않게 혀를 찬 정금은 또다시 찌푸린 눈으로 오영을 흘겨보았다.

"너하고 나 사이, 더는 남은 거 없다. 네가 그렇게 매정하게 뿌리쳤을 때 계산 다 끝난 거로 알자."

"그러게요. 그때 계산 다 끝난 거죠."

반성 없는 오영의 반응에 짜증이 난 정금이 버럭 하고 큰 소리를 냈다.

"확실히 해! 혹여라도 나한테 연락하고 그러지 마라."

"그건 제가 하고 싶은 부탁이에요. 앞으로 우연히 마주치더라도 절대로 아는 척하지 마세요. 남보다 못한 사이잖아요."

"아이고야, 어디서 버르장머리 없이 자존심을 세워? 어이없어서 정말."

정금은 제 옷에 오영의 얼룩이라도 묻을세라 옷자락을 탁탁 털며 발걸음을 옮겼다. 멀어지는 정금이 날카롭게 욕설을 중얼거리는 소리가 들렸지만 오영은 개의치 않았다. 그냥 지나가다 재수 없는 진상 한번 마주쳤다, 그렇게 생각하기로 했다.

겨우 마음을 추스르고 바자회 장으로 돌아온 오영의 노력은 금세 쓸모없어졌다. 오영이 속한 봉사회 부스에 정금이 버젓이 앉아 있었다. 그녀는 비슷한 연령대의 남자를 비롯한 몇몇과 함께 테이블에 둘러앉아 모둠전을 먹고 있었다. 정금의 눈을 피해 자리로 돌아간 오영은 막바지 정리가 한창인 나정에게 물었다.

"우리 장사 다 끝난 거 아니에요?"

"끝났죠. 우리 먹을 것 조금 남기고 없다는데 그걸 또 굳이 사 드시네."

"병원 환자인가 봐요?"

"그렇대요. 여기서 신장 이식 수술하신 분하고 그 가족분들이 래요."

그렇게 신장을 달라고 윽박지르더니 다행히 기증자를 찾았나 보다. 정금은 제 옆에 앉은 남자에게 남달리 애교스럽게 굴었다. 아마 결혼하겠다는 그 사람인 듯했다. 왠지 배알이 뒤틀렸으나 감정은 정금에게 상했으니 오영은 그들을 향한 관심을 거두기로 했다.

그때 옆에 앉은 남자와 하하 호호 웃으며 붙어있던 정금이 자리에서 일어나는 것이 보였다. 물이 떨어졌는지 컵을 들고 오던 정금과 오영은 또 눈이 마주쳤다. 오영은 자신을 발견하고 화들짝 놀라는 정금을 모른 체하며 자리를 벗어났다. 정금은 그제야 오영이 하고 있던 앞치마가 이곳 사람들과 같은 것임을 알아차렸다.

오영을 따라 부스 밖으로 나갔지만, 흔적조차 보이지 않았다. 주변을 둘러보다가 음료를 파는 옆 부스에서 꽤 친분이 쌓인 원무과 직원을 발견했다.

"안녕하세요. 커피 드시러 오셨나 보다. 제가 한잔 쏠게요."

"엇, 그러시면 안 되는데……."

"에이. 겨우 천 원짜리 커피 한 잔인데요, 뭘."

정금은 지폐를 들고 머뭇거리는 원무과 직원에게 반강제적으로 커피를 들려 주었다.

"그런데 저기 전 파는 부스요. 의사 사모님들 봉사회 아니었어요?"

"맞아요."

"전부 다요?"

"네. 각 과 선생님 사모님들이세요."

순간 다시 부스로 돌아오던 오영이 간호사와 얘기를 나누는 모습이 보였다. 정금은 마침 궁금했던 질문을 던졌다.

"그런데 저기 저분은 꽤 젊네요. 저 사람은……."

설마 오영이 의사와 결혼할 리가, 그것도 태산대 병원 의사라니 말도 안 된다. 고아에다 배움도 짧은 오영은 자신의 딸이라고 해도 볼 때마다 후줄근해서 꺼려지는 아이였다. 착한 것 같으면서도 호락호락하지 않아서 종내에는 그나마 있던 정도 다 떨어진 혹 같은 존재. 태어날 때부터 거추장스러웠던, 그래서 이름도 지어주지 않았는데. 그런 미운 오리 새끼가 어떻게 엄청난 복을 거머쥐게 되었는지 믿을 수 없었다.

"남편이 젊으시니까요. 그리고 다들 여유로워서 그런지 또래보다 훨씬 젊어 보이기도 하고요."

돌아오는 답은 예상을 크게 빗나갔다. 말도 안 돼. 말도 안 돼……. 정금이 넋 놓은 눈으로 오영을 바라보자 원무과 직원이 말을 덧붙였다.

"그리고 저분은 좀 특별한 경우예요."

"예? 뭐가 어떻게 특별한데요?"

"얼마 전에 그만두신 선생님의 와이프세요. 병원에서 붙잡고 늘어지는데 와이프하고 조용하게 살고 싶다고 고집불통이래요. 그분 스카우트하려고 원장님에 이사장님까지 난리라니까요."

"그……렇게 대단한 의사라고요? 젊다면서요."

"그러니까요. 새파랗게 젊은데 실력이 대단하거든요. 여기 계실 때도 스타였어요. 게다가 얼마나 잘생겼다고요."

처음에는 말을 아끼며 설명하던 직원은 어느새 남의 말 하는 재미에 푹 빠져 보였다. 젊은 의사의 잘난 배경과 실력을 들으면 들을수록 꿈을 꾸는가 싶었다. 끝날 기미가 없는 직원의 말을 성의 없는 웃음으로 마무리 짓고 걸음을 서둘렀다.

정금이 가까워지는 것을 느낀 오영이 반사적으로 고개를 돌렸다. 그리고 조금 전 선언한 대로 무심하게 외면했으나 정금이 그녀를 놓치지 않았다.

"오영아."

오영의 앞에 서 있던 이나가 의아한 눈으로 정금을 쳐다봤다.

"언니, 아는 분이야?"

"조금."

냉소적인 오영의 목소리에 이나는 자신도 모르게 정금에게 날을 세우게 되었다.

"오영아, 우리 어디 가서 얘기 좀 할래?"

갑자기 살가워진 정금의 말투에 오영은 실소를 짓고 말았다. 제 팔을 붙든 여자의 얼굴에 떠오른 얄팍한 미소의 의미를 알 것 같았다. 아마도 자신이 의사의 배우자들로 구성된 봉사회의 일원이라는 소리를 들은 게 틀림없었다. 더는 빼먹을 만한 것이 없다고 판단했던 딸에게 다시 기대가 생긴 모양이었다.

"아는 척하지 말자고 말씀하신 지 얼마나 됐다고 이러세요?"

"많이 서운했나 보네. 아까는 네가 너무 고생하는 것처럼 보여서 속상한 마음에 한 소리야. 엄마가 설마 그런 마음이겠니?"

"네."

"응?"

단호한 오영의 대답에 당황한 정금의 안색이 붉어졌다.

"당신은 얼마든지 그런 마음으로 그런 말을 할 사람이니까요."

"아니 너 어떻게 엄마한테……."

"항상 제가 독한 애라는 듯이 말하는데 들을 때마다 어이가 없네요. 낳자마자 편지 한 장 없이 고아원 앞에 버린 사람이 누구 탓을 하는지. 다른 애들은 최소한 이름이나 생일이 적힌 메모라도 있었어요. 당신은 그 정성조차 없었어."

옆에서 듣고 있던 이나의 눈이 매섭게 일그러졌다. 이 여자가 말로만 듣던 그 나쁜……. 혹시 오영에게 해코지라도 하면 어쩌나 눈을 부릅뜬 이나는 주먹까지 불끈 쥔 채였다.

"내가 다 잘못했다. 들어가서 우리 가족들한테 인사라도 할래?"

앞으로 오영에게 뜯어낼 건더기가 많을 거라 판단한 정금은 비굴하기 짝이 없었다. 하루 이틀 지날수록 마음이 식어가는 남자는 해 주겠다던 혼인 신고도 미루기만 했다. 하나 있는 딸의 신장을 줄 수도 있다고 꼬셨지만, 그마저도 수포가 된 후에는 더욱 노골적으로 정금을 무시했다. 그런데 번듯하고 대단한 의사 사위가 있다고 하면 달라지지 않을까. 내 체면이 서지 않을까, 그런 계산으로 머릿속이 바빴다.

"인사요?"

비릿한 코웃음을 친 오영이 말을 이었다.

"가서 뭐라고 인사드릴까요? 이 여자 덕에 저는 평생 고아로 살았습니다. 지난번에 신장 떼 달라고 했는데 거절했다가 없는 호적을 또 파였습니다. 그렇게 소개하면 될까요?"

말뿐이 아니었다. 두 팔을 걷어붙인 오영은 당장 부스 안으로 들어갈 기세였다.

"아니, 애! 잠깐만. 너 왜 이렇게 사나워? 정말……."

속이 깊지 못한 만큼 생각도 짧은 정금은 감정을 쉽게 드러냈다. 옳은 말로 또박또박 따지는 오영이 싫은 마음이 표정과 목소리에 그대로 드러났다.

당신은 겨우 이 정도에 짜증이 나고 자존심이 상하는구나. 오영은 긴 세월 자신이 겪었던 설움에 관심도 없는 정금에게 엄마라는 이름은 어울리지 않는다고 생각했다. 그러므로 그녀의 자식이란 자리에 미련도 없었다.

"아까 먼저 말한 대로 우리 서로 없다고 생각하고 살아요."

차갑게 쏘아붙인 오영은 거친 손길로 앞치마를 벗으며 자리를 떠났다. 눈물은 나지 않았다. 그저 뒤에서 자신을 노려보고 있을 정금 생각에 뒤통수가 화끈거릴 뿐이었다.

* * *

주차장까지 따라온 이나는 안절부절못하는 얼굴로 오영 곁을 떠나지 못했다. 짐을 다 싣고 난 오영은 부러 활짝 웃으며 이나를 안심시켰다.

"어서 들어가. 바쁘잖아."

"언니, 괜찮아?"

"그럼. 나한테 이런 건 사건도 아니야."

이나는 씩씩하게 웃는 오영이 더욱 안타까웠다.

"자세한 사정은 모르지만, 언니 너무 참지 마. 집에 가서 로건 쌤한테 다 일러요. 그리고 맛있는 거 사 달라고 해."

"이르긴. 그랬다가 정말 큰 사건 터질라."

"하긴. 로건 쌤 한주먹 거리도 안 되는 아줌마……. 아, 미안. 그래도 언니의 엄만데."

"엄마 아니야. 그 사람이 먼저 아니길 바랐어."

말없이 오영을 바라보던 이나는 살며시 오영을 끌어안았다. 엄마가 없는 마음이 어떤지, 겨우 찾은 엄마에게 이런 대접을 받는 게 어떤 기분인지 솔직히 알 길이 없었다. 속상하겠다, 슬프겠다, 그렇게 어렴풋이 짐작할 뿐이었다. 그래도 오영을 위로하고 싶은 마음은 진심이었다. 그 진심을 어떻게 표현해야 할지 몰라 그냥 가만히 안고 있었다.

"나 정말 괜찮으니까 이제 그만 들어가. 도착하면 전화할게."

오히려 오영이 이나의 등을 토닥토닥 두드려 주었다.

"응. 운전 조심하고. 오프일 때 내가 한번 내려갈게."

"윤수 씨하고 같이 와."

"으악! 왜 자꾸 그 남자를 나한테 갖다 붙여!"

이나는 발을 쾅 울리며 치를 떨었다. 만나기만 하면 서로 으르렁 대기 바쁜 허윤수를, 자신의 이상형과 정확히 180도 반대인 말라깽이 허깨비 같은 허윤수를 사람들은 왜 자꾸 자신과 연결 짓는지 모르겠다.

"아니, 로건이 허 쌤을 보고 싶어 하니까. 이왕이면 오는 길에 데려오라는 거지. 도둑이 제 발 저린다더니 너 진짜 수상하다."

오영은 시치미를 떼며 이나를 살살 약 올렸다. 티격태격하지만 성격만큼은 두 사람이 찰떡이라고 보는 사람마다 입을 모아 인정했다. 정작 당사자들은 몇 년째 서로 부정하면서 만나기만 하면 개싸움 하듯이 물어뜯었다. 그러다 정이 들 거라는 대양의 말이 점점 현실화되어 가는 것도 모르고 말이다.

* * *

종일 맑던 날씨가 저녁 무렵이 되자 수상해졌다. 오영은 라디오에서 흘러나오는 날씨 정보에 귀를 기울였다. 소낙비라도 한바탕 쏟아질 것 같은 하늘이었으나 비 소식은 없었다. 대신 경기 남부에 안개 주의보가 내렸으니 운행에 유의하라는 기상 캐스터의 목소리가 흘러나왔다.

비 소식보다 더 반갑지 않은 안개 주의보였다. 로건의 걱정을 사고 싶지 않아 서둘러 출발했는데 벌써 사방이 어두웠다. 시야를 가린 안개가 점점 짙어져 코앞도 분간하기 힘든 지경이었다. 온 신경과 감각을 집중해 운전해야 할 텐데 어수선한 마음이 정돈되지 않았다.

말끔히 정리하겠다는 결심과 달리 계속 정금과 있었던 일이 생각났다. 시간이 지날수록 정금이 남긴 말과 표정이 가슴을 할퀴었다. 생채기가 따끔따끔 신경을 긁었다.

Rrrr.

로건의 이름이 화면 위에 떠올랐다. 짙어지는 안개에 걱정하고 있을 남자의 조바심이 벨 소리에서 느껴졌다. 오영은 이어폰 버튼을 누르고 얼른 밝은 목소리를 들려주었다.

"로건!"

— 어디쯤이야? 출발은 한 건가?

시야를 가린 안개만큼 묵직한 로건의 목소리에 안도감이 뻐근하게 밀려왔다. 상대방은 걱정으로 애가 탈 텐데 위안을 얻다니, 나도 참 얄망궂다. 오영은 또랑또랑한 목소리로 대답하며 로건을 안심시켰다.

"그럼. 라이트 짱짱하게 켜고 조심조심 잘 가고 있으니까 걱정 붙들어 매셔요."

— 그냥 서울에 있으라고 할걸. 내가 데리러 갔어야 했어.

"번거롭게 뭐 하는 짓이야. 그러다가 집에 오밤중에 도착하라고? 거의 다 왔어."

— 얼마나 남았어?

"내비 상으로는 10분 정도면. 어엇!"

오영은 덜컹하는 소리와 함께 기울어지는 차체가 주는 충격 속에서 말을 잇지 못했다. 시야가 빙글빙글 돌아갔다.

– 오영아? 오, 오영아!

오영의 짧은 비명과 쇠가 부딪치는 소음을 끝으로 차내에는 정적이 내려앉았다. 거치대에 붙들린 핸드폰에서 로건의 애타는 질규만 흘러나왔다.

* * *

로건과 미랑이 병원으로 뛰어 들어왔다. 마침 사색이 된 로건을 발견한 수간호사 혜인이 그를 불러 세웠다.

"선생님! 연락 들으셨죠?"

"오영이. 내 아내는 어디 있습니까?"

"진정하세요. 이 선생님."

"오영아. 오영아……."

로건은 엄마를 놓치고 길을 잃은 아이처럼 공황에 빠진 눈으로 사방을 두리번거렸다. 분명 병원 구조를 훤히 꿰뚫고 있는데 어디가 어딘지, 뭘 어떻게 해야 하는지 갈피를 잡지 못하겠다.

"선생님!"

짝! 짝!

혜인은 황망함에 물든 로건의 동공 앞에 대고 손뼉을 쳤다. 그제야 떠돌던 로건의 눈동자에 초점이 잡히기 시작했다. 혜인은 무딘 감정의 소유자로 유명한 로건의 흐트러진 모습이 생소했다. 물론 의료진이라고 해도 가족이 응급실에 실려 오면 당황하

기 마련이었다. 하지만 이 사람은 이로건이지 않은가. 병원 식구
들이 그를 두고 기계 인간이 아니냐고 수군거릴 정도였다. 그런
남자를 이렇게 흔들어 놓다니, 새삼 병상에 누운 아담한 여자가
위대해 보였다.

"진정 좀 하세요. 사모님은 무사하세요."

"아……. 네."

로건은 커다란 손으로 얼굴을 쓸어내리며 고개를 끄덕였다. 안
그래도 오는 길에 오영을 구조한 소방대원과 통화를 했다. 안개
에 갇혀 좁은 시골길을 달리던 오영의 차는 비탈길에 처박힌 상
태로 발견되었다. 몇 바퀴 구르긴 했지만 안전벨트를 맨 덕에 생
명에 지장은 없다고 했다. 그래도 오영의 몸에 조금이라도 상처가
났다는 생각에 견딜 수 없었다. 무엇보다 의식이 없다는데 어떻게
진정할 수 있단 말인가.

"지금 어디 있습니까? 의식은요?"

"그게, 아무 이상이 없는데 의식이 아직이에요."

"CT는요?"

"굳이 필요하지 않을 것 같기도 하고 임신 가능성 때문에 미뤄
뒀어요."

"상관없어요. 모든 조치를 취하세요. 오영이만 무사하면 됩니
다."

조금 전까지 누구보다 감정적이었던 남자라고 믿을 수 없는 냉
정한 말이었다.

"여자는 그렇지 않아요. 아시잖아요. 여기 오는 임산부들이 엑
스레이 한 장도 조심스러워하는 거."

"……."

"따라오세요. 아직 의식이 없어서 응급실 베드에 계세요."

미랑과 앞장서 걷던 혜인은 뒤를 돌아보았다. 따라오는 기척이 없다 했더니 로건은 멀거니 그 자리에 서 있었다.

"왜 그러고 계세요?"

로건은 비척비척 걸어 혜인에게 다가갔다. 하얗게 마른 입술을 머뭇거리던 로건이 간신히 말을 꺼냈다.

"선생님, 무섭습니다."

"네?"

혜인은 잘못 들은 게 아닌가 의심하며 되물었다.

"우리 오영이가 혹시……. 혹시 잘못될까 봐. 무섭습니다."

로건은 떨지 않기 위해 두 주먹의 뼈가 드러나도록 움켜쥐고 있었다. 막상 오영을 확인할 순간이 닥치자 엄청난 두려움이 엄습했다. 병원에서 봤던 수많은 죽음의 순간들이 떠올랐다. 분명 몇 분 전까지 멀쩡했던 환자가 어이없게 세상을 등지는 일은 생각보다 잦은 일이었다. 차가 구르는 순간 오영이 남긴 짧은 비명이 마지막 대화가 되는 건 아닐까. 공포 속에서 귓가에 맴도는 건 오영의 비명이었다.

"그럼, 형부는 여기 계세요. 제가 가서 보고 올게요."

눈이 빨갛게 부은 미랑이 힘줄이 불끈 솟은 로건의 팔을 한번 꼭 붙들었다 놓았다. 세상에서 제일 강하고 무서울 것 같았던 로건의 약한 모습에 미랑도 당황했다. 하지만 오영을 위해서라면 죽는시늉이 아니라 아예 죽을 수도 있는 형부임을 알기에 그의 불안과 공포를 이해할 수 있었다.

"그래요, 이 선생님. 제가 학생한테 확인시킬게요. 진짜 걱정할 것 하나도 없다니까요. 완전 멀쩡하세요."

혜인은 아이를 달래듯이 로건을 안심시킨 후 미랑과 함께 응급실로 향했다. 로건은 대기실 의자에 앉지도 못하고 멍하니 서 있었다. 나쁜 생각을 하지 않기 위해 안간힘을 쓰고 있는데 주머니 속에 든 핸드폰이 부들부들 떨렸다. 핸드폰이 울리는 진동이 뭘 의미하는지도 몰라 가만히 있었다. 진동이 끝나고 나서야 전화가 왔고 받았어야 했음을 깨달았다. 다시 대양에게 전화가 걸려왔다.

"여보세요."

— 지금 그리로 가고 있어. 뭐가 어떻게 된 거야?

"몰라."

— 뭐?

"몰라. 모르겠어. 오영이가 의식이 없다는데 뭐가 뭔지 모르겠어."

— 야, 인마! 정신 차려! 의사라는 놈이 얼빠진 소리 하고 있어!

"……."

— 병신이 됐네. 어휴.

"맞아. 오영이가 저러고 있는데 나는 아무것도 못 하겠어. 병신이 맞아."

수화기 너머 혀 차는 소리와 한숨이 들렸다.

— 도착하면 다시 연락할 테니까 전화나 잘 받아. 커피를 마시든 냉수를 마시든지 해서 정신 좀 챙기고.

"그래."

대양과 통화를 마친 로건은 그의 말대로 정신 차릴 마음을 먹었다. 아무 일도 없다고 했다. 멀쩡하다고 했어⋯⋯. 고개를 털며 마음을 다잡는데 미랑이 복도를 뛰어오는 것이 보였다. 로건은 다른 무엇보다 미랑의 표정부터 확인했다. 미랑이 웃는다. 환하게 웃는 얼굴로 손을 흔들며 뛰어오고 있었다. 바보처럼 왈칵 눈시울이 뜨거워졌다.

"형부! 언니 깨어났어요!"

"⋯⋯!"

"언니가 형부 찾아요. 얼른 오세요."

* * *

로건을 본 오영은 배시시 웃으며 기력 없는 손을 흔들었다. 그러나 로건은 침대 옆에 선 혜인과 미랑을 험상궂은 눈으로 노려보았다. 멀쩡하다던 오영은 몰골이 말이 아니었다. 얼굴을 비롯해 드러난 살갗은 멍이 가득했고 흉부에 압박 붕대까지 하고 있었다. 도대체 어딜 봐서 멀쩡하다는 건지. 그의 매서운 눈빛이 뭘 말하는지 알아챈 혜인이 심드렁하게 대답했다.

"교통사고로 실려 왔잖아요. 이 정도면 양호하죠."

"그래요. 형부. 그리고 형부가 너무 덜덜 떠니까 간호사 선생님이 진정시키느라⋯⋯."

혜인을 거드는 미랑의 말을 듣던 오영이 끼어들었다.

"로건, 떨었어?"

"⋯⋯어."

순순히 인정하는 로건은 몇 날 며칠 날밤이라도 새운 사람처럼 지치고 약해 보였다.

"왜?"

"네가……."

"설마 내가 죽을까 봐?"

"응."

"내가 로건을 두고 어떻게 죽어?"

낄낄 웃으려던 오영은 갈비뼈에서 느껴지는 뜨끔한 통증에 인상을 찡그렸다.

"네가 잘못될까 봐. 너 잘못되면 나도 죽으려고 했어."

"미쳤어? 내 몫까지 잘살아야지, 왜 따라 죽어."

"너 없이 내가 뭐 하러 살아."

뜻하지 않게 두 사람의 대화를 듣게 된 혜인은 슬그머니 뒤로 돌았다. 옆에 선 미랑에게 작은 소리로 넌지시 물었다.

"이 선생님 부부는 원래 저런 대화를 아무렇지도 않게 하시나 봐요?"

"장난 아니에요. 이건 기본인걸요."

"네?"

"그리고 우리 형부는 언니 없으면 정말 죽을 사람 맞아요. 온 세상이 지오영인 사람이거든요."

"엄마나 세상에. 부럽긴 한데 부부간의 애틋한 장면을 라이브로 보니까 오글거리네요. 학생은 괜찮아요?"

"저야 뭐……. 그러려니 하고 사는 거죠."

"고생이 많아요."

키득대던 혜인은 금세 웃음을 거두었다.

로건은 오영의 머리카락부터 발톱까지 세세히 검사하며 탄식을 쏟아내고 있었다. 원래도 환자 진료에는 무서울 정도로 진심인 사람이었지만, 지금은 숭고해 보이기까지 했다. 세상 심각한 로건을 위로하는 오영은 어떻고. 괜찮아. 나는 괜찮아. 중얼거리며 신경이 곤두선 남자를 달래는 오영은 덩치 큰 이로건보다 더 커 보였다.

운명의 상대란 이런 사람들을 두고 하는 말이구나. 그들을 바라보는 혜인의 입가에 따뜻한 미소가 떠올랐다.

* * *

"임신이래."

가만히 앉아 있던 로건이 불쑥 꺼낸 말에 대양이 갸우뚱 고개를 기울였다.

"누가?"

"……."

너무 무심하게 말해서 남의 말인 줄 알았던 대양은 뒤늦게 깨달았다.

"오!"

짧은 감탄사를 터트린 대양이 불쑥 손을 내밀었다.

"이야, 드디어! 악수하자, 이로건! 너 이제 진짜 사나이가 되는구나."

솥뚜껑만큼 두꺼운 대양의 손을 멀뚱멀뚱하게 쳐다보던 로건이

손을 내밀어 그와 악수했다. 대양에게 털어놓고 나니 현실 감각
이 돌아오기 시작했다. 오영의 사고 소식에 지옥 불 앞까지 다녀
온 로건에게 갑자기 임신 소식이 전해졌다. 수간호사인 혜인에게
한참 동안 핀잔을 듣고 풀려났더니 아직도 정신이 얼얼했다. 좋은
건지 아닌 건지도 모르겠고, 그냥 기분이 이상했다.

"얼마나 됐대?"

"2주 정도."

"오영 씨는 괜찮고?"

"응. rib fracture(갈비뼈 골절) 때문에 좀 힘들어하는 것 빼고
는 다 좋아."

"2주면 아직은 콕 찍은 점이겠네. 초음파에 잡히지도 않겠어. 이
로건 닮아서 튼튼한 녀석인가 보다."

"나를 닮으면 안 되지. 오영이 닮아야 해."

솔직히 아이를 가질 생각은 없었다. 그래도 오영이 물었을 때, 씩
씩하고 밝고 사랑스러운 엄마를 닮기 원한다고 대답했다. 엉망진
창에 어둡고 칙칙한 자신을 닮은 아이는 생각해 본 적도 없었다.

"누구를 닮든지 굉장히 괜찮은 아이가 나올 것이다. 축하해!"

호탕한 대양의 축하에도 로건은 별 반응이 없었다. 그의 표정을
가만히 들여다보던 대양은 작게 고개를 끄덕였다. 로건이라면 불
안해할지도 모른다고 생각했다. 좋은 아버지가 될 수 있을까, 부
터 시작해서 온갖 걱정으로 혼란스러울 게 뻔했다. 오영을 향한
마음을 인정할 때도 얼마나 치열한 고민을 했는지 아는 대양으로
서는 그저 안쓰러웠다.

"로건, 이제 서울로 돌아와."

"이제 그 얘기는 안 하기로 했잖아."

"곧 아기도 나올 거고, 우리 와이프가 옆에서 오영 씨 돌봐주면 좋잖아."

"……."

내내 여지없이 단칼로 잘라버리던 로건이 대답하지 않았다. 결심이 흔들린다는 증거였다. 역시 오영을 들이대면 안 되는 일이 없는 녀석다웠다.

"오영 씨도 계속 요리 일 하려면 서울이 편하지. 그놈의 스토커 자식도 이제 없는데 뭘 망설여."

"다시 돌아올 수도 있지."

"막말로 그놈이 앙심 품고 찾아오려면 여긴들 못 올까. 전형적인 지질한 놈이야. 네가 오영 씨 옆에서 버티는 한 절대 못 와."

오영을 괴롭히던 한동훈의 죗값은 겨우 몇 달이었다. 그나마 예전과 달리 발달한 인터넷과 SNS 덕분에 한동훈의 죄상이 떠들썩하게 알려졌다. 지역 사회 유지인 동훈의 아버지는 집안과 자신의 얼굴에 먹칠한 아들을 다시 해외로 보내버렸다.

"서울로 돌아가면 나는 다시 바빠질 거 아니야. 아기 키우기 힘들다던데 오영이 혼자 어떻게 하라고. 내가 키워야지."

"왜? 아예 낳는 것도 네가 대신하지."

"그랬으면 좋겠어."

어휴……. 생긴 값도 못 하는 놈. 저 겉은 바삭하고 속은 촉촉한 아내 바라기를 어쩌면 좋을까. 절레절레 고개를 젓던 대양은 자리에서 일어나며 버럭 소리를 질렀다.

"하여튼 서울로 올라올 준비해! 잘 생각해 봐. 뭐가 오영 씨한테 좋을지. 너무 옆에 붙어있으면 너한테 금방 질린다니까."

로건의 얼굴이 당장 험악하게 일그러졌다. 대양은 웃는 얼굴로 사람 마음을 난도질하는 재주가 있었다. 오영의 마음이 변한다니, 한두 번 듣는 협박도 아닌데 들을 때마다 섬뜩했다.

* * *

현관문이 열리는 소리에 로건은 급히 TV를 꺼버렸다. 로건도 방금 듣게 된 뉴스를 오영이 알까 봐 두려웠다. 물론 곧 알게 되겠지만, 무방비한 상태에서 소식을 듣게 할 수 없었다. 오늘 밤 오영을 안고 마음을 다독여 준 뒤 차분하게 설명하면 충격이 덜할 것이라고 판단했다. 현관까지 마중 나간 로건은 배가 둥글게 솟은 오영의 팔을 붙들어 주었다.

"요가는 잘했어?"

"배고파."

엉뚱한 대답에 로건은 싱긋 웃었다. 요즘 오영은 배고프다는 말밖에 모르는 사람 같았다. 워낙에 먹는 걸 좋아했지만, 지금은 해도 너무할 정도였다. 보다 못한 미랑이 집 안을 뒤져서 찾아낸 과자를 전부 밖으로 빼돌리는 중이었다.

"뭐 먹을래?"

"집에 오는 내내 매콤한 비빔국수가 먹고 싶다고 생각했어."

"알았어. 잠깐 앉아 있어."

"고마워!"

오영은 소파 위에 길게 몸을 누이며 주방으로 향하는 로건의 뒷

모습을 감상했다. 길쭉길쭉한 팔다리와 떡 벌어진 체격이 보는 이의 눈과 마음을 흐뭇하게 했다.

"로건, 잘생겼어."

요리책을 꺼내서 비빔국수 레시피를 살펴보던 로건이 쑥스럽게 웃었다. 예나 지금이나 뜬금없이 저런 소리를 잘한다. 다른 사람이 할 때는 아무렇지 않은 말이 오영이 하면 그렇게 기분 좋을 수가 없었다.

"애들은 다 어디 갔어? 집이 조용하니까 어색하다."

"대양이 데려간다고 했잖아."

"아, 맞다. 캠핑 간다고 하셨지. 우리 천사들 오랜만에 신나겠다."

아홉 명이나 되던 아이들이 이제는 다섯 명으로 줄었다. 경제적 사정 때문에 아이를 잠시 보육원에 맡기는 경우가 있다. 언젠가는 아이를 찾아가겠다고 했던 부모들이 약속을 지켰다. 굉장히 드문 일인데, 로건과 결혼한 후 무슨 복이 들었는지 좋은 일이 연달아 일어났다. 게다가 미랑이는 로건에게 영어와 수학 과외를 받으면서 성적이 믿을 수 없이 향상되었다. 이제는 형부처럼 멋있는 의사가 되겠다며 의대를 목표로 공부하고 있었다.

처음에는 의도치 않게 대가족을 품게 된 로건을 걱정했었다. 그러나 로건과 아이들은 각자의 영역을 인정하며 생각보다 조화롭게 잘 어울렸다. 내가 사랑하는 사람들이 가득한 집이라니. 오영은 행복하다고 생각할수록 더욱 행복해지는 삶이 신기했다.

"로건, 아직 멀었어?"

"조금만 더 기다려."

"알았어."

누워있으니 눈이 가물가물 감기려고 했다. 열심히 요리하는 남편을 두고 잠을 자려니 조금 미안했다. 잠을 쫓기 위해 TV나 볼 생각으로 리모컨을 들었다.

"오영아!"

다급하게 오영의 이름을 외친 로건이 뛰다시피 다가와 오영의 손에서 리모컨을 빼앗았다.

"왜 그래?"

"내가 재미있는 거 찾아 주려고."

마지막에 보던 것이 뉴스 전문 채널이었다. 줄곧 연쇄 살인범의 자살 소식을 전하지는 않겠지만 만약을 위해 뉴스를 차단할 필요가 있었다.

TV 전원을 켜자마자 로건은 부랴부랴 채널을 이동했다. 오영은 부쩍 심각해진 로건의 미간을 유심히 쳐다봤다. 여러 연예인이 나와 웃고 떠드는 화면을 찾아낸 로건은 리모컨과 오영의 핸드폰을 챙겨서 일어났다.

"핸드폰은 왜 가져가?"

"이런 거 많이 보면, 스타한테 안 좋아."

"아빠, 스타는 게임이 하고 싶어요."

로건은 아이 목소리를 흉내 내는 오영을 엄격한 눈으로 보며 고개를 저었다.

"태아일 때부터 모바일 중독자로 키울 셈이야?"

TV 속에서는 혼자 만든 요리를 먹는 남자 배우의 모습이 나오고 있었다. 별 재미도 없는 프로를 의욕 없이 보던 오영이 소파에서 몸을 일으켰다. 찬물에 소면을 헹구는 로건의 뒤로 다가가 그의 허리를 가만히 끌어안았다.

"정 배고프면 우유라도 한 잔 마시면서 기다려."

"로건 나 슬프다."

"왜?"

"스타가 너무 튀어나와 있어서 로건을 가까이 안을 수가 없어."

마른행주에 손을 닦은 로건이 뒤를 돌았다. 일부러 시무룩한 얼굴을 한 오영의 어깨를 안고 가만히 힘을 주었다. 로건은 마른 몸에 배만 크게 부푼 오영이 불안했다. 무척 건강한 오영이지만 걱정은 나날이 깊어졌다. 이렇게 행복해도 될까, 남들처럼 사는 지금이 정말 내 몫의 삶일까 의심했다. 어떨 때는 자다 깨서 쿵쾅거리는 심장을 달래기도 했다. 오영이 아이를 낳다가 물거품처럼 사라질까 봐, 믿지도 않는 신이 심술을 부려 오영을 데려갈까 봐 무서웠다. 오영에게 말도 못 하는 혼자만의 고민이었다.

"로건, 나는 이제 괜찮아."

"뭐가?"

"나도 뉴스 봤어."

"……."

"난 하나도 무섭지 않아. 나는 이제 두려울 게 없어."

"정말?"

"응. 로건이 내 옆에 있는데 뭐가 무섭겠어? 나한테 당신은 천하제일 장사거든. 전지전능 내 남편이란 말이야."

"정말, 그렇게 생각해?"

가녀린 목덜미를 파고드는 로건의 목소리에서 떨림이 느껴졌다. 오영은 자신을 끌어안은 커다란 덩치를 차분한 손길로 쓰다듬어 주었다.

"응. 한 번도 의심한 적 없어. 게다가 우리 스타도 아빠 닮아서 굉장한 것 같아. 발차기하는 것만 봐도 알잖아? 엄마를 지켜줄 거야."

"하긴 무슨 여자애가 힘이 그렇게 센지."

로건도 스타의 힘을 인정했다. 밤에 아이가 태동할 때면 오영의 몸이 흔들릴 정도였다. 아무래도 오영의 미모와 자신의 힘을 닮은 아이가 나올 것 같다는 소리에 대양과 윤수가 고개를 갸우뚱했다. 이나는 대놓고 그 반대여야 세상 살기 편한 거 아니냐고 했다가 로건의 매서운 눈초리를 겪어야 했다. 왜 다들 오영의 미모를 인정하지 못하는지 모르겠다는 로건의 중얼거림에 미랑은 쓴 입맛을 다셨다.

"내 걱정은 그만해도 돼. 우리 이제 서울로 돌아가자. 나도 나정 언니하고 이나하고 가까이 살고 싶어. 내 유일한 친구들이잖아."

"태산대로 돌아가면 당분간은 엄청 바빠질 거야."

"알아."

"너 혼자 스타 키우기 힘들어."

"우리 집에 나 도와줄 사람이 얼마나 많은데 무슨 소리야."

아이들은 오영의 아기가 나오기를 학수고대하고 있었다. 서로 자기가 기저귀를 갈겠다, 분유를 먹이겠다, 업어 주겠다 난리가 났다. 이러다 정작 엄마 아빠인 오영과 로건은 아이를 안아볼 틈도 없겠다는 소리가 나올 정도였다.

"로건은 훌륭한 의사잖아. 당신이 살려야 할 목숨이 얼마나 많은데."

"알았어. 그만 꼬셔."

"왜 대답은 안 해?"

"하……. 도토리. 내가 널 어떻게 이기겠어."

한 번 더 오영을 힘주어 안은 로건은 그녀의 입술을 진득하게 물었다 놓았다. 환하게 웃는 작은 얼굴 이곳저곳에 입맞춤한 후에야 품에서 놓아 주었다.

"국수 불었겠다."

"그거 좋다. 많이 먹을 수 있잖아. 난 스타가 있으니까 2인분 먹을 거야."

"넌 스타 안 가졌을 때도 항상 2인분씩 먹었어."

국수에 양념장과 채소를 넣고 비비며 로건은 인상을 찡그렸다. 그사이 국수가 불어서 결과물이 마음에 들지 않았다.

"로건 사랑해."

"그만 꼬셔도 된다니까. 대양이 캠핑에서 돌아오면 말할 거야."

"그래서 하는 말 아니야. 로건이 너무 좋아서 하고 싶었어."

"내가 훨씬 사랑해. 너는 상상도 못 할 거야."

"그런 말은 꿀 떨어지는 눈으로 해야지. 그렇게 심심하게 하면 맛이 안 살잖아."

"……."

오영은 시큰둥해 보이는 로건을 개의치 않았다. 생각과 표정이 일치하지 않는 남자인 건 익히 아는 바니, 내 할 말이나 할 생각이었다.

"난 가끔 자다가 깨서 생각해. 와, 이 남자가 내 남편이라니! 내가 전생에 우주를 구했나 보다. 너무 행복하다.”

“무섭지는 않고?”

“무섭냐고? 왜? 다른 여자가 로건을 뺏어갈까 봐?”

“……”

“그런 걱정을 뭐 하러 해? 난 절대 안 뺏길 건데. 둘 다 내 손에 죽으면 죽었지 뺏기지는 않아.”

오영의 살기 어린 대답에 로건은 푸스스 웃었다.

“이런 행복이 내 것이라는 게 너무 좋아. 로건 같은 멋진 남자를 성공적으로 꼬셨다는 성취감이 대단하거든. 앞으로 나는 뭐든 할 수 있을 것 같아. 나는 신하고 맞짱 떠서 이길 수도 있어.”

“대단하군.”

로건은 큼지막한 그릇에 담긴 비빔국수를 오영의 앞에 내려놓았다. 설핏 붉어진 얼굴을 들키기 전에 얼른 등을 지고 냉장고 문을 열었다. 오영의 종알거리는 수다가 더는 귀에 들어오지 않았다. 지금의 행복을 제 손으로 일궜다는 자신감과 신과 맞짱 떠서 이기겠다는 포부에 가슴이 뭉클했다. 저 작은 여자는 정말이지 너무 위대하다. 겁 없는 아내가 새삼 사랑스러웠다. 로건은 매운 맛을 중화시켜 줄 우유를 따라서 오영의 그릇 옆에 놓아주었다.

“로건도 얼른 먹어.”

“그래.”

로건은 흐뭇한 눈으로 오영을 바라보았다. 맛있게 먹는 오영을 보는 것만으로도 가슴이 벅차서 먹을 수가 없었다.

* * *

"형부, 좀 앉아서 기다려요."

분만실로 들어간 오영을 기다리는 로건은 침착해 보였다. 그러나 장승처럼 버티고 선 남자의 긴장을 미랑도 온몸으로 느끼고 있었다. 겨우 몇 년 같이 지냈지만, 눈치 빠른 미랑은 로건의 그다지 크지 않은 감정 변화를 잘 감지했다.

오영의 출산 예정일이 가까워져 올수록 로건은 예민해졌다. 안 그래도 과묵한 남자는 아예 입을 닫아버린 듯 보였다. 그는 오영의 일거수일투족에 촉각을 곤두세우고 지냈다. 새벽에도 첫 진통을 느낀 오영이 조용히 내쉰 한숨 소리를 알아채고 벌떡 일어난 남자였다. 오영이 진통을 느낄 때마다 백지장보다 더 하얗게 바래는 표정을 보고 미랑은 그만 웃음을 터트렸다. 웃으면 안 된다는 걸 아는데도 참을 수 없었다. 다행히 오영이 같이 웃어줘서 로건에게 혼나지 않았다.

'미랑아, 로건 좀 살펴 줘.'

애 낳으러 들어가는 오영은 미랑에게 형부를 잘 챙겨달라고 부탁했다. 겉보기에는 로건이 오영을 지키는 것 같지만 진정한 지구방위대는 지오영이었다. 오영 없는 로건은 허깨비에 불과하달까. 로건을 설득하는 걸 포기한 순간 분만장 입구의 전광판에 불이 들어왔다. 지오영 산모라는 이름이 뜨고 아기 모양을 한 알람에 분홍색 불이 들어왔다.

"……!"

"벌써?"

로건의 동공은 당황으로 정지했고 미랑은 어이가 없어 실소를 터트렸다.

"들어간 지 몇 분이나 됐다고 벌써 아기가 나왔대요?"

"글쎄……."

"언니는 출산도 체질인가 봐요."

오영은 입덧도 없고 튼 살도 없더니 출산도 순풍에 돛 단 듯 해 냈다. 미랑은 분만장에서 나온 간호사가 기쁜 얼굴로 로건에게 성 공적인 출산을 알리는 모습을 지켜봤다. 여전히 무감해 보이는 표 정이었지만 미랑은 저러다 형부가 울면 어쩌나 걱정스러웠다. 그 만큼 그는 격정에 휩싸여 보였으니까.

* * *

역시 미역국도 잘 먹는다. 로건은 조금 전 출산했다는 사실이 믿어지지 않을 정도로 생생한 오영을 신기한 눈으로 쳐다봤다.

"가끔 나처럼 씩씩한 산모가 있대."

"그렇다더군."

임신 중에 까탈 한번 부리지 않고 출산도 그렇게 쉽게 해내다니. 역시 위대한 여자.

"로건이 안고 있으니까 스타가 꼭 장난감 같다."

갓 태어난 아기는 덩치 큰 로건의 품에서 새근새근 자고 있었다. 엄마 배 속에서 맛있는 것을 잔뜩 먹었는지 말랑한 볼이 통통했 고 숨결마다 포근한 향이 났다.

대양의 바람대로 외모는 아무래도 로건을 닮은 것 같았다. 신생 아인데도 이목구비가 남달랐다. 이나가 전한 소식에 의하면, 산 부인과 스테이션에서도 이로건 2세에 대한 뒷얘기가 한창이랬다. 아빠의 외모에 엄마의 성격이면 천상계급 아니냐는 소리까지 들렸다.

오영은 뿌듯한 눈으로 로건과 아이를 바라봤다. 그런데 저 남자…… 아무래도.

"로건 좀 움직여. 안 힘들어?"

"아니. 전혀."

로건은 숨조차 함부로 쉬지 못하고 아기를 안고 있었다. 여간 불편해 보이는 게 아닌데 자기는 편하단다.

"어서 더 먹어. 미역국 더 가져오라고 할까?"

"아니. 내가 뭐 돼지인가."

말이 끝나자마자 오영은 후식으로 나온 달콤한 황도를 입 속에 넣고 황홀한 신음을 흘렸다.

"뭐야? 왜 대답이 없어? 지금 내가 돼지라고 생각했지?"

"아니. 전혀. 잘 먹어 줘서 고맙지. 예뻐. 진짜 예뻐. 사랑해."

"그럼 와서 키스해 줘."

"어……. 내가 지금 몸이 자유롭지 않은데."

"어휴, 아버님 언제까지 그렇게 얼어 계시려고요. 아기는 나 닮아서 튼튼하니까 너무 겁먹지 마."

"그래도."

"이씨잉!"

오영은 끙 하고 몸을 일으키더니 로건의 얼굴을 두 손으로 감싸 쥐었다.

"빨리 키스해."

"그럼, 분부대로."

로건은 아이가 깨지 않도록 조심하며 몸을 기울였다. 기분 좋게 휘어진 오영의 눈매를 보며 로건도 웃었다.

"사랑하고 고마워. 오영아."

"알았으니까 키스나 하시라고요."

로건은 거침없이 닿은 오영의 부드러운 입술을 머금었다. 달고 따뜻한 입술이 주는 안도와 행복이 그의 가슴을 따뜻하게 물들였다.

2. 우울한 아내

"뭐! 산후조리원 예약을 안 했다고?"

안 그래도 목청이 큰 대양이 지붕이라도 뚫을 기세로 크게 외쳤다. 그러나 벌떡 일어선 대양을 올려다보는 로건의 표정은 단조롭고 평온했다.

"왜 이렇게 놀라? 오영이도 필요 없다고 했어."

이유를 설명하는 로건은 무시무시한 공포 영화를 보듯이 경악에 찬 지인들의 반응을 전혀 이해 못 하는 얼굴이었다.

"로건 쌤, 그렇게 안 봤는데……."

새치름하게 치켜 올라간 눈꼬리만큼이나 이나의 말투는 날카로웠다.

"이번에는 선생님이 너무하셨습니다."

윤수까지 떨떠름한 기색을 감추지 않았다.

"어머, 세상에. 왜 그러셨어요? 여보, 내가 이 선생님을 잘못 알았나 봐요. 아내 바보인 줄 알았는데 짠돌이셨구나."

씩씩 달아오른 대양의 옆에 앉은 나정도 서슴없이 실망한 티를 냈다.

"내가, 뭐 잘못한 건가?"

로건은 오영과 살면서 상대방의 기분을 살피는 기술이 부쩍 늘었다. 사람들의 분위기가 영 이상했다. 오영의 출산과 관련해 뭔가 잘못된 것이다. 이제야 로건은 머리털이 곤두서는 두려움을 느꼈다. 오영과 출산 그리고 갓 태어난 스타, 모든 과정이 순조로웠고 두 사람 다 건강한데 왜? 뭘까, 뭐가 잘못된 것일까.

"하아……. 로건. 산모한테 산후조리가 얼마나 중요한지 몰라?"

"내가 그걸 왜 몰라? 알아! 나도 공부 많이 했어."

"그런데 왜 그랬어?"

"내가 해줄 거니까. 오영이 출산에 맞춰서 휴가도 냈어. 미역국 먹어야 한다고 해서 직접 완도의 미역 양식장에 가서 제일 좋은 미역도 사 왔고 국 끓이는 연습도 많이 했어."

'아……!'

억울함이 가득한 로건의 말에 모두 탄성을 터트렸다. 자신의 손으로 직접 아내의 산후조리를 하겠다는 각오라니. 이로건이라면 그러고도 남을 남편이라고 모두 동의했다.

"이 선생님 마음은 충분히 알겠어요. 그래도 전문성을 갖춘 곳에서 조리해야 산모의 회복이 빨라요. 저도 산후조리원 아니었으면 애를 셋씩이나 못 낳았을 거예요."

아이 셋의 엄마인 나정이 산후조리원에 들어가는 게 더 합리적인 이유를 설명하기 시작했다. 산모와 신생아에게 최적화된 시설과 산후 마사지, 초보 엄마 아빠를 위한 교육 등등 나정의 경험담을 듣는 로건의 표정이 점점 심각해졌다. 잘 먹고 잘 자기만 하면 된다고 했던 오영의 말만 듣고 손 놓고 있던 자신의 안일함을 후회했다. 그렇게 좋은 거라면 마땅히 오영이 누려야 할 것이다.

"그럼 퇴원하는 즉시 산후조리원으로 가도록 하죠."

"예약도 안 하셨잖아요."

이나의 말에 로건은 망치로 머리를 맞은 사람처럼 어리벙벙한 얼굴이 되었다.

"예약두 해야 합니까? 그럼 우리 오영이는 산후조리원에 못 들어갑니까?"

"이 선생님, 진정하세요. 제가 알아볼게요."

강남 마당발로 통하는 나정이 거들먹거리며 핸드폰을 꺼냈다.

"최신 시설과 전문성을 갖춘 직원들로 명성이 자자한 국내 최고 산후조리원 원장님이 제 산후조리원 동기예요."

산후조리원 '동기'라는 말을 전혀 이해할 수 없었지만 로건은 이 순간 한 줄기 빛인 나정을 향해 고개를 끄덕였다.

"제 부탁이라면 한 자리는 내어 줄 거예요. 2주간 오영 씨 없이 지내야 하는 게 좀 허전하시겠지만."

"뭐라고요?"

막 통화 버튼을 터치하려는 나정의 손목을 붙든 로건이 버럭 소리를 높였다.

"지금 2주간 오영이 없이 지내야 한다고…… 정말입니까? 왜죠?"

"왜라뇨? 원래 조리원은 다 그래요. 남편은 낮에만 잠깐씩 들여다볼 수 있어요."

로건의 머릿속에서 뇌우가 울렸다. 조각 같은 이목구비에 드리운 짙은 먹구름 탓에 당장 비바람이 몰아칠 기세였다. 오영 없이 2주나 되는 시간을 어떻게 살라고. 게다가 이제 막 태어난 미물 같은 스타를 오영이 혼자 어떻게 돌본다는 말인지, 산후조리원이 산모와 신생아에게 최고라는 말이 도저히 믿어지지 않았다.

"야, 로건. 너 우냐?"

충격으로 눈도 깜빡이지 못하는 로건의 눈에 어린 물기를 본 대양이 혀를 끌끌 찼다. 겨우 애 하나 낳고 이 지경이니 다둥이는 물 건너갔다며 핀잔했다.

* * *

전국의 내로라하는 집안과 연예인들이 줄을 선다는 산후조리원의 시설과 시스템은 로건의 마음에도 들었다. 오영이 머물 쾌적한 방과 신생아실을 확인한 후 체계적이고 과학적인 일정표를 받아들었다. 과연…… 로건의 고개가 절로 끄덕여졌다. 산후조리원을 적극적으로 추천한 나정의 말을 200% 신뢰하게 되었다. 하지만 그래도! 어떻게 2주나 오영 없이 살라는 건지, 아직도 꿈만 같았다.

"침대가 이렇게 넓은데 왜 남편은 못 자게 하는 거야."

소독을 마친 킹사이즈 침대를 보며 로건이 망연하게 중얼거렸다.

"그러게 로건. 나도 당신 없이 혼자 자야 하는 게 너무 낯설어."

"그래도 오영아, 너하고 스타한테는 이게 좋은 거래."

힝. 아이를 낳은 오영이 아이처럼 칭얼거리며 로건의 허리에 매달렸다. 로건을 만나고 그와 한 번도 떨어져 지내본 적이 없는 그녀도 이 상황이 탐탁지 않기는 마찬가지였다.

"나 그냥 집에 갈래. 로건하고 있으면 되는데 왜……."

"그게 그렇지 않다잖아. 사람들이 입을 모아 말할 때는 타당한 이유가 있는 거야."

"그래도. 세상엔 항상 예외가 있다구."

입술을 툭 내민 오영을 품에 안은 로건이 듣기 좋은 목소리로 타일렀다.

"자, 오영아. 여기 일정표 좀 봐. 산후 요가, 골반 교정, 모유 수유 교육…… 이런 건 내가 해줄 수 없어. 그리고 통곡, 마사지가 뭐지?"

생소한 단어에 고개를 갸웃 기울인 로건에게 오영은 출산 준비 중 들었던 정보를 알려주었다.

"그거 가슴 마사지일 거야. 모유 잘 나오라고 풀어주는."

"뭐? 네 가슴을 누가 마사지한다는 거야? 혹시 남자야?"

"설마 남자겠어?"

팔로 엑스 자를 만들어 가슴을 가린 오영이 빽 소리를 높였다.

"그렇다면 다행이고. 하여튼 오영아, 낮에는 내가 와 있을 테니까 걱정하지 말고 스타하고 잘 지내."

"……."

"그래야 너하고 아기가 오랫동안 건강하다잖아."

"알았어. 알았다고."

로건은 조리원에서 나눠준 풍덩한 원피스로 갈아입은 오영을 안쓰럽게 바라보았다. 매사 자신보다 더 의젓하고 뭐든 혼자서도 잘하는 바람에 서운한 건 항상 자신이었는데, 출산 후 오영은 부쩍 아이 같아졌다. 설마, 내 기분 탓이겠지.

로건은 약해지려는 의지의 고삐를 단단히 틀어쥐었다. 잠시 이

별이 남편에 대한 애정이 더 깊어지는 계기가 될 거라는 대양의 말을 곱씹으며 마음을 독하게 먹기로 했다. 로건은 헤어지기 전 아쉬운 마음을 담아 오영을 꼬옥 안아주었다.

"내일 보자."

"응. 잘 자……. 로건."

오영도 자꾸만 투정하고 싶은 마음을 접고 씩씩하게 그를 보냈다.

* * *

오영의 방에 식판을 가지러 온 직원이 경직된 표정으로 고개를 저었다. 밥은 뒤적거리기만 했는지 양이 줄지도 않았고, 후식으로 나온 사과만 한쪽 먹은 듯했다.

"지오영 님, 이렇게 적게 드시면 안 됩니다. 잘 드셔야 모유가 잘 나오죠."

"네."

"혼자 드시니까 더 입맛이 없는 게 아닐까요? 식당에서 드시면서 다른 엄마들하고 대화도 좀 하시고……."

"……."

입을 꼭 닫은 오영에게서 강한 반항의 기운이 풍겼다. 현재 입소 중인 산모 중에 가장 예민한 오영의 눈치를 살피던 직원이 애써 밝은 목소리를 냈다.

"스타 보러 안 가세요? 이리로 데려올까요?"

"아니요."

"그죠? 방 밖에 자주 나가보시는 게 좋아요. 그래야 젖도 잘 돌고요."

"네헤⋯⋯."

오영이 한숨인지 대답인지 모를 소리를 냈다. 자신을 안타까워하는 직원을 안심시키기 위해 한 번 더 고개를 끄덕여주었다. 직원이 나간 후 오영은 대리석 테이블에 놓인 달력과 시계를 멍하니 바라보았다. 이제 겨우 일주일, 절반이 지났다. 로건이 오려면 한 시간은 있어야 하고⋯⋯. 시간이 왜 이렇게 더디게 흘러갈까.

"하아, 답답해. 우웁!"

오영은 깨작거린 아침 식사가 도로 넘어올 것 같은 구역질에 급히 입을 틀어막았다. 억지로 구역질을 삼킨 오영은 급히 생수를 찾아 들이켰다. 입덧 한번 안 하고 순조롭게 출산한 오영은 어이없게도 산후조리에서 난관을 겪는 중이었다.

식욕감퇴라는 단어가 왜 존재하는지도 몰랐던 그녀가 입맛을 잃었다. 아이를 낳으면 한없이 사랑스러워질 줄 알았는데 미안하게도 점점 부담스러운 감정이 들었다. 스타를 안고 수유를 할 때면 괜스레 눈물이 나기까지 했다. 어디 가서 말도 꺼내지 못할 고민에 오영은 가슴이 갑갑해서 미칠 지경이었다. 자신과 아이를 위해 노심초사하는 로건에게도 털어놓을 수 없었다. 시선 끝에 유축기가 들어오자 오영은 질끈 눈을 감아 버렸다.

"너무 싫어."

싫어! 싫어! 지겨워! 오영은 빼액 소리치고 싶은 마음을 억누르며 산모실의 문을 열었다. 하마터면 건장하게 떡 벌어진 가슴에 부딪힐 뻔했다.

"오영?"

"어?"

낮게 떨어지는 목소리를 따라 고개를 든 오영은 언제 우울했나 싶게 환한 미소를 지었다.

"어디 가?"

"로건, 왜 벌써 왔어?"

로건은 방싯 웃는 아내의 손을 잡고 다시 방으로 들어왔다. 소파에 오영을 앉히고 표정과 피부 상태를 찬찬히 탐색했다. 웃고 있는데 혈색이 엉망이었다.

"뭐야? 묻는 말에는 대답도 안 하고 뭘 그렇게 봐."

"일찍 와 봐야 할 것 같아서 서둘렀어. 그리고 너 왜 밥 안 먹어? 어디 안 좋아?"

오는 길에 확인부터 했구나. 혹시 남편이 묻거든 무조건 잘 먹고 잘 잔다고 말하라고 했는데 오늘은 곧이곧대로 얘기해 버린 모양이었다. 오영은 파고드는 로건의 시선을 피하며 투정하듯 중얼거렸다.

"로건, 나 답답해. 바람 좀 쐬고 싶어."

"지금 유축 할 시간이라고 하던데."

"하……. 지겨……."

오영은 자신도 모르게 튀어나오려던 말을 얼른 집어삼켰다. 자기가 낳은 아이를 지겹다고 할 뻔했다. 가끔 그런 생각을 하긴 했지만 분명 진심은…… 아닐 것이다. 아니어야 한다. 내가, 그런 마음가짐을 가졌단 사실을 들킬 수 없어. 오영은 문득문득 제가 하는 생각이 섬뜩하고, 실망스러웠다. 스스로도 그런데 로건이 알면 얼마나 어이없을까, 제 엄마를 닮아서 모성애가 없다고 걱정할 게 분명했다.

"왜 그래?"

"응? 뭘?"

잠시 시무룩했던 표정을 활짝 편 오영이 해맑게 반응했다. 방글방글 웃는 오영의 얼굴을 두 손 가득 감싼 로건이 동그란 이마와 홀쭉해진 볼에 입을 맞췄다.

"잠시 외출이라도 할래?"

"정말? 정원 아니고 아예 조리원 밖으로?"

"그래. 답답하다면서. 다른 산모들도 잠깐씩 외출한다고 하더라. 한두 시간만 나갔다 오자."

"그래도 될까? 가만 유축 해 놓은 모유가 별로 없어서…… 일단 유축부터 해야겠다. 그런데 모유가 잘 안 나와."

"그냥 분유 먹이라고 해."

"안 돼! 여기는 다들 모유 수유한단 말이야. 얼마나 애를 쓰는데."

"다른 사람 신경 쓰지 않아도 돼. 네가 편안해야지."

"아니야. 그래도 엄마가 돼서 노력도 안 할 수는 없잖아. 로건, 저기 있는 유축기 좀 가져다줘."

로건은 창가에 놓인 유축기를 마뜩찮은 눈으로 쳐다봤다. 저게 오영의 스트레스 원인이지 싶었다. 오영과 스타를 위해 산후조리원에 들어왔는데 어째 시간이 갈수록 마음에 차지 않았다. 완벽하다 싶도록 체계적인 일정과 시스템인 건 인정한다. 그래도 자꾸만 이건 아니라는 생각을 지울 수 없었다. 특히 먹보 지오영의 식욕이 별로인 점이 마음에 걸렸다. 로건이 수소문 끝에 공수한, 서울 시내에서 가장 맛있다는 각종 디저트가 냉장고에 고스란히 남아있다. 그나마 주스 종류나 겨우 몇 모금 마시는 게 전부였다. 소파에 앉아 유축기를 끌어안고 고군분투하는 오영을 보는 로건의 눈썹이 점점 일그러졌다. 아무래도 이건 아니다. 오영아, 내가 뭘 해줘야 하니.

* * *

"어? 예쁘네?"

오랜만에 옷다운 옷을 입은 오영은 거울 속 제 모습을 기분 좋게 바라보았다. 임신인 줄 몰랐을 때 로건이 선물한 원피스를 오늘 개시했다. 흐드러진 꽃무늬에 러플이 풍성한 로맨틱한 디자인이 부담스러웠는데 이제 보니 생각보다 잘 어울렸다. 아직 덜 꺼진 배는 뭐…… 못 본 척하기로 했다. 무엇보다 옆에 달고 다닐 남편이 오늘 더욱 근사하니까.

"준비 다 했으면 가자."

비록 로건의 말투는 무뚝뚝했지만 에스코트하는 손길은 전보다 더욱 다정하게 느껴졌다. 로건이 손만 잡아줘도 가슴이 콩닥콩닥 뛰는 게 이제 막 연애를 시작한 기분이었다.

산모실을 나서자 전과 다르게 조리원 공기마저 신선하게 느껴졌다. 복도와 로비에서 마주치는 뭇시선들이 로건을 놓치지 않았다. 직원들을 비롯해 산모들까지 로건이 나타날 때마다 넋을 놓고 바라보았다. 그렇게 생긴 남편은 도대체 어디에서 만나서 어떻게 낚

앉냐고 묻는 말을 수억 번은 들은 듯했다.

'그 남편'이 로건의 별명이었다. 다들 '그 남편 있잖아. 잘생긴……'으로 시작한다고 모유 실장님이 전해주더니 결국 별명으로 군혀졌다.

"뭐가 그렇게 좋아?"

"머리 감으니까 기분이 좋네. 역시 머리는 로건이 감겨주는 게 제일이야."

"귀여워, 도토리."

로건은 생글생글 웃는 오영의 볼을 살짝 잡았다가 놓았다. 출산 후 오랜만에 듣는 행복한 종알거림이었다. 진작 데리고 나갈걸, 로건은 시설 좋은 산후조리원이 과연 최선일까 자꾸만 회의가 들었다.

"어머나아. 정말이네!"

외출 신고를 마치고 현관으로 가던 두 사람의 귀에 다소 호들갑스러운 감탄사가 꽂혔다. 희끗희끗한 머리를 우아하게 틀어 올린 부인이 휘둥그레 뜬 눈으로 두 사람을 가로막듯이 섰다. 오영이 조리원에서 몇 번 마주쳤던 얼굴이었다.

"누구십니까?"

미간을 와락 구긴 로건이 불쾌한 기색을 여과 없이 드러냈다. 한창 기분 좋게 살랑거리는 오영의 기분이 깨질까 봐 신경이 곤두선 탓이었다. 중년 부인은 로건의 얼굴에 시선을 둔 채 빠르게 사과했다.

"아이고, 내가 주책이었네. 미안해요."

"아니에요. 괜찮습니다."

표정만 지워도 금세 살벌해지는 로건을 대신해서 오영이 손사래를 쳤다.

"우리 딸이 어마무시하게 잘생긴 남의 집 남자가 있다고 입에 침이 마르게 떠들더라고요. 생겨봐야 뭐 얼마나 생겼겠나 했는데, 인정! 두 번 세 번 인정 또 인정!"

그녀는 로건의 얼굴에서 눈을 떼지 못하고 연신 감탄을 쏟아냈다. 난처해하는 오영도, 시간이 갈수록 예민한 기색을 드러내는 로건도 개의치 않는 모양새였다.

"그런데 하는 일이 뭐예요? 사업하나? 매일 온다면서요? 그런데 나도 매일 오는데 왜 이제 봤을까?"

이 성가신 상황을 얼마나 더 견뎌야 하나, 로건의 인내심이 바닥나기 직전이었다. 제 손을 꼭꼭 쥐며 눈치 주는 오영 때문에 겨우 참고 있는데 마침 젊은 여자의 음성이 들렸다.

"엄마!"

"어이, 딸!"

돌아보자 산모 하나가 분위기를 살피며 빠르게 다가오고 있었다.

"안 들어오고 여기서 뭐 하는 거야?"

"얘, 이분이 맞지? 잘생겼다는 그 남편."

"엄마는 진짜!"

오영과 안면이 있는 산모가 몇 번이나 미안하다는 말을 남긴 후 중년 부인을 데리고 들어갔다. 그렇게 로건의 얼굴이 취향이고 궁금한 것을 못 참는 중년 부인과의 만남이 끝났다. 멀어지는 모녀를 보던 오영이 까치발을 들어 로건의 귓가에 속삭였다.

"로건 얼굴이 되게 마음에 드셨나 보다."

오영의 숨결이 귓가를 간질이자 로건의 얼굴이 눈에 띄게 부드러워졌다.

"왜 웃어?"

"귓속말이 좋아서. 오랜만에 들으니까 바로 서려고 하네."

"어우, 그만 좀 해."

오영은 음흉하게 웃는 로건의 손을 뿌리치며 현관 밖으로 나섰다.

* * *

카페에서 햇볕이 가장 잘 드는 자리에 앉은 오영은 푹신한 소파에 몸을 묻은 채 창밖 풍경을 즐겼다. 어디 감금되어 있다 나온 것도 아니면서 밖에 나왔다는 사실 자체가 대단하게 느껴졌다. 실내에 가득한 그윽한 커피 향과 고소하고 달콤한 빵 냄새가 어우러진 한가한 분위기에 몸이 나른하게 늘어졌다.

몸이 햇빛에 데워지자 스르륵 눈이 감겼다. 그러나 마냥 행복하지만은 않았다. 가슴 한구석에 도사린 이래도 되는 건가, 하는 불안과 아이에 대한 미안함은 손톱 밑에 박힌 가시처럼 오영을 괴롭혔다.

"오영아."

로건의 음성에 겨우 눈을 떴다.

"……응."

"잘 거야?"

쟁반을 들고 선 로건을 올려다본 오영이 고개를 저으며 똑바로 앉았다.

"아니. 잠깐 눈만 감았어. 그건 다 뭐야?"

"네가 좋아하는 거잖아. 밤 케이크하고 홍차."

"응. 잘 먹을게."

포크로 케이크 한 귀퉁이를 잘라서 마지못해 입에 넣는 오영을 살피는 로건의 눈빛이 끈질겼다. 얼마 전만 해도 맛있는 음식 앞에서는 천방지축 새끼강아지처럼 괴상한 소리를 내며 지나치게 즐거워하던 여자가 달라졌다. 입 안 가득 케이크를 넣고 황홀한 감탄사를 터트려 로건을 기쁘게 해줄 모습을 기대했는데 역시나 실망스러운 반응만 돌아왔다.

"맛없어? 요즘 왜 이렇게 못 먹어? 많이 먹어. 잘 먹어야……."

로건이 타이르는 소리가 길어지자 오영이 포크를 내려놓았다. 뭐가 마음에 안 드는지 곧 눈물이라도 떨어뜨릴 듯 눈시울이 발그레 달아올랐다.

"잘 먹으면 뭐?"

"응?"

"나만 보면 다들 잘 먹으래."

"잘 먹어야 빨리 회복하고 건강해지니까."

"그게 다야?"

"그럼. 그것보다 더 중요한 게 어디 있겠어."

내내 테이블 어딘가를 노려보던 오영이 시선을 들었다. 왠지 모르게 생기가 죽어있던 눈동자에 반짝 윤기가 돌았다.

"로건은…… 내가 건강해져야 한다, 거기까지만 생각한다고?"

"그럼 뭘 더……. 내가 뭐 실수했나?"

감정 기복이 심해진 오영이라 로건도 조심스러워질 수밖에 없었다. 언제나 밝고 사랑스러운 아내이기에 이런 모습이 두려웠고 뭘 어떻게 해야 하나 머릿속이 백지가 되기 일쑤였다. 오영과 사이가 벌어지고 겉도는데 이유를 알 수 없어 미칠 지경이었다.

"아니. 좋아. 요즘 하도 모유로 결론짓는 소리만 들어서. 잘 먹어야 모유가 잘 나온다, 잘 자야 모유가 잘 나온다. 모유, 모유, 기승전모유야. 젖소가 된 기분이야."

"힘들면 굳이 모유 수유할 필요 없어."

포크로 케이크를 지분거리던 오영이 힘없이 웃으며 고개를 흔들었다.

"그래도. 할 수 있는 데까지는 해 볼래. 엄마가 돼서 노력도 안 할 수는 없어."

"나는 뭐가 됐든 네가 편한 쪽이 좋아. 네가 힘든 거 질색이야."

"고마워. 로건이라도 그렇게 말 해줘서."

오영은 한없이 가라앉은 기분을 억지로 끌어올려 미소 지었다. 신경 써서 외출까지 했는데 자신 때문에 분위기가 어두워지는 걸 바라지 않았다. 어떻게 분위기를 바꿔볼까 하다 외출 전 마주쳤던 중년 부인을 떠올렸다.

"참, 아까 그 할머니 재미있지? 거의 매일 오셔. 딸하고 사이가 되게 좋으시더라고."

"그렇군."

"맛있는 간식도 많이 싸 오셔. 나한테도 몇 번 나눠주셨어. 하긴 다들 가족들이 면회를 자주 와. 친정엄마, 아빠, 시부모님…….

다들 매일 와서."

"오영아, 그만."

무겁게 가라앉은 로건의 목소리에 오영이 말을 멈췄다. 결혼 후 한 번도 보지 못했던, 무섭게 굳어진 로건의 눈이 오영을 꿰뚫을 듯 응시하고 있었다.

"왜?"

"너 지금 울고 있어."

"무슨……."

어색하게 웃으며 제 볼을 만져 본 오영이 당황했다. 주인도 모르게 소리 없이 흐른 눈물이 손바닥을 흥건하게 적셨다. 이게 무슨 일이지? 나는 아무렇지 않은 데 어째서.

허둥지둥거리며 테이블 위의 냅킨을 집어 눈물을 닦는 오영을 보던 로건이 한숨을 쉬며 일어났다. 오영의 곁으로 자리를 옮긴 그가 그녀를 조용히 안아주었다. 민망한지 오영이 그의 품을 강하게 거부하며 일어냈으나 로건은 힘을 풀지 않았다. 오히려 더욱 강한 힘으로 얽어맸다.

3. 세상에서 제일 좋은, 이로건

삶의 전부인 아내가 자신을 밀어낸다는 사실이 충격이었다. 곧잘 어리광을 부리지만 훨씬 넉넉한 품으로 남편을 안아주던 오영이 자신을 버릴까 봐 두려웠다.

"나 아무렇지 않아. 저리 가."

"오영아, 아무래도 너 우울증 같아."

"……."

그제야 오영의 몸부림이 멈췄다. 로건의 품속에 안긴 채 어리벙벙해진 눈을 들어 그를 바라봤다.

"무슨 소리야? 난 우울하지 않아."

부정하는 중에도 오영의 눈에는 또다시 눈물이 그렁그렁 차오르기 시작했다. 나는 사랑하는 남자의 아이를 낳았고, 아이는 너무 사랑스러운데, 행복한데 왜 울고 있는 거야. 믿을 수 없었고 인정하고 싶지 않았다.

"흔한 일이야. 괜찮아."

괜찮아. 괜찮아. 걱정하지 마. 사랑해, 오영아. 행복하게 해주지 못해서 내가 미안해. 로건의 쉼 없는 속삭임이 오영의 귓가에 녹아들었다. 그제야 오영은 소리 내어 울 수 있었다.

* * *

    오영이 진정된 후 두 사람은 산후조리원으로 돌아왔다. 아기 침대에서 평화롭게 잠든 스타와 달리 오영의 머릿속은 여러 가지 생각으로 복잡했다.

“스타야, 네 이름도 지어줘야 하는데. 엄마가 돼서 이게 뭐니.”

    산후조리원에 도착하자마자 로건은 원장실로 직행했다. 무슨 얘기를 하는 걸까, 궁금했지만 이상하게 마음은 편했다. 달칵, 문이 열리고 로건이 돌아왔다. 들어오자마자 오영을 꼭 끌어안고 긴 시간을 침묵했다.

“오영아, 지금 네가 하는 생각과 마음을 나에게 알려줘. 왜 이렇게 힘든 거야?”

    오영을 소파에 앉힌 로건은 아예 바닥에 주저앉아 그녀와 시선을 맞추었다.

“……”

    말을 할 듯 말 듯 입술을 물었다가 놓았다가 하는 오영은 어울리지 않게 풀 죽은 모습이었다. 심장이 타들어 가는 고통을 억누르며 로건은 묵묵히 기다려주었다.

“저……. 그러니까.”

“응.”

“내가 미쳤나 봐.”

“왜 그런 생각을 했어?”

    로건이 한없이 부드러운 목소리로 물으며 오영의 머리카락을 귀 뒤로 넘겨주었다. 가만가만한 손길과 다정한 목소리가 오영의 용기를 북돋웠다. 세상에 자신의 속마음을 털어놓을 수 있는 사람은 로건 밖에 없다는 사실을 자각했다.

"스타가 뱃속에 있을 때는 분명 너무 좋았거든. 태어나면 당연히 사랑스럽고……. 아니, 물론 사랑스러워……. 그런데."

"생각보다 힘들고 부담스러웠을 테지."

거들어주는 로건의 말에 오영이 작게 고개를 끄덕였다.

"이렇게 비싸고 좋은 곳에서 호강하면서 애도 다 돌봐주는데 도대체 뭐가 힘든지 나도 모르겠는데 힘들어."

"그래. 그럴 수 있어."

"그리고…… 지겨, 지겨워. 스타가 귀찮은 것 같아."

동그란 무릎 위에 꽉 움켜쥔 주먹을 로건의 커다란 손이 감싸 쥐었다.

"나는 분명 미친 거야. 어떻게 엄마가 그럴 수 있어? 엄마가 자식을 귀찮아, 하잖아."

크고 따뜻한 로건의 손등 위로 오영의 뜨거운 눈물이 툭 떨어졌다.

"그 여자처럼, 그 여자도 내가 귀찮고 지겨워서 버렸을 텐데. 내가 어떻게 이래."

"아니야. 오영아, 너는 달라."

"아니야. 나는 내 엄마를 닮은 거야. 나쁜 년이야."

"그런 거 아니라니까."

"좋은 엄마가 되고 싶었어."

"좋은 엄마는 천천히 해도 돼. 조바심내지 마. 지금은 너부터 챙겨."

"그런 이기적인 엄마가 되고 싶지 않다니까."

"이기적이지 않아. 이렇게 괴롭고 힘들어하는 것부터가 좋은 엄마가 되고 싶은 너의 큰 바람이잖아. 천천히 하자."

거듭거듭 로건이 타이르자 오영의 마음에 태산처럼 쌓여있던 부담이 조금씩 허물어지기 시작했다.

"그래도 될까?"

"물론."

오영의 눈물을 꼼꼼히 닦아준 로건이 다시 입을 열었다.

"사실, 나도 아직 아빠가 된 것 같지 않아. 아직도 스타가 어색하고 내가 뭘 해야 할지 잘 모르겠고 그래."

"정말?"

"응. 하지만 나는 아무 생각 없었어. 너만 신경 쓰였지. 그러니까 네가 나보다 훨씬 나은 거지."

"아직도 당신은 나만 보여?"

"응. 그리고 너, 좋은 엄마 안 해도 돼. 힘들면 하지 마."

"그게 무슨 소리야?"

"내가 하면 되니까. 내가 좋은 아빠가 되도록 노력할게."

"그럼 나는 뭐해?"

"너는 그냥…… 그냥 엄마 해. 지금처럼 내 곁에 있어만 줘."

"뭐야. 이로건 바보."

"나는 솔직히 네가 더 중요해. 네가 행복하기만 바랄 뿐이야. 스타에게 좋은 부모가 필요하다면 내가 할 테니까 너는 천천히 따라와."

"로건……."

울먹울먹 입술을 떨던 오영이 마주 앉은 로건의 목을 와락 끌어안았다. 가슴이 그가 주는 사랑의 열기로 벅차올랐다. 어떤 비난도 없이, 바라는 것도 없이 자신을 받아주는 남자의 커다란 마음에 어떻게 보답해야 할지 모르겠다.

"고마워, 로건. 사랑해."

"나야말로 여전히 사랑해줘서 고맙지."

천천히 포옹을 푼 로건이 산모실 내부를 둘러보았다.

"오영아, 집으로 돌아갈래?"

"그……래도 돼?"

"당연히 되지. 가자. 아무래도 너한테는 이곳이 맞지 않는 것 같아."

"응. 가고 싶어. 스타하고 당신하고 집에 있고 싶어."

세차게 고개를 끄덕이는 오영의 얼굴에서 며칠간 스며있던 희미한 그늘이 거짓말처럼 사라졌다. 맑게 갠 듯 화창한 오영의 미소에 로건은 확신했다. 그녀는 금세 본래의 사랑스러운 천둥벌거숭이로 돌아올 것을.

* * *

1년 후.

침대에 엎드린 오영은 다이어리에 빼곡히 적힌 사항들을 하나하나 점검했다. 한 달을 꼬박 매달려 준비한 혜성의 돌잔치가 바로 내일이었다.

"한복은 내일 출발 전에 상자에 넣고, 사진작가님 식사는……."

발등으로 매트리스를 툭 툭 치며 준비 사항을 확인하던 오영의 얼굴에 잔잔한 미소가 떠올랐다.

어떻게 지냈는지 모를 정신없는 1년이었다. 자신이 아직 좋은 엄마인지는 확신할 수 없지만 로건이 좋은 아빠가 된 건 분명했다. 좋은 사람 이로건 씨는 결혼 후 좋은 남편이 되었고 지금은 세상에서 제일가는 좋은 아빠가 되었다. 물론 아직은 마음보다 머리로 노력하는 아빠인 건 오영도 알고 있다. 그렇다고 그의 노력과 부성을 깎아내릴 수는 없었다.

자기 자신에게조차 관심 없이 살던 사람이 한 여자를 온 세상으로 받아들였다. 이제는 그 세상 안에서 아이와 함께하는 중이다. 그것만으로도 커다란 변화인데 뭘 더 바랄까. 무엇보다 오영의 호르몬이 요동치느라 그를 괴롭히던 시기에도 로건은 묵묵히 좋은 아빠의 길을 걸었다.

서재에는 육아서적과 심리분석에 관한 책이 산처럼 쌓였다. 그는 그 많은 책을 매일 한 권씩 읽어 치우고 머리로 숙지한 사실을 행동으로 옮기며 최선을 다했다. 어느 날 혜성의 이유식을 먹이던 로건이 진리를 깨달은 성인처럼 고백했다.

'오영아, 생각해 보니까 스타가 곧 너야. 네게서 떨어져 나온 너의 일부.'

'당연한 거 아니야? 그리고 스타는 나와 로건이 반반씩 섞였어.'

'아니야. 스타는 너야.'

자연스럽게 아이가 오영의 일부라고 인지한 이후로 로건은 부쩍 더 아이를 사랑하게 된 듯했다. 기적 같은 일이었다. 덕분에 오영은 자신의 마음에 집중하며 안정과 여유를 찾을 수 있었다.

지난 1년을 회고하며 오영이 혼자 배시시 웃는 사이 로건이 조용히 침실 문을 열고 들어왔다. 발장난을 치는 오영의 뒷모습을 응시하며 목욕 가운을 벗어 던지고 침대 위로 기어 올라갔다. 매트리스가 기울어지는 느낌에 고개를 돌린 오영이 화들짝 놀라 소리쳤다.

"언제 들어왔어? 왜 그러고 있는 거야?"

태초의 모습을 한 로건은 엄청난 위용을 과시하며 오영의 다리 사이에 자리를 잡고 있었다. 당장 덮칠 듯한 기세에도 불구하고 표정은 덤덤하기 이를 데 없어 어이가 없었다.

"오영, 이제 그만하고 자. 잘 시간이야."

"지금 로건 상태는 잘 사람 같지 않은데?"

"수면 의식을 치를 거니까. 넌 분명 들떠서 밤새 뒤척거릴 게 뻔하거든. 곯아떨어지게 해줄게."

심드렁히 대꾸하는 로건의 저의가 의심스러웠지만, 오영은 그가 귀여워 웃고 말았다.

"뒤척거리면서 잠을 설치는 게 덜 피곤할 거 같은데?"

"나 약 올리려고 하는 말인 거 다 알아."

로건의 묵직한 몸이 등 위로 겹쳐지자 열기와 무게에 눌린 오영이 옅은 신음을 내질렀다. 장난기를 머금은 커다란 손이 오영의 몸 아래를 파고들어 봉긋한 살결을 거머쥐었다.

"악! 간지러워!"

버둥거리는 오영의 귓불을 입술로 물었다 놓은 로건이 달뜬 목소리로 속삭였다.

"돌잔치 준비한다고 해서 일주간 손끝도 안 대고 봐줬잖아.

오늘은 네가 양보해."

"으읏! 손끝도 안 대긴! 키스는 했잖아."

"그건 입 댄 거고."

"참나, 혜성이 아버님 요즘 왜 이렇게 유치해지셨나요? 으으음……."

키득거리는 오영의 턱을 잡아 돌린 로건이 진득하게 입술을 맞물려 왔다. 부드럽지만 끈적한 집착을 실은 로건의 키스에 오영은 빠르게 젖어 들었다. 로건이 입술을 떨어뜨린 틈을 타 몸을 바로 한 오영이 생긋 미소 지었다. 타액으로 반짝거리는 입술에서 시선을 떼지 못하는 로건을 보자 또다시 웃음이 터졌다.

"왜 이렇게 웃기만 해? 나는 지금 미칠 것 같은데."

"좋아서. 내 남편이 너무 좋아서 웃음이 나는 걸 어떡하라고."

"그럼, 오늘 밤 날 받아주는 건가?"

"당연하지. 내가 어떻게 로건을 거부하겠어. 이렇게 멋지고 든든한 남자를."

두 다리로 로건의 허리를 동여맨 오영이 그의 단단한 턱을 감싸 쥐었다. 치미는 욕구에 찡그려진 미간에다 쪽 입을 맞추자 그가 괴로운 탄식을 터트렸다.

"한 번만 하려고 했는데."

"음……. 로건, 그 결심 변치 말아줘."

"하지만 도토리 네가 이렇게 예쁘게 굴면 한 번으로는 어림없어."

"제발, 로건. 나 내일 얼굴 상해서 화장 안 받으면 어쩌려고 그래. 혜성이 첫 생일인데 우리 셋 다 예뻐야지."

하아……. 로건이 거창하게 한숨 지으며 고개를 떨구었다.

"응?"

"……알았어. 하는 수 없지."

순순히 고개를 끄덕이자 오영이 그의 목을 꼭 끌어안았다.

"고마워."

한번. 그까짓 거 뭐, 길게 하면 될 일이지. 오영의 목덜미에 입술을 묻은 채 어두운 속내를 감춘 로건의 눈빛이 짙게 일렁였다.

(完)